天魔神教
洛陽本部

천마신교
낙양본부

천마신교 낙양본부 7
정보석 新무협 판타지

초판 1쇄 찍은 날 § 2020년 12월 23일
초판 1쇄 펴낸 날 § 2020년 12월 30일

지은이 § 정보석
펴낸이 § 서경석

편집책임 § 김범석
디자인 § 노종아

펴낸곳 § 도서출판 청어람
등록번호 § 제387-1999-000006호
등록일자 § 1999. 5. 31
어람번호 § 제2-2854호

주소 § 경기도 부천시 부일로 483번길 40 서경B/D 3F (우) 14640
전화 § 032-656-4452 팩스 § 032-656-4453
http://www.chungeoram.com
E-mail § chungeorambook@daum.net

ISBN 979-11-04-92291-6 04810
ISBN 979-11-04-92204-6 (세트)

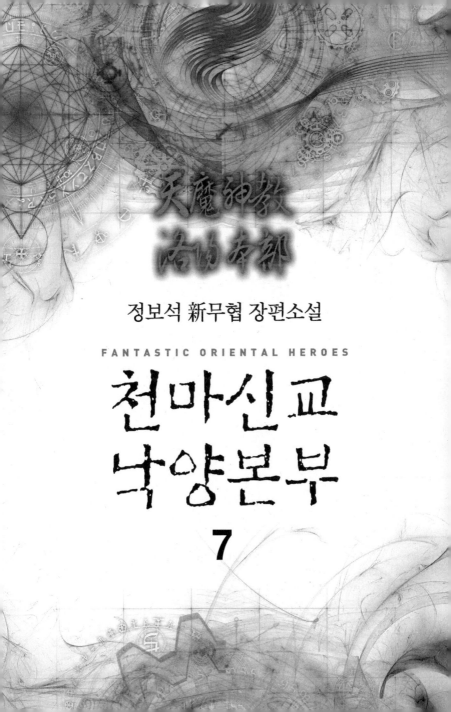

天魔神敎
洛陽本部

정보석 新무협 장편소설

FANTASTIC ORIENTAL HEROES

천마신교
낙양본부

7

天魔神教
洛陽本部
천마신교
낙양본부

次例

第三十一章

운정은 자리에서 벌떡 일어났다. 그리고 허리에 맨 태극마
검(太極魔劍)을 찾아 뽑았다. 그것은 무당파의 태극검(太極劍)과
형태와 재질이 완전히 같고, 장식과 이름만 조금 달랐다. 태극
지혈(太極之血)은 제갈극이 연구를 위해 가지고 있는 경우가
많아 천마신교에서 특별히 운정을 위해서 제작한 것이다.

"고바녠!"

운정의 외침에 고바녠의 두 눈도 좁혀졌다. 그녀는 지팡이
를 꺼내 들고는 무허진선을 보며 말했다.

"보아하니, 얘기를 하지 않았군?"

무허진선은 운정을 보더니 말했다.

"혹시라도 자리를 떠날까 얘기하지 않은 것이니, 내 무례를 용서하게."

운정은 분노를 담은 표정으로 무허진선을 돌아보았다.

"무허진선! 설마 당신이 이런 치졸한 일을 꾸몄을지 몰랐습니다. 무림맹의 맹주이고 또 곤륜파의 장문인이면서 어찌 이런 일을 벌인단 말입니까. 저와 밤새 토론했던 그 모습은 모두 거짓에 불과하단 말입니까?"

무허진선은 양손을 앞으로 뻗어 손짓하며 말했다.

"화를 가라앉히게. 그리고 앉아 봐. 그러면 오늘 이곳에선 피를 흘릴 일이 일어나지 않을 것임을 약속하지. 또한 요괴가 먼저 공격한다면 내가 자네와 합세해서 요괴를 무찌를 것이야."

"……."

"내 앞에 놓인 이것이 보이는가? 이것은 그날 교주에게 받은 진보(辰寶)일세. 이는 주변의 기운을 멈추는 효과가 있어, 무림인에겐 발경이 불가능하게 만들지. 하지만 마법사에겐 더욱 치명적이네. 마법을 아예 시전하지 못해."

그 말을 들은 고바넨이 눈살을 찌푸렸다.

운정은 그런 고바넨을 주시하며 무허진선에게 말했다.

"그럼, 저자는 왜 이곳에 나타난 것입니까?"

무허진선이 말했다.

"대화를 위해서네. 양쪽 간의 문제가 있다고 들었어. 도저히 자네와 접촉할 수 없었던 저 요괴가 내게 부탁을 했고, 그래서 이런 자리를 마련한 것이네."

"……"

"말을 하지 않은 것은, 우선 자네가 마교에서 벗어나 곤륜의 제자가 될 가능성이 있는지 알고 싶었기 때문이네. 그랬다면, 더욱 수월하게 대화를 진행할 수 있었겠지. 다만 자네가 마교인으로 남겠다 하니, 둘을 동등하게 대하려 하네."

운정의 두 눈에서 서서히 마기가 감돌기 시작했다.

"죄송하지만, 저를 속이셨으니, 더는 믿을 수 없습니다."

무허진선은 눈을 딱 감고는 말했다.

"그렇다면 어쩔 수 없지, 세속이니 세속의 법을 따르는 수밖에. 강제로라도 믿게 할 테니, 무례를 용서하시게. 무진아, 요괴가 허튼짓을 하거든 조금도 주저하지 말고 무찌르거라. 마법을 사용할 수 없을 테니, 어렵지 않을 게야."

"예, 사조 어르신."

무허진선의 몸이 순간 흐릿하게 변한 것을 본 순간. 운정은 전신에 마기를 폭사시켰다. 우선 뒤쪽으로 보법을 밟으면서 사방을 살폈는데, 무허진선은 그 자리에서 증발한 듯 사라져 있었다.

고바넨은 놀란 듯 소리쳤다.

"Rooming! in No Magic Zone?"

두 번째 단어는 몰랐지만, 첫 번째 단어가 순간이동이라는 것을 알아들은 운정은 태극마검에 마기를 가득 불어넣었다. 그리고 뒤쪽으로 넓게 횡으로 휘두르며 검기를 쏘았다.

앞에서 없다면 뒤에 있는 것. 그러니 뒤로 검기를 쏘고, 위를 확인하면 될 일이다.

하지만 그런 운정의 계획은 첫걸음부터 엇나갔다. 그의 검에 집약된 가공할 내력은 발경을 하자마자 그대로 소멸했기 때문이다. 즉 그는 허무하게 검을 횡으로 휘둘렀을 뿐이었다.

쉬익—!

바람 소리를 내고 가른 곳에서 손 하나가 튀어나왔다. 그것은 검의 궤도를 그대로 따라가 그 검을 잡고 있는 운정의 손목을 붙잡았다. 운정은 마기를 한껏 끌어모아, 괴력을 내며 그 손을 털어 버렸다. 하지만 그 손은 그 힘을 그대로 받아서 운정의 이마를 향해 손바닥을 펴고 날아갔다.

퍽—!

마기로 이마를 보호했음에도, 뇌가 울리는 충격은 상당했다. 운정은 비틀거리며 뒤로 물러났고, 무허진선은 그를 바짝 따라붙었다. 그리고 오른손에 쥔 검을 크게 휘둘러 운정의 태극마검의 검면을 때렸다.

쿵.

태극마검은 묵직한 철 소리를 내며 바닥에 떨어졌다. 운정이 곧 정신을 차리고 앞을 보자, 그를 향해서 길게 검을 겨누고 있는 무허진선이 보였다. 그의 검은 방 안 전체를 비추는 듯한 은은한 빛이 나고 있었는데, 곤륜의 검강(劍罡)이 틀림없었다. 운정이 시선을 아래로 가져가니, 그는 운정의 태극마검을 양발로 사뿐히 밟고 있었다.

무허진선이 말했다.

"진보가 있는 곳에선 발경할 수 없다네. 내 말하지 않았는가?"

"어차피 믿을 수 없는 상대의 말 아닙니까?"

무허진선은 운정의 목에 겨눈 검을 치우고는 검집에 넣었다. 강기충검된 검에서 순식간에 내력을 제하는 그 신기를 보면, 얼마나 내공이 심후한지 가늠하기 어려웠다.

그가 말했다.

"보아하니 사람 의심하기를 많이 해 보지 않았군. 무슨 말을 의심하고 무슨 말을 믿어야 하는지 잘 모르는 것 같네."

"……"

"앉게. 자네의 그 마기 어린 태극검도 검집에 집어넣고. 나에겐 자네를 해할 마음이 없다는 걸 증명했으니 더 이상 경거망동하지 말게."

무허진선은 도도한 발걸음으로 자신의 자리로 돌아갔다. 운정은 땅에 놓인 태극마검을 주워 들며 말했다.

"제 환심을 사서 제게 원하는 정보를 얻으시려고 하는지도 모르지요."

자리에 앉은 무허진선은 어디서 꺼냈는지 모를 술잔에 술을 따르면서 말했다.

"오? 그새 배웠구먼."

"……."

"요괴 자네도 이리 와서 앉게. 중원제일주를 소개하고 싶으니."

그 순간 고바녠과 운정은 서로 눈을 마주쳤다. 고바녠은 상당히 불안한 기색으로 지팡이를 들고 착용한 월지들을 만지작거리고 있었고, 운정도 긴장이 가득한 표정으로 검집에 손을 두고 있었다.

운정은 깨달았다. 그 둘이 똑같은 입장임을.

탁!

문이 닫히자, 운정과 고바녠은 또다시 동시에 문 쪽을 보았다. 그곳에는 전처럼 나가지 않고, 안에서 문을 닫은 무진이 그 앞에 서서 검을 꽂은 채로 팔짱을 끼고 서 있었다.

다시금 운정과 고바녠은 눈을 마주쳤고, 곧 그들은 검과 지팡이를 품에 넣었다.

그들이 서서히 식탁으로 걸어와 앉으니, 무허진선은 자리에서 일어나, 처음 운정에게 했던 것처럼 술잔을 고바넨에게 주었다.

　"진선주라고 하네."

　고바넨은 이름을 듣고 아리송한 표정을 지었다. 진선이라는 말을 잘 이해하지 못한 듯싶었다. 그러나 그녀는 곧 말없이 술을 한 모금 먹더니, 곧 눈을 동그랗게 뜨며 그 술잔을 이리저리 둘러보았다.

　그 모습을 본 무허진선은 인자한 미소를 지으며 말했다,

　"앞에 술병에 있으니, 앞으로는 스스로 따라 마시게."

　고바넨의 두 눈동자는 앞에 놓인 술병에 고정되었지만, 그녀는 곧 그 눈동자를 억지로 돌려 무허진선을 보았다.

　"나를 도와준다고 하지 않았나?"

　무허진선은 고개를 끄덕였다.

　"도와준다고 했지. 그래서 이렇게 자리를 만든 것 아닌가?"

　고바넨은 운정을 보더니 말했다.

　"이 일이 잘 풀리면 청룡궁을 떠나 무림맹과 동맹할 수 있다는 내 말을 우습게 들었나 보군."

　"진지하게 들었네. 하지만 한쪽 이야기만 듣고 판단할 수는 없는 노릇이지."

　"……"

"운정 도사. 내 이쪽 요괴의 이야기를 들으니, 자네와는 철천지원수라는데 사실인가? 자네가 요괴의 스승을 죽였다는데?"

운정은 기가 막히다는 듯 대답했다.

"고바넨은 자기 스스로 자신의 스승을 죽였습니다. 그리고 그 스승의 반지들을 빼앗았습니다. 오히려 저자가 제 사부님을 죽게 만들었습니다."

그 말이 끝나기 무섭게 고바넨이 말했다.

"내 스승을 죽음 직전까지 몰아세운 게 너잖나? 그래서 내가 스승을 편히 보내 드린 것이다. 월지는 합당한 유산이고. 그걸 가지고 내가 죽였다? 그리고 또한 네 사부가 죽게 된 원인은 무당산의 정기가 사라졌기 때문이라 들었는데, 그 일에 대해선 벌써 용서했다고 하지 않았나? 또다시 들먹거리면서 이번엔 내가 그 일을 했다? 했다 하더라도 내가 아니라 내 스승이 한 것이지."

운정은 더욱 화가 끓어오르는 것을 느꼈지만, 그가 분명 잘못 말한 건 맞았다. 엄밀히 말해서 그의 스승이 죽은 원인은 당시 마법사를 지휘하던 욘 때문이지, 고바넨 때문이라고 할 순 없었기 때문이다. 하지만 한통속이라는 생각이 머리에서 끊이질 않아, 고바넨이 직접 사부를 죽인 것 같은 기분에 사로잡혔다.

"운 소협. 마기를 거두시게."

무허진선의 말을 듣자 운정은 그제야 자기가 마기를 일으키고 있었다는 것을 깨달았다. 그는 정신을 집중해서 태극마심신공으로 인해 생긴 음양의 부조화를 해결했고, 그러자 그의 정신을 지배하던 분노가 서서히 옅어져 사라지는 것을 느꼈다.

운정은 숨을 깊게 들이마시고 또 내뱉으며 마음과 머리를 비웠다. 그리고 무허진선에게 말했다.

"이자는 화산에서 제 연인인 정채린 소저를 납치했습니다. 그녀의 안전을 빌미로 절 이용하려 합니다."

"이용하려 한다?"

"본 교의 태학공자를 아실 겁니다. 그가 이자를 고문했기에, 그에게 복수하는 일에 절 이용하겠다고 본인이 말했습니다."

무허진선은 팔짱을 끼더니 말했다.

"화산에서의 일은 들었네. 화산에서 직접 사람이 찾아와서 자초지종을 설명했어. 그들이 말하는 것을 들어 보면, 정채린이 화산을 배신하고 이계인과 손을 잡아 마법을 부렸다고 하던데, 아닌가?"

운정이 뭐라 대답하려는 직전 고바넨이 먼저 말을 꺼냈다.

"맞다. 그리고 이 둘이 연인 사이인 것 또한 맞는 사실이지.

이자는 정채린을 연모하는 마음으로 우리를 도와주었다. 하지만 이제 보니 그녀가 자신을 이용했다는 사실을 받아들이지 못해서 이러는 것이다. 내가 정채린을 납치했다? 무허진선 당신도 봐서 알지 않은가? 정채린은 스스로 우리 쪽에 붙은 것임을."

운정은 입을 딱 벌리고 고바녠을 보았다. 정말이지 그런 거짓말을 눈 하나 깜짝하지 않고 차분하게 내뱉는 그녀의 모습이 경이로울 정도였기 때문이다.

무허진선은 그런 운정에게 말했다.

"내가 처음 이 요괴와 만나게 된 것 자체가 정채린을 통해서 된 것일세. 그녀는 자신이 화산을 배신한 것이 아니라면서 오히려 화산을 지키기 위해 이 이계의 세력들과 함께했다고 하더군."

"그녀는 정신이 구속당하고 있는 것입니다. 마법 중에는 사람을 자기 마음대로 부릴 수 있는 구속마법이란 것이 있습니다."

"그걸 어찌 아는가?"

"그건……"

운정은 말문이 막혔다. 그걸 설명하기 위해선 그가 마법을 익히고 있는 것과 그가 구속마법으로 소청아를 노예처럼 삼고 있다는 걸 말해야 하는데, 그것을 무허진선이 어찌 받아

들일지 뻔했기 때문이다. 그렇다고 갑작스레 거짓말을 지어내 봤자, 그의 현묘함 앞에서 통할지도 미지수다.

그가 더 말하지 못하자, 무허진선의 두 눈빛은 조금 낮게 가라앉았지만, 그는 차분히 말을 이었다.

"화산의 마지막 일대제자인 이석권 장로까지 죽고 내부에 무슨 일이 있었는지 정확히 모르겠네. 무림맹의 입장에선 살아남은 매화검수들의 편도, 태룡향검의 질녀의 편도 들기 어렵지. 듣자하니 그건 운정 도사 자네하고도 관계가 없지만은 않은 일이니, 그 사태에 대해서 운정 도사 자네가 겪은 일을 진실되게 나에게 말해 주었으면 하네. 객관적으로 판단을 하고 싶어서 그렇네."

운정은 당장에라도 속에 있는 진실을 모조리 토해 내고 싶었다. 하지만 그는 몇 번이고 고민 끝에, 술병을 집어 들고 한 모금 마시더니 말했다.

"아까도 말했다시피, 정보를 얻기 위해서 절 살려 주신 것 아닙니까?"

"전혀."

"그렇다면 제가 이 자리에서 일어나 제 갈 길을 간다 해도, 말리지 않으실 거라 믿습니다."

"말리진 않네. 다만, 대화의 장에서 스스로 물러가는 자네를 보며 내가 누구의 말을 믿을지 또한 결정되어지겠지. 내가 기회를 주었음에도, 내게 이야기하지 않는다면, 내가 한쪽 이야기만으로 사태를 판가름한다 해서, 잘못했다 말할 수 없을 것이네."

쿵!

운정은 식탁을 손바닥으로 내려치며 큰 소리로 말했다.

"하! 이미 그렇게 마음을 먹고 단지 명분을 얻기 위해서 이런 자리를 만든 것 아닙니까? 정의를 부르짖는 백도의 수장께서도 전혀 다르지 않다는 걸 알았으니, 처음부터 백도에 몸을 의탁하지 않게 된 것이 참으로 다행입니다."

"또다시 마기가 일어났군. 스스로 자각하지 못하는가?"

그 말을 들은 운정은 본능적으로 손이 움츠러들었다. 운정은 자신의 꽉 쥔 주먹을 내려다보며 자기 내부를 느껴 보았다. 음기와 양기가 전신의 혈맥에서 서로에게 날을 세우고 자신의 영역을 만들어 싸우고 있었고, 당장에라도 끓어넘칠 듯한 분노가 마음에 가득했다.

그는 음양의 조화에 집중하며 가까스로 화를 참아 냈다. 그의 두 눈빛에 진하게 감돌던 마기가 차츰 잦아들었다. 그의 몸속에 일어났던 음양의 불균형도 해소되어 서로와 섞이면서 태극의 조화가 일어나기 시작했다.

순식간에 이성을 되찾은 그는 곧 그 두 눈에서 청명한 안광을 뿜어냈다. 자기 자신의 화에 갇혀 자신의 입장만 보던 주관적인 시야가, 자기 자신에서 벗어나 제삼자의 시야로까지 넓어졌다.

운정은 냉정하게 사태를 파악했다.

이 모든 것이 무허진선과 고바녠의 농간일 경우, 그가 자신의 이야기를 솔직하게 털어놓았다가는 유출될 중요한 정보가 너무 많다. 정채린에게 숨어든 마족이나, 제갈극이 태극지혈을 필요로 하는 이유 등등 그들이 이 정보들을 어떻게 이용할지 알 수 없었다. 둘이 한패라면 어차피 무력이 밀리는 상황이니 아무런 정보라도 주지 않는 것이, 쉽게 정보를 캐내려고 연극을 하는 그들에게 그마나 저항하는 길이다.

그러나 그렇다고 이대로 말을 하지 않고 자리를 박차고 나갈 수만도 없다. 만약 무허진선이 진정으로 중립을 지키고 양쪽의 이야기를 듣기 위해서 이 자리를 만든 것이라면? 운정 스스로 고바녠과 무허진선의 동맹을 만들어 주는 꼴이 될 것이다. 또한 고바녠은 운정이 자신의 말을 듣지 않았다는 이유로 정채린에게 어떤 해코지를 할지 몰랐다.

즉 운정은 전자의 상황을 대비해 자신의 이야기를 하지 않아야 하고, 후자의 상황을 대비해 무허진선에게 믿음을 주어야 한다. 그런데 진실을 말하지 않고 어떻게 믿음을 줄 수 있단 말인가?

운정은 눈을 감고는 깊은 고심 끝에 말했다.

"제 이야기를 하기보단, 이자의 이야기에서 어폐를 찾고자 합니다."

무허진선은 눈을 반쯤 뜨며 다시 물었다.

"무슨 말인가?"

"다시 말씀드리지만, 무림맹주께서 제게 이 요괴가 온다는 것을 숨기신 것은 사실입니다. 이로 인해서 제가 맹주님을 믿지 못하게 된 것 또한 제 탓을 하실 수는 없습니다."

"물론 그렇지. 하지만 나는 고바넨과 같은 편이 아님을 증명하기 위해서 자네를 충분히 무력으로 제압했음에도, 이렇게 자유롭게 두지 않았는가? 다시 말하지만, 자네가 이 자리에서 떠난다 해도 말리지 않을 것이네. 물론 그 대가에 대해선 책임져야겠지."

"저 또한 다시 말하지만, 엄연히 제 입장에선 맹주님과 요괴가 한패가 되어 제게 정보를 취하기 위해서 이런 연극을 할 수 있다는 합리적인 의심을 할 수 있다는 말입니다. 그리고 제가 자리를 떠나려는 즉시 본색을 드러낼지 누가 압니까?"

무허진선은 재밌다는 듯 웃었지만, 고개는 끄덕였다.

"그래. 그렇게 생각할 수 있지. 자네의 입장에서 생각해 보면… 충분히 그럴 수 있어."

"그러니 전 여기서 더 새로운 정보를 드리고 싶지 않습니다. 하지만 그렇다고 해서 내가 자리를 뜨겠다는 말은 아닙니다.

제가 자리를 떠날 경우 맹주께서는 제 말이 아니라 이 요괴의 말을 전적으로 믿을 수밖에 없다는 그 말도 맹주님의 입장에선 맞는 말이기 때문입니다."

무허진선의 미소가 깊어졌다.

"아하, 그래서?"

운정은 고개를 끄덕이며 무허진선의 말을 이었다.

"그래서 이 요괴가 한 이야기에 제가 어폐를 같이 찾아드리겠다는 겁니다. 그로 인해서 이 요괴가 거짓말을 한다는 것을 증명한다면, 저는 새로운 정보를 더 주지 않고도 맹주님의 믿음을 얻을 수 있을 것입니다."

무허진선은 몇 번이고 고개를 끄덕이며 고바넨을 보았다.

"요괴는 이 방도를 어찌 생각하는가? 만약 요괴가 말한 이야기가 모두 진실이라면 그 속에 어폐가 있을 리가 없지 않은가? 운정 도사 앞에서 내게 해 준 이야기를 다시 해 줄 수 있는가?"

고바넨은 운정과 무허진선을 번갈아 보았다. 그러고는 나지막하게 말했다.

"나 또한 마찬가지로 당신 둘이 합작을 벌이는지 어떻게 알지? 애초에 나를 곤경에 빠뜨리려고 이런 자리를 마련했는지 어떻게 믿으라는 것이지?"

운정이 빠르게 대답했다.

"이 만남을 처음 제안한 것도 당신입니다, 고바넨. 그리고 당신은 이미 자신의 이야기를 여기 계신 맹주님께 했기 때문에, 한 번 더 이 자리에서 한다 해도 더 새로운 정보를 내놓는 것도 아닙니다. 그리고 만약 우리가 애초부터 당신을 함정에 빠뜨렸다면 이렇게 명분을 찾을 것도 없이, 벌써 제압했을 겁니다. 이계인인 당신을 제압한다 하여 대의명분에 어긋나는 것이 없으니까요."

"내가 진실을 말한다고 해도, 네 혓바닥에 놀아날지는 모를 일이다."

그 말에는 무허진선이 대답했다.

"설마 내가 그것 하나 간파하지 못할 것이라고 생각하는 것인가, 요괴? 도사가 매일 하는 것이 명상과 토론이니, 내가 얼마나 우습게 보였으면 나보다 한참 어린 도사의 말장난을 알아차리지 못한다고 생각한단 말인가?"

고바넨은 눈을 날카롭게 뜨더니 조금 어조를 높여 다급히 말했다.

"당신 둘이 한통속인지 내가 어떻게 아느냐고."

운정은 미소를 얼굴에 머금었다. 이미 승부가 판가름 난 것을 느낀 것이다.

"다시 말하지만, 우리 둘이 한통속이라면 이미 당신을 제압하여 우리의 뜻대로 했을 것입니다. 고바넨. 자꾸만 자신의 이야기를 하지 않겠다고 하는 걸 보니 자기 이야기에 자신이 없는 것 아닙니까? 거짓말이 들통나지 않을 자신이?"

고바녠은 입술을 살짝 깨물었다. 그녀는 잠시 잠깐 고민하더니, 곧 입을 열어 그녀가 전에 무허진선에게 한 말을 되풀이하기 시작했다.

그녀는 정채린이 이계를 다녀오고 나서 마법에 관심이 생겼고, 마침 무공이 정체하게 되어 이 둘의 융합을 꿈꾸었다는 말로 시작했다. 그녀의 거짓말은 이석권 장로의 이야기를 적당히 섞은 것으로 그녀가 이야기를 하는 도중 운정과 무허진선은 몇 번이고 눈을 맞췄다.

그냥 듣기에는 어느 정도 말이 되는 듯했지만, 조금만 자세히 생각해 보면 이런저런 빈틈이 많았다. 말의 허점과 빈틈을 찾는 데 중원제일이라 할 수 있는 곤륜의 도사와 무당의 도사에게는 거의 어린아이가 즉석에서 짜낸 거짓말처럼 들렸다.

몇 번이고 무허진선과 눈빛을 교환한 운정은 무허진선이 이미 고바녠을 의심하고 있었고, 그래서 운정을 위해 이런 자리를 만들었다는 것을 거의 확신할 수 있었다.

운정은 그런 무허진선에게 믿음이 갔다, 하지만 마지막까지 의심의 눈길을 거둬선 안 된다고 자신의 마음을 다잡았다. 연극이 어디까지 연극인지는 끝날 때까지 알 수 없다.

고바녠이 말을 끝낸 이후, 운정은 그녀를 몰아붙였다. 그러자 고바녠은 자신의 말을 몇 번이나 번복하고 말을 더듬는 등, 누가 보아도 거짓을 말하는 사람이 할 법한 행동을 하기 시작했다.

결국 몇 번의 지적 끝에, 궁지에 몰린 고바녠은 갑자기 검지 하나를 펴서 앞으로 뻗었다.

"파워 워… 컥."

고바녠의 오른쪽에서 나타난 무허진선은 고바녠의 손가락을 뒤로 구부러뜨렸다. 그리고 고바녠의 왼쪽에서 나타난 운정은 고바녠의 턱을 손날로 쳐 말을 막았다.

운정은 고바녠의 멱살을 틀어쥔 뒤, 자신의 얼굴을 가져가더니 마기가 가득한 두 눈으로 그녀를 마주 보며 으르렁거렸다.

"월지를 모두 빼십시오. 그렇지 않으면 손가락을 모두 자르겠습니다."

고바녠은 운정을 지그시 바라보다가, 곧 수가 없다는 것을 깨닫고는 반지를 하나하나 빼내었다. 꺾인 왼손 검지를 억지로 맞춰 가며 초록빛 반지까지 빼내었지만, 마지막 왼손 엄지에 낀 붉은 반지는 빼내지 않았다.

이를 확인한 운정이 태극마검을 뽑아서 고바녠의 목에 겨누자, 고바녠이 말했다.

"이 반지는 내가 빼고 싶다고 뺄 수 없는 것이다."

"무슨 말입니까?"

"이 붉은 반지는 다른 반지들의 주인 노릇을 하는데, 이를 착용하면 특정 시일이 지나지 않고는 뺄 수 없다."

"그렇다면 손가락을 자르는 수밖에 없지요."

운정이 태극마검을 휘두르려고 크게 높이 들었다. 그러나 무허진선이 자신의 검으로 태극마검의 경로를 막았다.

챙.

운정이 무허진선을 돌아보니, 그는 깊은 두 눈으로 그를 보았다.

"오늘 피 흘릴 일이 없을 거라는 내 약조를 듣지 못했던가?"

운정은 조금 격해진 목소리로 말했다.

"방금 이야기를 듣지 않으셨습니까! 이자는 거짓을 말했습니다. 믿을 수 없습니다. 게다가 이 붉은 반지는 다른 반지를 다스립니다. 다른 반지들을 뺐어도, 이 붉은 반지를 빼지 않는다면 아무 의미 없는 짓일 겁니다."

"다시 자네에게 약속하겠네. 만약 이자가 허튼짓을 한다면 내가 직접 나서서 무찌르지. 미안하지만 내 앞에선 패배를 인정한 적에겐 더 이상 검을 휘두를 수 없을 것이네."

"맹주님!"

"마기가 또 올라왔군."

"……."

"진리는 좇는 것은 그 자체만으로도 어려운 것이네. 왜 그런 짐을 등에 업고 가려는지… 안타깝구만."

"후우."

운정은 심호흡을 한 번 하더니 다시금 마기를 다스렸다. 정말이지 조금만 방심해도 마기가 일어나는 것을 자각할 수 없는 게 확실히 큰 문제점이긴 했다. 이성으로 다스리는 방법을 아는 것만으로는 마기를 확실히 다룬다 할 수 없을 듯싶었다.

자각이 문제다.

운정은 마음을 차분히 가다듬었지만, 의심을 놓진 않았다. 과연 무허진선이 고바녠의 손가락을 자르지 못하게 막은 것은 그의 정의(正義) 때문일까?

모를 일이다.

무허진선은 고바녠을 보더니 말했다.

"마법을 부리는 지팡이도 그 반지처럼 손에서 뗄 수 없거나 하진 않을 테니, 그건 내놓으시게."

고바녠은 망설였지만, 무허진선이 아니라면 운정이 그녀를 죽이는 걸 넘어서 토막 낸다 해도 말릴 수 없기 때문에, 그의 말대로 지팡이를 꺼내 식탁에 내려놓았다. 그것을 보자, 무허진선은 진보를 품에 넣고는 지팡이를 향해 손바닥을 뻗었다. 그러자 그녀의 지팡이가 공중에 둥실 뜨더니, 방 한쪽 멀리

던져졌다.

허공섭물(虛空攝物).

입신의 경지에 이른 자가 보일 수 있는 신기 중 하나로, 내력을 보내 물체를 만지지 않고 움직이는 것이다. 물론 이를 기술적으로 익히는 무공이 있으니, 허공섭물을 펼친다고 꼭 입신의 경지라곤 할 순 없었다.

하지만 곤륜파의 장문인인 무허진선이 과연 그런 기술적인 무공을 익혔을까? 지금도 혹시 모를 마법의 영향을 꺼려 해서 허공섭물로 옮기는 것처럼 보였다. 그런 기술적인 무공을 통해 자신의 경지를 일부러 과장하려는 것 같지도 않았다.

다시 말하면, 그는 입신에 이르렀고 자연스럽게 허공섭물을 펼쳤을 가능성이 크다. 그러니 마교 소속인 운정과 이계 세력인 고바넨을 앉혀 두고 이곳에서 대화할 것이라 당당히 선포할 수 있었을 것이다.

그런 운정의 마음을 읽었을까? 무허진선은 또다시 증명이라도 하듯 손을 휘적거렸다. 그러자 그의 검이 공중에 둥실 뜨더니, 날카로운 칼끝을 고바넨의 목에 겨눴다. 운정이 놀란 표정으로 그것을 바라보는데, 정작 그 일을 해낸 무허진선은 그것을 쳐다보지도 않고 아무렇지도 않은 듯 수염을 쓰다듬으며 자신의 자리로 돌아가 앉았다.

운정은 묵묵히 있다 검집에 자신의 검을 넣었다. 그것이 그가 고요하기 짝이 없는 그 이기어검(以氣馭劍) 앞에서 보일 수 있는 예의였다. 사실 이기어검 자체를 향한 예의라기보다는, 누가 조종하고 있는지조차 알 수 없을 정도로 고요히 펼치는 그 경지를 향한 것이었다.

운정이 자리에 앉자, 무허진선은 젓가락을 들어 몇몇 음식을 입에 담았다. 목에 칼이 겨누어진 고바넨과 그와 같은 수준의 압박감을 느낀 운정은 그런 그의 눈치를 살필 수밖에 없었다.

무허진선은 야채를 씹어 삼킨 뒤에 말했다.

"진선주는 꽤 독해서 안주를 먹지 않으면 속이 상하기 십상이지. 두 분도 들게. 요괴 자네도 허튼짓만 하지 않는다면 눈앞의 칼이 없다 생각해도 무방할 것이네."

"……."

"……."

시퍼런 날을 세우고 있는 검이 목 언저리에 있는데 없다 생각하라? 고바넨은 꼼짝 않고 앉아 있었다. 그리고 운정도 구미가 당기지 않아 그대로 앉아 있었다.

무허진선은 그 모습을 보더니 젓가락을 내려놓았다.

"혼자 먹으니 맛이 떨어지는군. 자, 요괴가 한어로 말을 하려다 보니, 말하는 것만으로도 바빠서 거짓말하는 데에는 신경을 잘 쓰지 못한 듯하네. 덕분에 일이 쉽게 풀렸군."

운정이 얼굴을 굳히며 말했다.

"엘프는 본래 거짓말을 잘할 수 없습니다. 그들에게 있어 거짓말은 생존에 필수 불가결한 것이 아니기 때문입니다. 아마 사후(死後)에 어설프게 배운 것이니, 미숙한 티가 날 수밖에 없을 겁니다."

무허진선은 눈을 크게 떴다.

"거짓말이 필요 없다니, 그들은 대단히 행복한 세상에서 살아가는군. 그보다, 사후라니? 그건 무슨 말인가?"

운정은 자신이 은연중에 실수한 것을 깨달으며 말했다.

"맹주님께는 죄송하지만, 더 말씀드릴 수 없습니다. 아직도 완전히 신뢰할 수 없기 때문입니다."

무허진선은 깊은 한숨을 쉬고는 말했다.

"이조차도 다 연극이라 생각하는가? 이젠 나를 믿을 것이라 생각하여, 일이 쉽게 풀린 줄 알았는데, 아쉽게 되었구먼."

운정은 단호하게 자신의 입장을 철회하지 않았다.

"생각해 보니, 애초에 맹주님께서는 고바넨의 말을 믿을 수 없었고, 저를 회유하기 위하여 이런 자리를 마련하신 것 같습니다만, 그렇다면 제게 먼저 그녀의 존재를 언질해 주지 않을 이유가 없습니다."

"어디까지나 중립을 지키고자 함이었네. 그리고 당시에는 검봉이 직접 내게 말한 것이 컸네. 요괴의 말이 허술할지라도 검봉 본인이 그 말을 증언해 주니 긴가민가했지. 하지만 자네의 날카로운 지적들을 옆에서 보니, 요괴의 말이 아예 논리적으로 맞을 수 없다는 걸 보았네."

"설마요. 맹주님께서 제가 본 허점들을 보지 못했다곤 믿을 수 없습니다."

"보았지만, 검봉의 존재로 덮어진 것이지. 그런 마법이 있고, 또 그렇게 완벽하게 사람을 부릴 수 있을 줄은 몰랐다네."

운정은 고개를 흔들더니, 확정적으로 말했다.

"만약 고바넨의 신변을 제게 양도해 주신다면 맹주님을 완전히 믿고, 서찰을 통해서 그날의 진실을 자세히 설명하겠습니다."

무허진선은 팔짱을 끼었다.

"이 요괴를 자네에게 넘기는 것은 곧 마교에게 넘기는 것이니, 그건 불가하네. 방금 듣자하니 태학공자가 그녀를 고문했다면서? 그런 천인공노할 일을 아무렇지도 않게 하는 마교에게 넘길 수는 없네. 혹 자네, 그 사실을 알고도 묵과한 것인가? 아니, 신변을 양도해 달라는 걸 보면 설마 직접 고문할 생각인가?"

"제가 누구를 고문할 사람으로 보이십니까?"

"그럼 묵과는 했단 말인가?"

무허진선은 처음으로 얼굴을 굳혔다. 차갑지만 불타오르는 눈빛이 그의 두 눈에 있었다.

운정은 그 질문에 선뜻 대답하기 어려웠다. 그가 제갈극이 고바넨을 고문하는 것을 보고, 분명 당황하고 또 그로 인해 제갈극이라는 인물에게 더 큰 힘이 있으면 안 된다는 생각을 한 건 사실이다. 그래서 목숨을 걸고 그가 마법지팡이를 얻지 못하게 하려 한 것 아닌가?

하지만 과연 지금 무허진선이 분노하는 것만큼 분노했는가 물어본다면 그렇다 할 수 없었다. 본래 운정이라면 사람이 다른 사람을 고문하는 것을 보면 악인이라 판단하여 즉시 검을 뽑아 제압했을 것이다. 하지만 당시 운정은 제갈극에게 그렇게까지 적의를 가지지 못했다.

아니, 안 했다.

조금 뜸을 들인 후 운정은 나지막하게 대답했다.

"그렇지는 않습니다. 다만……."

"다만?"

"사람을 고문하는 일이 천인공노할 일이라는 그 당연한 사실이… 조금 멀게 느껴졌습니다. 아니, 느껴집니다. 자세히 말씀드릴 수는 없지만 전 단언컨대 묵과하거나 방관하진 않았습니다. 목숨을 걸기도 했습니다. 하지만 과연 제가 천인공노할 악행에 분노했기 때문에 그런 것인지… 아니면 그저 치기 어린 생각 때문에 그런 것인지… 모르겠습니다. 마성의 영향이 아닌가 합니다."

"……."

무허진선은 눈길을 피하는 운정을 뚫어지게 보았다. 운정이 하는 말이 정확히 무엇인지는 자초지종을 들어 봐야 알겠지만, 적어도 그가 마성의 영향을 자각하고 있다는 것은 그에게 희소식이었다.

운정은 눈을 들어 무허진선을 마주 보며 말을 이었다.

"구차한 변명이 되겠지만, 제가 태학공자와 이런저런 거래를 하는 중에 고바녠이 태학공자의 손에서 해방된 것은 사실입니다."

고바녠은 그 말을 듣자마자 코웃음 쳤다.

"하! 마치 네가 나를 구한 것처럼 말하는구나."

운정은 더 이상 아무런 말도 하지 않았고, 무허진선은 그런 그를 지그시 바라보았다.

무허진선은 툭하니 말했다.

"다시 말하지만, 역혈지체는 철소가 가능하네. 자네가 마교에 있다가 어느 순간 넘지 말아야 할 선을 넘어섰다는 생각이 들면 나쁜 생각을 하지 말고 곤륜을 떠올려 주게. 곤륜은 자네가 어떠한 과오를 지녔다고 해도 받아들일 것임을 내 장문인의 자리를 걸고 약속하지."

운정은 고개를 갸웃하며 물었다.

"어떠한 과오라면, 제가 악행을 저지르지 않은 선한 사람을 상대로 고문을 할 뿐만 아니라 살인을 저질러도 받아 주신단 말입니까? 그것도 수십 수백을 죽여도?"

무허진선은 눈을 지그시 감더니 수염을 쓰다듬었다.

"새벽에 나와 토론할 때 말했지만, 곤륜은 무당과 다르게 사람을 선인과 악인으로 구분하여 가치를 달리 평하지 않네. 다시 말하면 자네가 정의의 이름 아래 악인에게 행했던 모든 행위는 곧 선인에게 한 것과 다름이 없다는 뜻이지. 그러니 자네가 선인에게 그런 악행을 하지 않고 오로지 악인에게 했다 해도 곤륜의 공부 아래에선 이미 죄인이네. 곤륜의 공부가 그러하니, 자네가 앞으로 그런 악행을 선인에게 저질러도, 달라지는 것은 없네."

운정은 믿을 수 없다는 듯 물었다.

"정말입니까? 정말로 그렇습니까?"

무허진선은 깊이 한숨을 들이마시고 또 내뱉었다.

"무량수불."

"……."

도호를 읊조린 무허진선은 눈을 뜨고 고바넨에게 고개를 돌리며 말했다.

"언제까지고 요괴, 요괴 할 순 없으니, 이름을 부르지. 고바내라고 했나? 고바내 소저는 왜 내게 접촉해서 운정 도사를 불러 달라고 한 것인가?"

고바녠은 자신의 목에 겨누어진 칼날을 내려다보곤 말했다.

"고문하는 것을 악행이라 주장하는 도사가 목에 칼을 겨누고 질문을 하는 것인가? 왜? 대답하지 않으면 고문하지 않고 바로 죽이려고?"

무허진선은 희미한 미소를 지었다.

"검을 겨눈 것은 자네가 마법을 이용해 우리에게 해를 끼칠까 하여 그런 것이지. 그것으로 자네를 협박할 심산은 아니네. 만약 대답하고 싶지 않다면 대답하지 않아도 좋네. 그렇다 해서 자네의 신변을 해치지 않을 것이니."

고바녠은 무허진선을 뚫어지게 보다가 말했다.

"왜지?"

"그것이 곤륜이 말하는 백도일세."

"……."

"왜 운정 도사에게 접촉하려 했는지 말하겠는가?"

고바녠은 입을 다물어 버렸다. 하지만 자신의 목 주변에서 시퍼렇게 날을 세운 칼을 몇 번이고 흘겨보았다.

무허진선은 수염을 만지작 하더니 운정을 돌아보곤 말했다.

"말하지 않겠다면, 운정 도사의 말을 믿을 수밖에. 그럼 이 자가, 운정 도사를 찾아온 이유는 운정 도사의 정인이자 태룡향검의 질녀인 검봉 정채린의 신변을 이용해 운정 도사를 협박하기 위함이로군."

운정은 고개를 끄덕였다.

"정채린이 그녀를 도운 것은 고바넨이 그녀의 정신을 구속하는 마법으로 그녀를 부렸기 때문입니다. 이자가 뺀 반지 중 회색빛이 나는 것이 있습니다. 그 반지에 담긴 마법이 바로 타인을 노예처럼 부리는 마법입니다."

무허진선은 상 위에 올려져 있는 아홉 반지들을 찬찬히 둘러보았다. 그 반지들은 각양각색으로 빛나면서 그를 유혹했다. 묘한 욕망이 스멀스멀 마음속에 들어오는 것을 느낀 무허진선은 그 반지들이 보통 물건이 아님을 느낄 수 있었다.

그가 운정에게 물었다.

"흐음. 중원의 섭혼술(攝魂術) 같은 것인가?"

"아시다시피 이계의 마법은 중원의 술법보다 더욱 진보된 것입니다. 그 반지를 뻗어 주문을 외우는 것만으로 강력한 구속마법을 걸 수 있습니다."

"그렇다면 그것을 이용해서 정채린에게 걸린 그 구속마법이라는 섭혼술을 풀 수도 있겠군."

"아마 가능하지 않을까 싶습니다."

무허진선은 천장을 올려다보더니, 고개를 느릿하게 끄덕였다.

"그 가설을 들으니, 아귀가 모두 맞는 듯하네. 매화검수들은 정채린이 화산을 배신했다고 하지만, 다 그 구속마법 때문이었구먼. 그리고 자네는 그런 정채린의 목숨을 지키기 위해서 어쩔 수 없이 협력한 것이고. 그럼 이 오해만 풀면 화산의 내부적인 갈등을 해결할 수 있겠어."

운정은 그 순간 무허진선이 단단히 오해했다는 것을 알았다. 정채린이 구속마법에 걸린 것은 엄연히 모든 일이 끝난 뒤였기 때문이다.

하지만 운정은 아무런 말도 하지 않았다. 무허진선을 오해한 채로 놔두었다. 이대로 그 오해가 진실이 되어 버린다면, 매화검수들은 정채린을 미워할 순 있어도 정죄할 수는 없기 때문이다. 그렇다면 정채린이 다시 화산에 돌아가는 것 또한 가능할 것이다.

"거짓말을 하는 것은 무당의 공과율에 위배되니 말일세. 하지만 진실을 숨기는 것은 공과율에 위배되지 않지. 구태여 말하지 않는 것도 공과율에 위배되지 않아. 그런 같잖은 기준으로 자기들의 선을 앞세우는 무당에게 이골 난 사람이 바로 자네 앞에 서 있어. 노부는 무당의 도사들과 어쩔 수 없이 교류할 때마다 그 역겨운 위선에 시달렸었지. 그래서 꿰뚫어 볼 수 있네."

운정은 마음속에서 울리는 안우경의 목소리를 애써 무시했다.

그리고 그것을 따라 올라와 속을 옥죄는 죄책감 또한 무시했다.

하지만 그러면 그럴수록 속은 답답해져만 갔다.

운정은 도저히 참을 수 없어 태극마심신공을 운용했다.

마기가 그의 전신에 겉돌기 시작했고, 정신은 오염되었다.

하지만 마음만은 평온하기 이를 데 없었다.

"갑자기 왜 마기를 일으켰는가?"

운정은 무허진선을 보며 은은한 마기를 머금은 눈빛으로 대답했다.

"말씀하신 것을 듣다 보니, 마음이 어지러워져서 그렇습니다. 저와 린 매가 이용당한 사실을 생각하니… 크게 개의치 마십시오."

"마기를 좀 더 다스리는 방도를 연구해야겠구먼. 마선(魔仙)이라 함은 아마 마기를 자신의 수족처럼 부리는 것이지 그것에 취해 시도 때도 없이 휘둘리는 것은 분명 아닐 테니 말일세."

말을 끝낸 무허진선은 자리에서 일어났다. 운정도 따라 일어나며 그에게 물었다.

"아, 일어나십니까?"

무허진선은 은은하게 밝아진 창문 밖을 보며 말했다.

"용무는 다 보았으니까. 해가 떠오르는 것을 보니, 이번 수경신도 성공한 듯하네. 열세 시진을 잠 없이 버티는 건 확실히 힘든 일이야. 곤륜의 공부에선 수경신 때 심법이나 내공의 도움을 받지 못하니, 이 나이에 하기 너무 어렵지. 피곤하니 돌아가서 단잠이라도 잘 생각이네."

"아, 맹주님의 경신일(庚申日)이 오늘이셨습니까?"

"그래서 오늘을 약속으로 잡았네. 밤새 대화할 상대가 있으면 그만큼 쉬워지니까. 하하하. 이 노인네가 너무 속을 보였구면."

"……."

"그럼 이자는 자네에게 맡기도록 하지."

고바넨과 운정이 동시에 그를 보았다.

"뭐?"

"예?"

무허진선은 손을 휘적거렸다. 그러자 고바넨의 목 언저리에 있던 검이 그의 검집으로 알아서 들어갔다. 그는 한 손으로 뒷짐을 지고 다른 손으로는 수염을 만지며 말했다.

"내 위치가 위치인지라 요괴와 함께 무림맹으로 돌아갈 수는 없으니까. 어차피 무림맹에는 이 요괴를 숨길 수 있는 곳도 없고. 그래서 자네에게 맡기는 것이 좋겠다 생각하네."

"그럼 제 말을 믿어 주시는 겁니까?"

"다만 매화검수들은 화산 내부를 정리하고 무림맹에 투신하겠다고 했니, 그들이 무림맹에 오면 그때 다시 이 고바녠 처자와 함께 정식으로 초청하지. 그때 함께 증인으로 나와서 증언해 주게. 그러면 태룡향검의 질녀와 매화검수들 간의 오해를 풀 수 있을 거야."

"……."

"태룡향검은 우리 무림맹뿐만 아니라 마교에도 중요한 인물일세. 지금은 실종되었다고 하나, 마교에서 말하기를 그가 사라지게 된 것이 일종의 공간이동으로 인한 것이라면서? 그러니, 그가 나중에 돌아왔을 때 화산의 편을 들지, 아니면 하나 남은 혈육의 편을 들지 알 수 없어. 그와 몇 차례 만났지만, 화산만을 사랑하는 것도, 혈육의 정에 이끌리는 것도 아닌 듯 보였으니까. 아무튼 기준이 뭔지, 속이 뭔지 알 수 없는 사내였지. 참으로 입신은 입신이야."

"……."

"그럼 가겠네. 매화검수들은 무림맹에 올 정확한 시일을 말해 주지 않았네. 내부를 정리한다는 게 얼마나 걸릴 일인지는 알 수 없지만, 만약 바로 출발했다면 당장에라도 당도할 것이네. 물론 아직도 내부를 정리하고 있을지 모르지. 아무튼 그렇게 알아 두게."

무허진선은 천천히 걸음을 옮기기 시작했다. 그리고 그는 그의 사손과 함께 문을 열어 밖으로 나갔다.

그때까지 운정과 고바녠은 영문을 모르겠다는 듯 그의 뒷모습을 바라만 볼 뿐이었다.

쿵.

문이 닫히자 운정은 재빨리 태극마검을 뽑아 고바녠의 목에 겨누었다. 고바녠의 얼굴에 두려움이 서리자, 운정이 으르렁거렸다.

"엄지에서 반지를 빼십시오. 당장 뽑지 않으면 손가락이 아니라 손목째 잘라 버릴 겁니다. 수작 부리지 마십시오."

고바녠은 운정의 두 눈에서 빛나는 강렬한 마광을 보곤 그가 진심으로 그녀의 손목을 잘라 버릴 것이라는 느낌을 받았다.

그녀는 천천히 자신의 엄지에 있는 붉은 반지를 빼며 말했다.

"이 반지를 뺄 수 없다는 말이 거짓말인지 어떻게 알았지?"

"당신이 거짓 이야기를 하는 동안, 당신이 거짓말을 할 때 나오는 버릇을 간파했습니다. 생각해 보니, 거짓말을 한 것 같았습니다."

고바녠은 붉은 반지를 빼고 식탁에 두며 말했다.

"헛소리. 그런 것으론 겨우 의심만 할 수 있을 뿐이다. 네 눈빛은 의심이 아니라 확신이다. 논리적인 근거가 없다면 그럴 수 없어."

"확신은 정말로 없습니다. 다만 당신이 반지를 안 빼면 손
목을 베어 버림 그만일 뿐입니다. 전 그 붉은 반지가 다른 반
지들을 불러 모으는 걸 봤습니다. 그러니 어느 정도 시일이
지나기 전에 반지를 뺄 수 없다는 그 말이 진실이었다 해도
그냥 손목을 잘랐을 겁니다. 당신은 억울해했겠지만, 제가 상
관할 바는 아니지요. 그런 법칙이 없던 게 당신에겐 참으로
다행입니다."

고바넨은 자기도 모르게 침을 삼켰다. 그녀는 자신의 지팡
이와 반지들을 몇 번이고 번갈아 보았다. 그때마다 운정의 몸
에서 피어나는 살기가 강렬해지는 것을 느낀 그녀는 저항할
생각을 관두었다.

그녀가 허탈한 목소리로 말했다.

"다시 느끼지만 중원의 무공은 정말이지 빨라. 철저한 준비
가 없다면 마법이 절대로 이길 수 없겠군."

운정은 그녀를 노려보며 말했다.

"제 질문에 대답하십시오. 만약……."

고바넨은 재빨리 그의 말을 받아쳤다.

"왜? 태학공자처럼 고문이라도 할 것인가? 아니면 죽일 것이
냐? 중간중간 무허진선이 네게 가르치려던 것이 무엇인지 모
르겠나, 도사?"

운정은 눈을 날카롭게 뜨더니 고바넨에게 말했다.

"이미 충분히 마성에 젖어 있습니다. 절 더욱 마성에 젖게 했다가는 불상사를 자초하게 될 겁니다."

"후훗. 우습군. 좋아, 이해하지 못한 듯하니 설명해 주지. 아니, 설명하기 전에 먼저 물어보는 게 예의겠어. 자, 무허진선이 왜 네게 날 맡겼을까? 생각해 봤나?"

"……."

"안 했겠지. 너는 무허진선이 나가는 동안 나를 어떻게 제압할까만 고심했기에, 나보다 한발 빠르게 움직인 거야. 그동안 나는 무슨 생각을 했을까? 너처럼 너를 어떻게 제압할까 생각했을까? 그랬다면 최소한 반지들은 불러들였을 것이다. 그랬어도 너보다 늦었긴 늦었을 거야. 그걸 인정하지 않는 건 아니야. 하지만 난 다른 생각을 했어. 그래서 반응조차 못 한 거지."

"무슨 말을 하고자 하는 겁니까?"

고바넨은 비릿한 미소를 지으며 말했다.

"나는 왜 무허진선이 나를 네게 맡겼는가 생각했지. 내 입장에선 생사가 걸린 문제니까 생각 안 할 수 없어. 무허진선은 중간에 분명 나를 네게 맡길 수 없다고 했지. 그런데 왜 갑자기 입장을 달리했을까? 뭔가 떠오르는 게 없어?"

운정이 눈초리를 좁혔다. 곧 미간이 퍼지며 태극마검의 끝이 약간 흔들렸다.

그는 나지막하게 말했다.

"나를 가늠하려는 것이로군요."

고바녠은 웃음을 터뜨렸다.

"후훗, 그렇다."

무허진선은 가까운 시일 내에 운정과 고바녠을 무림맹으로 초대한다 했다. 그로 인해서 정채린과 매화검수들 간에 생긴 오해를 바로잡겠다고 했다.

그것은 운정이 고바녠을 고문하거나 죽이는 등의 해악을 끼칠 수 없게 만든 것임을 물론이고 오히려 그녀의 신변을 태학 공자로부터 보호하게 만든 것이다.

만약 그녀의 신변에 문제가 생기면, 무허진선의 분노를 사는 것은 물론이고, 고바녠의 말이 신빙성을 잃어버려 정채린과 매화검수 간의 오해를 푸는 것은 요연한 일이 된다.

그리고 단순히 그뿐만이 아니다.

운정이 중얼거렸다.

"내가 진정으로 마성에 물들었는지, 아니면 아직도 제 안에 도가 남았는지를 보려고 하는 것이로군요."

무엇보다도 무허진선은, 운정이라는 사람을 시험한 것이다.

고바녠은 재밌다는 표정을 지으며 발을 꼬았다. 그리고 여유로운 표정으로 앞에 있는 진선주를 한 모금 마셨다. 운정이 그녀 앞에 들고 있는 태극마검을 마치 애들이 가지고 노는 장난감처럼 생각하는 듯했다.

그녀는 안주를 씹어 먹으며 말했다.

"너희 중원인들은 재밌다. 정말로. 머리가 좋다고 해야 하나? 아니, 꼭 그런 건 아니지. 이런 식으로 대화하고 이런 식으로 행동하고, 뭐랄까? 너희 말로는 품위(品位)라고 해야겠지. 그래, 품위. 그게 있어. 파인랜드의 인간들과는 다르게."

"……."

"허튼짓 안 할 것이다. 걱정 마라. 어차피 너로부터 안전하리라는 보장이 있으니, 나도 막 나갈 생각은 없다."

운정은 차갑게 말했다.

"당신은 다릅니다. 전 당신을 보호하고 지켜야 하지만 당신은 내게 그럴 이유가 없습니다. 그러니 지팡이와 반지들을 돌려줄 수는 없습니다."

"내가 왜 네게 악의를 품을 거라고 생각하지? 나도 네 도움이 필요해. 그래서 애초에 네 애인을 납치한 것이지. 모르겠어?"

"……."

운정의 표정이 당황으로 물들자, 고바넨은 부드러운 표정을 지으며 설명했다.

"태학공자가 나를 고문하는 것을 보고 그가 위험한 인물임을 알았다고 했지? 그가 힘을 얻는 걸 목숨을 걸고 막으려고 했다고도 했지? 그러면 너도 그가 살아선 안 되는 사람이란 건 최소한 동의하는 거 아닌가? 그럼 네 도움을 받아서 태학 공자에게 복수하려는 나와 꽤나 재밌는 동맹을 맺을 수 있을 것 같다. 후훗."

운정은 눈을 가늘게 뜨며 말했다.

"당신은 마법을 통해서 제 연인을 노예로 삼고 저를 협박하려 했습니다. 제가 당신의 편을 들 것 같습니까?"

고바녠은 피식 웃더니, 또다시 앞에 있는 술병을 들어 마시더니 말했다.

"그래, 협박하려 했지. 그 말은 아직 안 했다는 것이지. 이를테면 미수협박(未遂脅迫)인데, 미수협박 정도로 나에게 앙금이 있는 건가? 네 친구도 살려 주었는데?"

운정은 나지막하게 말했다.

"미수라는 말은 시도했지만 목적을 이루지 못했다는 말입니다. 당신의 말처럼 하지도 않은 것에 미수라는 말은 어울리지 않습니다."

고바녠은 입을 살짝 벌리더니 충격받았다는 듯 말했다.

"하! 이 상황에 아는 척을 한다? 너 같은 남자랑 한평생을 보내며 매일같이 말을 섞느니, 차라리 내 노예로 사는 것이 진지하게 나을 수도 있겠어. 정채린의 입장에서는."

운정은 입을 꾹 다물다가 다시 입을 열었다.

"제가 아는 척을 했습니까?"

"모르는가? 심지어 모르는 것이 없어 보이는 무허진선과 대화할 때조차도 심했다. 사후라고도 했지, 아마? 그런 말을 왜 굳이 하는 거지?"

"……."

운정은 처음 출도할 당시 매화검수들이 자신과 대화하길 힘들어했다는 사실이 기억났다. 그때는 어렴풋이 알았지만 이제야 좀 감이 잡히는 듯싶었다.

그는 아는 척하는 사람인 것이다.

고바넨은 귀엽다는 듯 눈웃음치며 그를 위아래로 보았다.

"몇 살이지? 그냥 느낌으로는 열다섯 정도로 느껴지는데? 몸을 보면 꼭 그런 것 같진 않고."

운정은 얼굴을 일부러 굳히더니 말했다.

"스물은 넘었지만, 더 알 것 없습니다. 산속에서 사부님과 홀로 지내다 이제 막 출도한 몸이니, 어리게 느껴지실 수도 있다고 봅니다."

"그래? 내가 한참 누님이군. 한 세기는 더."

운정은 얼굴을 굳히고는 말했다.

"어찌 됐든, 당신과 한배를 탈 생각은 추호도 없습니다."

고바넨은 어깨를 들썩이더니 말했다.

"그럼 거래라고 생각해라. 내가 먼저 네 애인을 풀어 줄 테니."

운정은 고바녠의 말을 뺏었다.

"그게 곧 협박입니다. 애인을 풀어 주는 것으로 나에게 뭔가 요구하는 그 자체가 말입니다."

고바녠은 손을 흔들더니 말했다.

"아니, 아니. 끝까지 들어 봐."

"⋯⋯."

"일단. 일단 네 애인을 풀어 준다. 아무 조건 없이."

"아무 조건 없이?"

"그래. 그 뒤에 거래를 하자는 것이지. 내가 네 애인의 신변을 가지고 장난치는 게 아니니까 더 이상 협박이 되진 않는다."

운정은 미간을 모았다.

"린 매를 풀어 주고 나서 나와 무슨 거래를 하겠다는 겁니까?"

고바녠은 시익 웃으며 대답했다.

"방금 무허진선이 말했지, 무림맹에 우릴 초대해서 우리의 증언을 듣겠다고. 화산에 있었던 일을 내가 전부 다 알진 못해도 딱 하나 확실하게 아는 게 있다면 욘이 그 정채린이란 여인을 처음부터 노예처럼 부려서 상황을 만들지는 않았다는 것이다. 하지만 너는 마치 처음부터 그녀가 조종되었다는 식으로 무허진선이 생각하도록 만들었어."

"제가 그렇게 만든 적은 없습니다. 그가 스스로 그렇게 오해한 것이지요."

"후훗. 뭐 좋다. 네가 생각하고 싶은 대로 해라. 암튼 내가 네게 제안할 건 바로 그것과 관련된 것이다. 무림맹에서 우리 둘의 증언을 들으려 할 때 네가 원하는 대로 말해 주겠다."

"……."

"네가 원하는 그림은 정채린이 처음부터 구속마법으로 인해서 어쩔 수 없이 그런 행동들을 했다는 거지? 자신의 의지와는 상관없이? 내가 그대로 증언해 주겠다는 것이다. 네가 원하는 대로! 네 애인에게 아무런 잘못이 없게끔!"

운정은 마기가 은은히 감도는 눈빛으로 고바넨을 지그시 바라보았다. 고바넨은 반달처럼 변한 두 눈으로 운정을 마주 보았다.

운정이 말했다.

"그 대가로 제갈극에게 복수하는 것을 도와 달라는 것이로군요."

"맞아. 정확하다. 들어 봐라. 나도 네 애인을 구속하려는 생각이 없었다. 단지 내가 욘에게 문핑거즈를 빼앗았을 때, 네 애인은 이미 구속되어 있었다. 엄밀히 말해 내가 한 게 아니야."

"하지만 어찌 되었든 당신은 그걸 이용하려 했습니다."

고바넨은 조금 높아진 어조로 말했다.

"나도 다급했으니까! 나도 그 강대한 힘을 얻고 나서 그 Rekcufrehtom에게… 그 자식에게 복수할 수 있겠다는 생각이 들었으니까. 그러니 당장 눈앞에 있는 널 이용해야겠다는 생각이 든 거야. 그가 자기 도메인(Domain)에 있는 한, 그를 죽이는 것은커녕 접근하는 것도 어려우니, 널 통해서 일을 벌이면 좋겠다고 생각한 것이다."

운정은 도메인이란 단어를 들어 본 기억이 있었다. 로스부룩이 설명하기를, 일정 수준 이상의 마법사는 자기 자신의 도메인, 즉 영역을 갖는데 그 안에서는 그 주인만 마력이 비약적으로 증가한다고 한다. 그 증가량은 마법사와 도메인마다 다른데, 공통적인 것은 그 도메인에서 보낸 시간이나 쏟은 노력에 비례해 커진다는 점이다.

듣자하니, 고바넨은 월지를 가지고 있을 때에도, 천마신교 낙양본부 내에 있는 태학공자에게는 손쓸 도리가 없는 듯했다.

운정이 말했다.

"그렇다고 해도 당신이 린 매에게 못할 짓을 한 건 사실입니다."

"그래서 풀어 주겠다고 하지 않았나? 단언컨대 지금까지 그녀에게 아무 짓도 안 했다. 뭣하면 당장 불러 줄 테니, 처녀성을 확인해 보든지 해라."

운정은 듣기 싫다는 듯 눈살을 찌푸렸다.

하지만 그녀의 제안이 매력적인 것은 사실이다. 그의 입장에선 정채린을 구할 수 있을 뿐만 아니라, 화산파의 제자로서의 삶을 다시 찾아 줄 수도 있다. 그리고 그와 동시에 위험하기 이를 데 없는 태학공자를 죽일 수도 있다.

그 생각이 들자마자 속에서 무언가 답답한 기분이 올라왔다. 답이 보이지만, 무언가 놓치고 있는 듯한 기분. 마치 모순 속에 빠져 허우적거리고 있을 때나 느낄 법한 그런 기분이었다. 하지만 마기에 영향을 받는 그는 쉽사리 그 기분을 무시할 수 있었다. 그는 고개를 끄덕이더니 말했다.

"본 교에는 태학공자만 있는 게 아닙니다. 당신이 죽인 로스부룩. 그의 스승이 찾아와 있습니다. 스페라라고 델라이의 미치광이라면 아실 듯합니다만."

그 말을 듣자, 지금까지 여유롭기 짝이 없었던 고바넨의 얼굴이 핼쑥하게 변했다.

"뭐? 델라이의 미치광이가 중원에 왔나?"

"자기 제자를 죽인 사람을 찾는 것 같더군요."

"제, 제자?"

고바넨은 멍한 얼굴로 입을 살포시 벌리고는 그대로 굳어 버린 듯 가만히 있었다.

운정은 그 표정을 보곤 안심하며 그녀의 목에서 태극마검을 거두었다.

"그녀는 제게 죽은 로스부룩을 대신해서 제자가 되라고 했습니다. 당신이 저에게까지 해코지를 한다면 그녀가 어찌 나올지는 더 말 안 해도 되겠지요."

운정은 붉은 반지를 들어서 그녀에게 건네주었다. 그녀는 얼떨결에 그것을 받으면서 떨리는 목소리로 말했다.

"왜, 왜 이걸 나에게?"

운정은 자리로 돌아가 앉았다. 그러곤 심호흡을 하더니, 편안한 말투로 말했다.

"상황을 보아하니, 당신과 손을 잡지 않으면 안 되기 때문입니다. 이대로 마교에 당신을 데려갔다가는, 태학공자의 눈을 속인다 해도 스페라의 눈을 속일 수는 없을 겁니다. 제겐 당신을 구속할 방도가 없으니, 반지와 지팡이를 드리겠다는 겁니다. 그것들이 없으면 스페라의 손에서 살아남을 수 없을 테니까요."

고바넨은 바로 고개를 끄덕이더니, 그 자리에서 일어나서 붉은 반지를 착용했고, 연이어 아홉 반지들이 그녀의 손가락에 끼어졌다. 그리고 손을 앞으로 뻗자, 그녀의 지팡이가 날아와 그녀의 손에 잡혔다. 무허진선이 보여 준 허공섭물과는 다른, 마법사의 기본이라 할 수 있는 사이코키네시스(Psychokinesis)였다.

고바넨은 불안한 기색으로 운정을 보더니 툭하니 말했다.

"잠깐 보호마법을 펼칠 테니, 공격하지 마라. 혹시 그녀가 내 존재를 찾으려 할까 해서 펼치는 거야."

그렇게 말한 그녀는 재빨리 눈을 감고 주문을 외우기 시작했다. 델라이의 미치광이라는 이름이 주는 엄청난 공포감은 그녀의 표정과 몸짓에서 그대로 드러났다.

하지만 운정은 그보다 다른 점이 신경 쓰였다. 무허진선이 펼쳤던 허공섭물과 그 응용이라 할 수 있는 이기어검을 보인 것에는 감탄하지 않을 수 없었는데, 정작 고바넨이 사이코키네시스로 지팡이를 되찾은 것에는 감흥이 없다.

범인의 시각에선 분명 그 둘은 똑같아 보일 텐데 말이다.

아니, 실제로 허공섭물과 사이코키네시스는 결과적으로 똑같다.

운정은 자기 자신을 비웃었다.

과연 무엇이 진정한 의미에서 고수(高手)인가?

개도 웃을 일이다.

고바넨이 보호마법을 끝내고는 안심한 표정으로 의자에 앉았다. 그 모습을 찬찬히 보던 운정이 툭하니 말했다.

"그렇게 두려워하면서 그런 사람의 제자를 죽일 생각을 한 겁니까?"

"델라이의 천재가 델라이의 미치광이의 제자인 줄은 몰랐다."

"그래도 어느 정도 관계가 있으리라고 추측할 수는 있지 않습니까?"

고바넨은 질렸다는 듯한 표정으로 착용한 월지를 내려다보며 말했다.

"이거 착용해 봤나? 착용하면 내 기분을 이해할 것이다. 참나. 착용한 지 지금 얼마나 됐다고 벌써부터 두려움이 완전히 사라졌어. 이젠 아예 델라이의 미치광이가 나에게 찾아와 줬으면 좋겠군. 제대로 한판 붙어 보게. 힘이란 그런 것이지."

"……."

"그때는 이 기분에 심취해서 앞뒤를 생각하지 않고 너를 이용하려 했고, 델라이의 천재를 죽인 것이다. 그나마 내 영혼은 가공된 것이기 때문에, 욕망에 어느 정도 저항할 수 있어다행이다. 욘이 왜 그리 힘에 집착했는지 알 것 같다. 이런 반지를 오랫동안 써 왔으니, 그런 괴물이 되고도 남지."

운정은 그녀가 무슨 말을 하는지 알 것 같았다. 마치 그가 마성에 젖은 때와 같은 것이다.

운정은 스페라가 했던 추측을 떠올리며 말했다.

"욘에게 존칭을 하지 않는 것을 보면, 아마 당신이 네크로멘시 학과의 새로운 마스터가 되었나 보군요. 스페라가 그렇게 추측하던데."

고바녠의 표정이 조금 어두워졌다.

"귀찮은 일이지. 그런 추측을 스페라가 했다면, 내 이야기를 이미 다 한 것이로구나?"

"아쉽게도."

고바녠은 불만 어린 눈빛으로 운정을 보았지만, 그를 탓할 수는 없었다. 그들의 연합전선은 이제 막 생긴 것이기 때문이다.

그녀는 식탁을 손가락으로 툭툭 치면서 땅을 바라보았다. 그러곤 자신의 지팡이와 반지를 번갈아 보았다. 그리고 중간중간 운정을 보기도 했다.

운정은 그녀가 정확히 무슨 생각을 하는지 몰랐지만, 이제 와서 그가 그녀에게 선뜻 지팡이와 반지를 내어 주며 호의를 보인 것을 어떻게 해석할지 고민하는 듯 보였다.

툭. 툭. 툭. 툭.

곧 손가락이 멈추고 작게 주먹을 쥔 그녀는 나지막하게 말을 시작했다.

"운정 도사. 내가 왜 무림맹에 가서 그런 부탁을 했는 줄 아는가?"

"나와 접촉하려고 한 것 아닙니까?"

"그것 말고. 그보다 더 근본적인 이유 말이다."

그녀는 더 말하려 하지 않았다. 운정은 그녀의 말 중에 한 가지 기억나는 것이 있었다.

"청룡궁을 떠나 무림맹과 함께할 수 있다는 그 말… 그것 말입니까?"

고바녠은 고개를 끄덕였다.

"역시 하나도 놓치는 법이 없군."

"……"

"우리 네크로멘시 학파는 말이다… 그때 팔 할 이상 괴멸되었다."

"그때라고 함은?"

고바녠은 얼굴을 찡그리더니 말했다.

"욘이 무당산의 정기를 가지고 데빌을 소환하려 했을 때, 그 때 무당산에서 마법을 영창하다가 매화검수들에게 허무하기 짝이 없이 당했어. 그리고 내가 우리를 방해하려던 태룡마검과 심검마선을 헬로 보내느라, 그 무당산의 마나를 일부 소모해서 마법을 완성하지도 못했지. 욘을 최강의 마법사로 만들려는 그 어리석은 시도로 인해 네크로멘시 학파의 학생은 이제 열 명이 채 안 된다."

"……"

"그럼에도 불구하고 욘은 포기하지 않았지. 소모한 마나를 화산에서 공급받아서 기어코 소환 의식을 성공시켰지. 그는 학파를 자신의 도구로만 취급했다. 내가 욘을 죽인 건 마땅한 처사였다. 네크로멘시 학파 전체를 대신해서."

조용히 듣던 운정이 말했다.

"청룡궁에서 그것을 알고 당신들을 업신여깁니까?"

"업신여기기만 하면 다행이지. 우리를 아예 수족처럼 부리려 했다. 그들은 원하던 마법을 완성해서 이제 우리를 필요로 하지 않아. 그랜드 마스터(Grandmaster) 미내로께서… 이 마법사의 천국과도 같은 중원에 우리 학파를 선착시켰지만, 이대로 가단 이리저리 끌려다니다 멸망할 것이 분명하다. 나는 내 학파를 이끌 책임이 있다."

확고한 결심이 엿보이는 그녀의 두 눈에서 운정은 그녀와 그녀의 학파가 처한 상황을 추측할 수 있었다.

"이미 청룡궁에서 나오셨군요."

고바넨은 눈을 들어 운정을 보았다.

"함께하자. 단일적인 이번 거래뿐만 아니라, 앞으로 계속. 우리는 네가 무당파를 재건하는 것을 도와줄 테니, 너는 우리의 학파를 다시 세우는 것을 도와줘."

"……"

"더 이상 우리 학파의 생존의 길이 보이지 않는다. 너 이외에는 없어. 지금껏 서로를 파멸시켰으니, 이제부턴 서로를 세우자."

운정의 눈동자는 조금도 미동하지 않았다.

조금의 침묵 뒤 운정이 나지막하게 말했다.

"왜 납니까?"

고바녠이 희미하게 웃었다.

"너여만 하는 이유가 있지. 어찌 됐든 네게 손해가 있는 일은 아니니, 걱정하지 마라."

운정은 그녀의 갑작스러운 변화를 전혀 이해할 수 없었다. 분명 그녀와는 악연이 남게 되었다. 그러나 그녀와 손을 잡는 일은 그에게도 상당히 큰 이익이 있어 큰 고심이 되었다.

어차피 그에겐 무당에 대한 애착이 없다.

스승님의 복수도 하고픈 생각도 없다.

그럼 왜 무당을 세우려고 하는 걸까?

운정은 반각 동안 고민하다가 답이 나오질 않아 생각하기를 멈췄다.

그는 고바녠을 향해 포권을 취했다.

第三十二章

운정은 그날 밤에 다시 고바넨을 만나 정채린을 양도받는 것을 시작으로 연합하겠다 했다. 낙양에서 조금 떨어진 한적한 곳을 약속 장소로 정한 그들은 헤어졌다.

그는 주하에게 정채린의 입교에 관해 묻고는 곧장 제갈극에게 갔다. 전에 들어갔던 그 실험실로 들어갔는데, 그곳에는 제갈극이 없었고, 소청아만이 어떤 침상 위에 누워 있었다. 실오라기 하나 없는 완전한 나체였는데, 운정은 자신의 두 눈을 굴곡이 심한 여인의 몸에서 뗄 수 없었다.

그는 한동안 멍한 상태로 소청아를 보았다. 마성이 자리 잡은 그의 정신은 욕구에 솔직해서 속에서부터 성욕이 꿈틀거렸다. 하지만 곧 그는 소청아의 배, 정확하게는 단전에서 작게 빛나는 흙빛을 보곤 모든 욕구가 달아나 버리는 것을 느꼈다.

그는 빠른 걸음으로 그녀 앞으로 걸어왔다. 그녀의 탐스러운 가슴과 은밀한 사타구니가 적나라하게 보였지만, 그의 두 눈은 오로지 그녀의 단전만을 주시할 뿐이었다. 그가 보니, 그 흙빛은 그녀의 단전에 조그맣게 박혀 있는 검은 보석에서 나는 빛이었다.

운정은 기감을 살리며 검지와 중지를 들어 그녀의 단전에 올려놓았다. 그의 손끝으로부터, 소량의 마기가 그 안에 겉돌고 있는 것이 느껴졌다.

"정말이지… 블러드팩만 아니면 감히 네가 내 실험실에 이리 들락날락거릴 수 없었을 것이니라."

운정은 고개를 돌렸다. 그곳에선 바닥의 숨겨진 문을 열고 올라오는 제갈극이 있었다. '쿵' 하는 소리와 함께 문이 닫히자, 그 문은 틈새조차 보이지 않았다. 운정이 조금만 늦게 보았어도, 그런 문이 있었는지조차 알 수 없었을 것이다.

운정이 말했다.

"실험은 성공하신 겁니까?"

제갈극은 만족했다는 미소를 지으며 말했다.

"봐라. 뱀파이어의 몸임에도 마기가 자리 잡은 것을. 원래 뱀파이어의 몸이라면 양기를 모조리 거부해야 하기 때문에, 마기도 거부해야 한다. 하지만 그대로 있지."

"저 마기는 어떻게 생성된 겁니까? 마나스톤이 처음부터 마기를 지녔을 리는 없고."

제갈극은 팔짱을 끼더니 말했다.

"네가 가고 난 뒤 찾아온 로스부룩이, 빈 마나스톤이 주변의 마나를 흡수하게끔 하는 마법진을 알려 주었다. 본래는 공기 중의 마나를 흡수하는 것인데, 뱀파이어의 몸에 박힌 상태로 그 마법진이 발동하니 저렇게 마기가 모였다."

운정은 사실 로스부룩이 아니라 스페라가 그것을 가르쳐 주었다는 걸 알았다. 마나스톤이 주변에서 마나를 흡수하게 하는 로스부룩의 연구를 그녀가 끝냈는지, 아니면 원래부터 알고 있었는지는 알 수 없었다.

운정이 물었다.

"저 마나스톤에 저절로 마기가 모여들었다는 뜻은… 뱀파이어의 몸 자체에 마성이 있는 겁니까?"

"그렇지. 예상대로 그 성질이 마인의 몸과 같은 것이다. 아마 스스로 마공을 운용하면 더욱더 많은 양의 마기가 마나스톤에 채워질 것이다. 그것만 확인되면 이 몸을 통해서 새로운 종류의 역혈지체를 만드는 건 시간문제지."

"흐음."

"그런 의미에서 소청아에게 이 마공을 익히라고 지속적으로 명령해 주었으면 한다. 나보단 네가 명령하는 게 더 좋으니. 태극음양마공이라는 아주 단순한 마공인데, 단전이 아닌 마나스톤을 기반으로 기를 운용할 수 있도록 개정해 보았다. 가장 근본적인 마공이라 할 수 있으니, 실험하는 데 가장 안성맞춤일 것이야."

운정은 전에 그가 설명했던 것을 기억하며 말했다.

"아하. 뱀파이어의 몸에 양기의 통로를 뚫으려는 것이로군요."

"나는 태극지혈을 통해서 억지로 통로를 뚫었다면, 이 실험체는 내공을 통해 뚫을 것이다. 몸 안에서 기운을 이끄는 것만큼은 마법이 무공을 따라갈 수 없으니, 어쩌면 나보다 더욱 쉽게 양기의 통로를 뚫을 수도 있을 것이다. 그걸 중점적으로 실험해 보려 한다."

제갈극은 내공심법이 담긴 책자 하나를 품에서 꺼내 운정에게 건넸다. 운정은 내키지 않은 표정으로 그것을 받아 든 뒤에 물었다.

"그녀가 익히고자 하겠습니까?"

"익히지 않는다면 강제하면 될 일. 내가 계속 네 옆에 있는 한 구속마법이 깨질 일은 없다. 약해지면 계속해서 갱신하면 될 일이니까."

"……."

"어서 시작해 보자. 그런 눈으로 보지 말고. 그녀가 일단 운
공을 한다면, 이후엔 네가 원하는 마법 수업을 할 테니까."

운정은 천천히 소청아에게 다가갔다. 그리고 그가 말했다.

"청아야."

소청아는 눈을 번쩍 떴다. 그리고 운정을 보았다. 그녀는
눈빛으로 말을 하는 듯했지만, 입을 벌리지 않았다.

운정이 제갈극을 돌아보았다.

"혹시 옷이 있습니까? 없으면 몸을 가릴 천이라도."

제갈극은 얼굴을 찌푸리며 한쪽을 가리켰다.

"누가 신경 쓴다고… 쯧. 원래 입고 있던 옷이라면 저기 있
다."

운정은 바닥 한구석에 아무렇게나 널브러져 있는 소청아의
옷들을 보았다. 그는 그것을 가지고 와서 소청아에게 건네주
며 말했다.

"입어."

소청아는 말없이 그것을 받아 들고는 천천히 옷을 입기 시
작했다. 그러는 와중에도 묘한 시선으로 운정을 힐끗거리는
데, 부끄러움과 색기, 상반된 두 면이 기이하게 뒤섞인 눈빛이
었다.

운정은 책자를 넘겨주었다.

"이것을 익혀 봐. 태극음양마공이라고, 쉬우니 익히기 어렵지 않을 거야."

그 말을 듣자 소청아의 이마의 인장이 급격히 진해졌다. 화산의 제자인 그녀가 마공을 익히려 하지 않는 건 어찌 보면 당연하다. 당장에라도 구속마법이 깨질 듯하자, 제갈극이 서둘러 다가와 마법을 읊기 시작했다.

그렇게 그들은 소청아에게 태극음양마공을 익히도록 강요했고, 그녀는 결국 구속마법에 굴복해 마공을 익히기에 이르렀다.

가부좌를 틀고 앉아 태극음양마공을 운용하는 소청아를 보는 두 남자의 시선은 상반되었다. 제갈극의 눈빛은 즐거움으로 가득했고, 운정의 눈빛은 아무런 감정도 없었다.

"된 것 같으니, 난 가겠습니다. 마법 수업은 다음에 합시다."

"정말이냐?"

운정은 제갈극의 마지막 말을 무시하곤 힘없이 실험실을 걸어 나와 자신의 방으로 향했다. 그리고 침상에 자신의 몸을 던지고 눈을 감았다. 그의 학구열조차 이길 정도의 노곤함이 쌓여 있었다.

그가 눈을 다시 떴을 땐, 세상에 어둠이 가득했다.

운정은 눈을 뜨고 창문을 통해 수줍게 모습을 드러낸 달을 올려다보았다. 환하디환한 그 달빛은 그의 아름다운 얼굴을 비췄지만, 어두운 마음까진 비추지 못했다.

운정은 몸을 일으켰다.

약속한 장소, 약속한 시간.

기다리던 운정은 멀리서 소리가 들리자, 그곳으로 시선을 던졌다. 그곳엔 사방으로 번개를 품어 내며 막 공간이동을 마친 고바녠과 그 옆에 흐리멍덩한 눈의 정채린이 있었다.

고바녠은 운정을 확인하곤 천천히 그에게 걸어오더니 말했다.

"마교에서 뭐라 했지?"

운정이 대답했다.

"그녀의 의사를 물어야겠지만, 천마신교에선 그녀를 받아들일 수 있다고 했습니다. 일단은 부교주의 질녀니까요, 문제 될 것은 없습니다."

고바녠은 고개를 끄덕이더니 정채린을 돌아보았다. 무표정한 그녀는 조용히 명령을 기다리고 있었다.

그녀가 말했다.

"말했다시피, 구속마법에서 풀려나도 구속되었을 때의 기억은 남는다. 그녀를 설득할 자신이 없다면 기억을 지우는 게 좋을 거야."

"아니, 그렇게 할 순 없습니다."

"그녀가 과연 너와 나의 연합을 인정할 수 있을까? 욘은 화산을 괴멸시켰어. 그녀의 가족들을 도살하고 죽였다. 그의 학파인 우리들을 그녀가 과연 가만히 두고 볼 수 있을까?"

운정은 고바넨에게 되물었다.

"당신은? 네 학파의 마법사 팔 할 이상이 매화검수로 인해 죽었다고 했지 않습니까? 당신은 린 매를 용서할 수 있습니까?"

고바넨은 찬찬히 그녀를 위아래로 보다가 말했다.

"어렵겠지. 지금이야, 제갈극이라는 아주 좋은 분노 대상이 있어 별 감흥이 없지만, 제갈극이 사라지고 나면 그녀가 내 분노 대상이 될 수 있다."

운정은 그 특이한 어투가 단순히 언어적인 차이에서 나오는 것이 아님을 직감했다.

그가 물었다.

"분노 대상이라는 건, 뭔가 있는 겁니까?"

고바넨은 자신의 머리를 툭툭 건들며 말했다.

"리인카네이션 마법으로 영혼을 가공한다는 것은 삶을 영위할 이유를 가공한다는 것과 다름없다. 거기에 흔히 이용되는 것은 분노라는 감정. 그것만큼 삶의 욕구를 채워 주는 것도 없으니까."

"……"

"그런 의미에서 제갈극을 죽이고자 하는 이 분노조차도 가공된 것이라 할 수 있어. 말했듯이 저항할 순 있지만, 결국엔 하게 될 거야."

"하고 나면? 그러면 분노의 대상이 린 매로 옮겨진다는 겁니까?"

"그러겠지. 하지만 그럴 일이 없을 수도 있다. 이 반지들이 주는 욕망. 이 욕망은 분노를 넘어서는 수준이야. 리인카네이션 마법에 영향을 끼칠 정도니, 아마 다음 순위는 분노가 아닌 욕망이 되리라 생각한다."

"……"

"그 문제는 태학공자를 죽이고 따져 봐도 늦지 않아. 일단은 당장의 문제에 집중하자."

"좋습니다."

고바녠은 회색빛이 나는 반지를 세우더니 그것을 매만지며 말했다.

"다시 말하지만, 기억을 지우는 것이 좋을 거야. 구속마법을 풀면 즉시 자의식을 되찾아서 나를 죽이려고 할 수도 있지. 그러면 너와 나의 연합이 어찌 될지는 불 보듯 뻔해."

"압니다. 제가 설득할 테니 걱정하지 마십시오."

고바녠은 세 번째로 경고했다.

"다시 말하지만 나는 내 몸을 위해 방어할 것이다. 그녀가 날 공격한다면 주저하지 않고 반격할 거야. 너와 다시 싸우는 한이 있더라도 말이다."

운정은 안심하라는 듯 부드러운 목소리로 말했다.

"그땐 제가 먼저 나서서 린 매를 막을 테니 일단은 구속마법을 해제하십시오."

고바넨은 몇 번이고 주저하더니, 곧 오른손 소지를 정채린을 향해 뻗었다. 회색빛이 반지에서 뿜어져 정채린의 미간에 꽂히자, 정채린의 두 눈동자는 생기를 되찾았다.

그리고 곧 타오르는 듯한 분노로 가득 찼다. 그녀는 고바넨을 뚫어지게 쳐다보더니 전신에 내력을 불어넣었다.

탁.

정채린의 코앞으로 걸음을 옮긴 운정은 두 손으로 정채린의 양 손목을 부드럽게 잡았다. 아름답기 그지없는 운정의 얼굴이 가까이서 그녀를 마주하자, 정채린은 분노가 조금 사그라드는 것을 느꼈다.

그녀는 표독스러운 목소리로 말했다.

"제가 저자를 용서하는 일은 절대로 없을 거예요, 운 랑."

지팡이를 잡은 고바넨의 손에 힘이 들어갔다. 운정은 그녀를 한번 돌아보며 고개를 살짝 흔들었다. 그리고 양손을 들어 정채린의 어깨에 얹었다. 가까이서 보니 정채린은 당장에라도 눈물을 떨어뜨릴 듯했고, 양어깨는 파르르 떨리고 있었다.

운정이 말했다.

"일단 몸은 좀 괜찮아? 몸은? 정신은 어때?"

정채린은 원망 어린 눈빛으로 운정을 뚫어지게 보면서 말했다.

"난 괜찮아요. 다만 어떻게 운정이 저자와 함께 손을 잡을 수 있었는지, 도저히 이해할 수 없어요. 저자는 제게 있어 한 하늘 아래… 우, 운 랑? 혹시?"

씹어 내뱉듯 말하던 정채린의 말투가 갑자기 의문으로 바뀌자, 운정은 그녀의 기색을 살피며 말했다.

"왜?"

정채린은 믿을 수 없다는 듯이 그를 눈을 지그시 보았다. 그러곤 자기도 모르게 뒷걸음질 쳐 운정의 손길에서 벗어났다. 그녀는 가슴에 양손을 두곤, 운정을 위아래로 훑으며 말했다.

"마기가… 마기가 느껴져요. 설마 역혈지체를 이룩하셨나요?"

운정이 나지막하게 말했다.

"무너져 내린 동굴에서 탈출하기 위해서 어쩔 수 없이 태극마심신공을 받아들였어. 하지만 한번 내 심층에 자리 잡은 마성은 어찌할 길이 없어서 이대로 마인이 된 거야."

"우, 운 랑?"

"그러다 보니, 현재 마교에 있게 되었고. 겉으로는 마교인이 되었지만, 마음까지 마교에 투신한 것은 아니야."

정채린의 얼굴은 당황으로 물들었다. 그녀는 몸을 움츠리더니 떨리는 목소리로 말했다.

"무, 무당파를 재건하시겠다는 그 꿈은 어찌 되셨나요? 아니, 그보다 다시 입신의 경지를 되찾으셨으면서 왜 마공을 익히셔야만 했나요? 설마 마공으로 입신의 경지보다 더욱 뛰어난 경지에 이르시려고 하는 건 아니죠?"

운정은 조금은 어두운 표정으로 말했다.

"내 본신내력인 무궁건곤선공은 건기와 곤기를 바탕으로 하는데, 그것을 자연에서 흡수하려 해도 도저히 몸에서 찾을 수 없게 되었어. 마치 어딘가로 빨려 사라져 버리는 느낌이야. 그러다보니, 감기와 리기로 운용할 수 있는 태극마심신공의 도움을 받은 것이지."

"……"

"내 생각에는 마법적인 이유가 있는 듯한데, 아직도 정확한 이유는 모르겠어. 아무튼 일단 마공으로 무당파의 무공을 펼칠 수 있게 되었지."

"그럼 현재 무, 무위는 얼마나 되시나요?"

"이대로는 절정 정도 되나, 태극지혈을 들게 되면 초절정 혹은 그 이상이 될 듯해."

그 말을 들은 정채린은 잠시 입을 다물다가 말했다.

"그렇군요. 다행이에요. 제 숙부님도 마공을 익히셨다가 다시 화산의 무공으로 입신에 이르셨죠. 그리고 심검마선께서는 마공을 그대로 꾸준히 익히셔서 마선의 경지에 이르셨어요. 운 랑도 앞으로 지고한 경지에 이르리라 믿어요."

"고마워, 린 매."

그의 대답에 정채린은 조금 안심하더니, 다시금 차가운 눈길로 고바넨을 보았다. 고바넨은 아무런 감정이 담기지 않은 눈으로 그녀를 마주 보며 말했다.

"감정은 들끓듯 하지만, 그래도 이성을 유지하는 것을 보면 내가 네게 해 준 말들을 모두 기억하긴 하나 보군."

운정은 고바넨을 돌아보며 말했다.

"무슨 이야기를 했습니까?"

고바넨은 태연하게 대답했다.

"이 거래에 대해서. 그녀의 철천지원수인 나와 네가 손을 잡을 수밖에 없는 이 상황을 설명해 주었지. 말했지만, 구속마법이 풀린다고 구속되었을 때의 기억이 사라지진 않아. 그래서 이곳에 당도하기 전에 어느 정도 말해 주었다."

운정은 정채린을 돌아보며 말했다.

"그렇다면 왜 내가 고바넨과 손을 잡았는지도 알겠네?"

정채린은 몸서리치며 고개를 흔들었다.

"아무리 나를 위한다고 하지만 절대 그렇게 해선 안 됐어요, 운 랑. 운 랑은 저자를 저지하고, 저자의 손아귀에서 절 되찾았어야만 해요."

운정은 서글픈 미소를 지었다.

"내게 그럴 힘이 있었다면 그렇게 했겠지."

정채린은 나지막하게 말했다.

"있잖아요."

운정은 차분히 설명했다.

"물론 고바넨을 죽이고 반지를 빼앗을 수 있었어. 그런 기회가 없었던 건 아니야. 내가 힘이 없다는 건 그런 무력을 말하는 것이 아니라, 린 매가 화산에 돌아가서 다시 화산의 일원이 될 수 있는 방도를 말하는 거야."

"예?"

정채린은 말도 되지 않는다는 듯 운정에게 반문했다. 운정이 보아하니, 그녀는 자세한 내용을 알지 못하는 듯했다. 단지 둘이 손을 잡기 때문에 자신이 풀려나는 것쯤으로 생각하는 듯했다.

정채린의 두 동그란 눈이 크게 떠지자, 운정은 끌어안고 싶은 충동을 느꼈다. 거칠 것이 없었던 그는 양손을 뻗어 그녀를 품에 꽉 끌어안았다. 정채린은 그 우악한 손길을 거부하지 못하고, 그의 품에 푹 안겼다.

쿵. 쿵. 쿵.

정채린은 자신의 심장 소리를 운정에게 들킬까 몸을 이리저리 비틀었다. 하지만 운정은 품속에 있는 정채린을 놔주지 않았다.

운정은 입을 정채린의 귓가에 가져가 작은 목소리로 속삭였다.

"죽여줄게, 걱정 마."

정채린은 누군가 그녀의 머리 위에 찬물을 들이붓는 것 같았다. 콩닥거리던 심장도 갑자기 차가워졌다. 그녀가 놀라 운정을 올려다보는데, 운정의 시선은 이미 고바녠을 향하고 있었다.

"보아하니, 전부 다 말한 것 같지는 않습니다만?"

고바녠이 피식 웃더니 말했다.

"이 상황에 연애 놀음이라니… 이해할 수 없군. 암튼, 거래 내용이야 네가 더 자세히 설명해 주면 되지 않나? 어차피 화산을 속이려면 본인도 알아야 하니까."

"……."

"일단 나는 내가 말한 대로 이행했다. 자, 내가 말한 거다."

고바녠은 마나스톤 하나를 품에서 꺼내 보여 주었다. 운정이 고개를 끄덕이자, 그녀는 마법의 힘으로 그것을 던졌다. 운정이 그것을 받아 들고 말했다.

"이걸 제갈극 가까이 가져가면 되는 겁니까?"

고바넨은 고개를 끄덕였다.

"그에게 직접 가까이 가져가면 들통날 가능성이 있다. 그저 내가 있었던, 그 실험실 안쪽에만 두면 된다."

"첩보마법을 걸어 두셨습니까?"

"글쎄. 자세한 내용을 내가 네게 말할 필요는 없지. 아직까지 우리의 신뢰 관계가 완벽한 건 아니니까. 일이 잘 풀리게 된다면 그땐 숨기는 것이 없도록 하겠다."

"좋습니다."

운정은 그것을 품속에 넣었다.

고바넨이 말했다.

"앞으로 서로 연락을 주고받을 수 있는 아티팩트를 주고 싶지만, 델라이의 미치광이가 마교에 있다면 쉽사리 걸릴 거야. 매일 이 시간, 이 장소를 마법으로 확인하겠다. 네가 서 있으면 용무가 있는 것으로 알고 내가 공간이동으로 오지."

"그토록 마법적인 감각이 좋다면 공간이동도 눈치챌 수 있을 겁니다."

"그래서 이걸 쓰는 것이다."

고바넨은 자신이 입고 있던 페이즈 클록(Phase Cloak)을 슬쩍 들어 보였다.

그녀는 운정과 그의 품속에 안겨 있는 정채린을 번갈아 보다가, 입고 있던 페이즈 클록에 마나를 불어넣었다. 그러자 그 망토 위로 전기가 지지직 하고 퍼지더니, 곧 그녀의 모습이 완전히 사라졌다.

운정과 정채린을 서로를 보았다.

그들이 서로를 향해 보내는 그 애틋한 눈길 속에는 어딘지 모르게 불안함이 섞여 있었다. 지혜로웠던 그 둘은 그것을 똑같이 느꼈지만 차마 대놓고 말을 꺼낼 수 없었다.

서로 머뭇하다가 둘이 동시에 입을 열게 되었다.

"린 매……."

"운 랑……."

그 둘은 웃어 보였지만, 그 웃음조차도 어딘지 모르게 어색했다.

운정이 말했다.

"먼저 말해."

정채린은 고개를 한번 작게 끄덕이더니 말했다.

"아까 말한 뜻이 뭐예요? 제가 다시 화산에 돌아갈 수 있게 된다니?"

운정은 그렇게 천천히 그 질문에 답을 해 주었다. 정채린은 그 답을 들으면 들을수록 안색이 좋지 못했다. 그것을 보면서 운정은 불안한 생각이 들어, 설명을 다 하다 말고 물었다.

"왜? 잘 안 될 것 같아?"

정채린의 굳게 닫힌 입술이 곧 열렸다.

"그런 게 아니라, 그저 형제자매들을 속여야 한다는 사실을 받아들이기 어려웠어요."

운정은 눈살을 찌푸렸다.

"왜지? 그들은 끝까지 린 매를 매도했잖아. 린 매가 아무리 진실을 이야기해도 그들은 믿지 않았어. 그런 그들을 속이는 게 왜?"

정채린은 고개를 느릿하게 흔들더니 말했다.

"그런 참혹한 일을 겪고 나면 그 누구도 제정신을 유지하기 어려워요. 누군가가 그 일에 책임을 지기 원하고, 전 딱 그 책임을 지기 좋은 자리에 있었던 것뿐이에요."

운정은 이해할 수 없다는 듯 어조를 높여 말했다.

"그래서? 그들을 용서한다는 거야? 끝까지 화산을 사랑하고 지키려했던 린 매를 화산의 배신자로 몰아세우고 죽이려 했던 그들을?"

정채린은 손가락을 들어 운정의 입술 위에 살짝 올려놓았다.

"마기가 일렁여요, 운 랑."

"……"

그 말을 들은 운정의 몸에서 마기가 점차 사그라지자, 정채린이 잔잔한 목소리로 말했다.

"그들이 나쁜 게 아니에요. 이석권 장로는 마법으로 환각을 사용했어요. 몸이 분해된 그 시체들을 하나하나 맞추는 극적인 장면을 연출하며 그들을 기만했어요. 마법에 대해서 무지한 그들에게 치명적으로 작용할 수밖에 없어요. 전 그들을 원망하지 않아요."

"린 매, 세상은 그리 호락호락하지 않아. 린 매의 말이 모두 맞다고 해도 그들은 여전히 린 매를 향한 악심을 내려놓지 않을 거야. 린 매의 말을 인정한다면 결국 자신들이 다 같이 놀아나 버린 꼴이 되어 버리니까."

"운 랑."

"모르겠어? 사람의 믿음은 결국 자신의 죄의식을 벗어나려고만 할 뿐이란 걸? 린 매가 마법으로 인해서 조종당했다고 말해야만 돼. 그러면 그것은 린 매의 잘못도, 그들의 잘못도 아니게 돼. 그래야만 그들이 린 매를 받아들일 수 있을 거야. 그게 사람이라고."

"운 랑, 전 절대 그들을 속일 수는 없어요."

"린 매!"

정채린은 슬픈 표정으로 오른손을 운정의 가슴에 올려놓았다. 쿵쿵거리는 심장 소리를 느끼면서 그녀가 말했다.

"나를 만나 이렇게 뛰는 줄 알았는데… 마공의 영향 때문이었군요."

가슴에 찌릿한 것을 느낀 운정은 침을 한 번 삼키더니 말했다.

"아니야. 린 매를 봐서 좋기도 해."

정채린은 그의 심장을 매만지더니 곧 그에게 고개를 들고 시선을 마주치며 말했다.

"나를 구해 주신 건 고마워요. 그리고 제가 다시 화산에 돌아갈 수 있게끔 방도를 마련해 주신 것 또한 고마워요. 하지만, 저는 운 랑의 계획에 동의할 수 없어요. 형제자매를 죽인 철천지원수와 입을 맞추고 살아남은 형제자매들에게 거짓말을 할 수는 없어요, 운 랑."

운정은 답답함과 화를 반반쯤 품은 표정으로 허탈한 듯 말했다.

"린 매, 세상은 그렇지 않다니까. 그토록 진실을 이야기했지만 믿어 주지 않았잖아? 이제 와서 또다시 진실을 이야기한다고 그들이 믿어 주리라 생각해?"

정채린은 담담히 말했다.

"제가 청아에게 이야기한 게 있어요. 근농봉에 안치된 한 사제의 석관을 다시 열어 보면, 분명 제 말이 맞다는 걸 알 수 있을 거예요. 더 이상 환각을 걸 수 있는 이석권 장로가 남아 있지 않으니, 목인(木人)이 보이겠죠. 그 목인을 확인하면 다른 이들의 석관 또한 열어 볼 테고… 그러면 이석권 장로가 행한 그 추악한 짓을 전부 다 알게 될 거예요. 소청아는 영리한 아이이니, 분명 제 말을 기억할 거예요."

"……"

"운 랑?"

운정은 자신을 올려다보는 정채린의 시선을 피했다. 자신이 소청아를 죽였고, 그녀를 되살려 뱀파이어로 만들었으며, 지금은 노예로 부리면서, 제갈극의 실험체로 쓰고 있다는 그 사실을 과연 그녀가 어떻게 받아들일까? 아무리 정채린을 잃은 분노와 그로 인한 복수심 때문에 소청아에게 그렇게 했다고 하지만, 그걸 정채린이 받아들일지는 또 다른 문제이다.

정채린이 계획에 동참한다면 말을 맞추기 위해서라도 말해 줘야 하지만, 그렇지 않다면 그냥 숨기는 것이 났다.

진실을 이야기하는 건, 그녀를 설득하고 나서 해도 늦지 않다.

운정은 눈길을 돌렸다.

"일단은 알겠어. 그에 관해서는 나중에 더 이야기해 보자."

정채린은 자신의 눈길을 피하는 운정의 눈동자를 지그시 보았다. 그녀는 떨리는 두 손을 가슴에 모으고 입술을 열려 했지만 곧 억지로 입을 닫았다.

작은 침묵이 흘렀고, 이는 참을 수 없는 불쾌감을 주었다.

정채린은 화제를 돌렸다.

"아까, 운 랑께서 제게 하려는 말은 뭐였어요?"

운정은 입술에 침을 한번 바른 뒤에, 헛기침을 했다.

"그, 혹시 고바녠이 해코지를 했나 해서."

"예?"

"잡혀 있는 동안 혹시나 나쁜 짓을 당하지 않았을까 해서. 그녀는 아니라고 했지만, 혹시 모르잖아."

"아까 처음에 제가 몸은 괜찮다고 말했잖아요?"

"맞아, 그랬지."

"……"

"……"

정채린은 고개를 숙이고 땅을 보았다. 운정의 가슴에 올려놓은 손도 내렸다. 운정은 그런 그녀를 내려다보며 물었다.

"왜 그래?"

정채린은 잠시 침묵하더니 곧 나지막하게 말했다.

"제가 알던 운 랑이 아닌 것 같아서요."

운정은 씁쓸한 표정을 지었다.

"왜? 어떻게 달라졌는데? 그, 좀 감정적이지? 냉철하지 못하고? 마공을 익히고 나서부터는 조금이라도 감정이 격해지면 마성이 영향을 끼치는 것 같아."

"그래요? 마공 때문인가요?"

운정은 자신을 다시금 바라보는 정채린과 눈을 마주치며

고개를 끄덕였다.

"응. 마기가 일어나서 음양의 불균형이 일어나니 자연스레 불쾌한 감정에 휩싸이게 되는 거야. 이제부턴 그것부터 완전히 다스리는 법을 배우려고……."

"그, 그렇군요. 전에 심검마선께서는 마기를 완전히 다스려야 진정한 마인이라고 하시던데."

운정의 눈살이 순간 꿈틀거렸다.

그가 말했다.

"어차피 그도 결국 마인일 뿐이야. 어제 곤륜파의 장문인이자 무림맹의 맹주인 무허진선을 만났어. 끝까지 냉정함을 잃지 않고 공정함을 추구하고 또 정의를 놓치지 않는 도사 중 도사였지. 그분께 조금 가르침을 받았어."

그 말을 듣자 정채린의 얼굴이 조금 환해졌다.

"정말로요? 그분께 가르침을 받았다고요?"

덩달아 운정의 표정이 밝아졌다.

"응. 심검마선과는 사실 비교할 수 없을 만큼 강한 사람이야. 허공섭물이나 이기어검을 보니, 심검이라는 것이 아무리 강해도 절대 비교할 수 없다고 생각해. 그가 나한테 곤륜파의 공부에 대해서 심도 높게 가르쳤지. 아니, 사실 토론이라고 해야 옳긴 하지만."

"그랬군요. 그럼 그분께 마기를 다스리는 방도 또한 배울 수 있었겠어요?"

"뭐, 완전히는 아니지만 어느 정도는. 이제 스스로 깨우쳐야 할 거야. 그러기를 바라셨으니까."

운정은 정채린을 끌어안았다. 정채린도 이번에는 조용히 그의 품에 안겨 들었다. 그들은 그렇게 한동안 달콤한 침묵을 보냈다.

그것을 정채린이 먼저 깼다.

"그때 동굴에서 했던 말 기억나요? 서로에게 할 이야기가 너무 많다고."

"기억나지."

"화산에서 하산했을 때부터 동굴에서 만나기까지, 서로에게 있었던 일을 찬찬히 나눠 볼까요? 혹시 너무 야심한 시각이라 들어가 봐야 하는 건 아니에요?"

운정은 피식 웃더니 밤하늘을 올려다보았다.

"내게 이래라저래라 할 수 있는 사람이 어디 있겠어?"

운정의 미소에는 자신감이 넘쳤지만 그것을 바라보는 정채린의 두 눈에는 불안함이 서려 있었다.

*   *   *

각종 업무에 시달리다 이제 좀 한숨을 돌린 주하는 지근거리는 관자놀이를 세게 누르며 진기를 불어넣었다. 피로가 쌓인 근육이 풀어지며 혈류가 다시금 돌기 시작하자, 어지러웠던 머리가 좀 개운해지는 기분이었다.

창문을 보니 막 떠오른 해가 빛을 비추고 있었다. 밤을 꼴딱 새운 것이다. 그녀가 막 자리에서 일어나려는데, 누군가 집무실을 열고 들어와 말했다.

"부관님, 태극마선께서 오셨습니다. 화산의 검봉 정채린이 입교를 희망한다고 전해 주셨습니다. 전에 말씀드렸다고……."

따뜻한 잠자리를 생각했던 주하는 다시금 머리가 아파 오는 것 같았다. 그녀는 고개를 끄덕이더니, 앞에 있는 상석으로 가 앉았다. 그러자 곧 그녀의 집무실 문을 열고 일남일녀가 들어왔다.

세상에 이런 미모가 또 있을까? 주하는 자신이 아는 사람 중 가장 아름다운 여자를 떠올렸다. 그 여인이 가지고 있던 천상의 아름다움은 인세에서 볼 수 없는 종류의 것이었다. 그런데 그런 그녀와 견줄 만한 미인(美人)이 태연하게 그녀 앞에 자리했다.

게다가 남자다.

주하는 도저히 익숙해지지 않는 그 얼굴을 보며 말했다.

"태극마선이 말한 대로 됐군요."

운정은 자기 옆에 자리한 정채린을 손으로 가리키며 말

했다.

"여기 린 매는 화산에서 파문을 당했습니다. 속에 마성을 품고 있기에, 마교에 입교하여 마공을 익혀 보려고 합니다. 그녀의 숙부인 부교주께서 익히셨던, 화산 무공을 기반으로 한 마공이 좋지 않을까 합니다."

주하는 정채린을 보더니 말했다.

"오랜만입니다. 그때 황금천에서 뵙고 처음 뵙는 것이죠?"

정채린은 고개를 끄덕였다.

"그때로부터 벌써 몇 년이나 지났는지 모르겠어요. 보아하니, 출세하신 듯하군요."

"매화검수의 단주만 하겠습니까?"

"……."

"아, 실수했습니다. 아픈 부분을 건드려서 죄송합니다."

그 말을 들은 정채린은 눈을 동그랗게 떴다. 한결 부드러운 어조의 그녀는 전에 그가 보았던 모습과는 너무나도 달랐기 때문이다.

주하는 몸을 편히 하며 말을 이었다.

"일단 누구든 천마신교에 입교를 희망하면 얼마든지 가능합니다. 다만 스스로 입교하고자 하는 것이면 입교식을 통과해야 한다는 건 알고 있을 줄 믿습니다."

운정은 정채린을 한번 흘겨보더니 주하에게 말했다.

"어제 말했다시피, 그녀로 인해 매화검수가 죽었습니다. 그것으로 되지 않겠습니까?"

주하는 가라앉은 눈빛으로 정채린을 보았다. 정채린은 침묵을 지키며 눈길을 아래로 하고 있었는데, 그 속에는 말로 표현할 수 없는 참담함이 가득했다.

주하는 운정에게 시선을 돌렸다.

"증거가 필요합니다."

"매화검수들이 내부를 다지고 무림맹에 투신한다고 합니다. 만약 린 매가 입교했다는 사실이 그들에게 알려지면, 그들이 먼저 그 소식을 알려 올 겁니다."

"그렇다면 정 소저가 입교한단 사실을 공개하는 것 자체가 불가능합니다. 외교적인 문제로 번질 수 있습니다."

"그럼 그런 입교식은 왜 있는 것입니까? 무림맹과 연합하게 된 현 상황에서조차 고수해야 하는 것입니까?"

운정의 질문은 합당했다. 사문을 배신하고 마교에 투신하기 위해선 사문의 일원을 죽여야 한다는 입교식. 그것은 천마신교가 그 어느 곳과도 연합하지 않고 홀로 중원에 우뚝 서겠다는 선포와도 같은 율법이다. 지금처럼 적과 타협하고 세력을 이루는 상황과는 전혀 맞지 않는 옛것에 불과하다.

주하가 말했다.

"분명 현 상황과 맞지 않는 율법이긴 합니다. 하지만 율법 자체가 바뀌지 않는 한, 예외로 둘 순 없습니다."

운정은 은은한 마기를 일으키며 주하에게 위협적으로 물었다.

"그럼 어제 제게 문제가 될 건 없다고 말씀하신 건 뭡니까?"

주하는 마기가 깃든 운정의 두 눈을 바라보며 말했다.

"거짓말입니다."

"예?"

주하는 다리를 꼬더니 황당해하는 운정을 두고 정채린에게
고개를 돌렸다 .

"검봉께선 혹 소타선생(小佗先生)을 아십니까?"

정채린은 순간 자신의 귀를 의심했다.

"압니다. 그런데 주 소저께선 그분을 어찌 아십니까?"

주하는 마기를 조금씩 일으키는 운정에게 조금도 관심을
주지 않으면서 정채린을 바라보며 말했다.

"주 부관입니다. 소타선생은 며칠 전에 본 교에 귀환한 마조
대원입니다. 마조대는 본 교의 첩보 활동을 하는 곳으로 마치
백도의 개방과 같은 곳입니다. 그는 오래전 화산에 잠입하여
그곳의 무공과 정보들을 긁어모아 본 교에 공급하는 임무를
수십 년간 수행해 오셨습니다."

"……."

정채린은 정말로 자기 귀가 어떻게 된 것 아닌가 하는 생각
이 들었다.

소타선생이 마교의 끄나풀?

하지만 그 말을 듣고 보니 아귀가 딱딱 맞았다.

마를 제어하는 단환을 만든다?

이석권 장로가 마교의 끄나풀이 아니라는 걸 확신한다?

정채린 속에 숨어든 마를 꿰뚫어 보고 마교로 가라 충고한다?

지금까지 몰랐던 것이 사실 우스울 정도다.

주하는 태연하게 말을 이었다.

"이번에 은퇴하게 되었는데, 마조대 안에서도 그 정도로 완벽히 임무를 수행하고 또 살아남은 대원은 지금껏 거의 없기에, 교주께서 직접 포상을 하사하려 했습니다. 금품이든 무공이든 무엇이든 간에, 원하는 것을 준다 하셨습니다. 그런데 그가 교주께 요구한 것은 곧 검봉이 마교에 찾아올 텐데, 입교하게 되면 자기의 전속(專屬)으로 삼을 수 있게 해 달라는 것이었습니다."

"……."

"당시에는 너무 황당무계한 말이라서 그런지 교주께선 그저 당신의 동의하에 그렇게 하라고 대답하셨습니다. 그것은 곧 교주명이 되는 것이기에, 당신은 입교한다면 소타선생의 전속이 되실 수 있습니다."

그 말을 듣던 운정이 물었다.

"그런데 문제 될 것이란 건 뭡니까? 천마신교의 절대지존의 명령이 어떻게 문제가 된다는 겁니까?"

주하는 차근차근 설명했다.

"천마신교가 아니라 본 교입니다, 태극마선."

"……."

"문제가 된다는 건, 입교 뒤라는 조건식 명령이기 때문입니다. 즉, 검봉 자신이 희망하지 않는다든지 혹은 입교식을 치르지 못한다면 이루어질 수 없는 것이란 뜻입니다."

"……."

"……."

침묵하는 그 둘을 향해서 주하가 솔직하게 말했다.

"우선은 당신을 이곳에 불러 대화하고 싶어서 태극마선에겐 입교에 문제가 없다고 거짓을 말한 것입니다."

운정의 몸에선 더욱더 진한 마기가 피어오르려 했다. 하지만 정채린은 운정의 허벅지에 손을 올리며 그를 돌아보았고, 그 시선을 확인한 운정은 다시금 마기가 올라왔다는 것을 자각하며, 몸 안의 음양의 불균형을 맞췄다.

운정이 마음을 다스리는 동안 정채린이 말했다.

"소타선생과 만나 볼 수 있습니까?"

주하는 고개를 흔들었다.

"어제 당신에 관해 물어본 태극마선 덕에 제가 그를 찾아갔습니다. 가서 말해 보니, 소타선생은 당신이 입교하지 않으면 만나고 싶지 않다는 뜻을 전해 왔습니다."

정채린은 아미를 찌푸리며 말했다.

"갑자기 소타선생께서 왜 저를 전속으로 두려는지 모르겠습니다. 전속이라는 것이 정확히 무슨 의미입니까?"

"그가 그렇게 말한 이유는 아마 검봉으로 하여금 입교 후에 어떤 임무에서든지 자유롭게 만들기 위해서 한 말일 것입니다. 이젠 원로가 된 그의 전속이 된다면, 해야 하는 일이 거의 없을 테니까요. 정확한 건 그에게 직접 물어보셔야 될 것입니다."

"……."

"한 가지 검봉께서 유의해야 할 점은, 본 교에 탈교란 없다는 것입니다. 한번 교인은 영원히 교인이며, 탈교를 원한다면 죽음으로 원하는 바를 성취하게 해 줍니다. 그러니 입교를 고려하시려면 신중에 신중을 기울여야 할 것입니다."

그 말을 들은 정채린은 자기도 모르게 운정을 보았다. 운정도 정채린을 돌아보았는데, 편안한 웃음을 지어 보이며 아무런 문제가 없다는 눈짓을 보내왔다.

정채린은 깊은 숨을 들이마시고 또 내쉬더니 말했다.

"숙부님께 의견을 묻고 싶은데, 혹시 숙부님의 행방에 대해서 알아내신 것 있습니까?"

주하는 고개를 느리게 저었다.

"그건 교인에게도 말할 수 없는 극비 중 극비입니다. 하물며 당신에게 말할 수는 없습니다."

"......"

"고민이 된다면, 일단 본 교에 머무르며 고민해 보시는 것도 좋을 듯합니다. 본 교가 손님을 아예 받지 않는 것도 아니고, 부교주의 질녀이니 머물 수 있는 자격은 충분하십니다. 하지만 매 순간 옆에 감시가 붙는 것과 교내 활동이 극히 제한적인 것은 감내해야 할 겁니다."

정채린은 잠시 고민하더니 곧 입을 열었다.

"들어 보니 지금 이 자리에서 바로 결정할 건 아닌 것 같습니다. 생각할 시간이 필요할 듯하니 일단은 손님으로 머물고 싶습니다."

주하는 고개를 끄덕이더니 말했다.

"나가시면 하녀가 머무를 수 있는 곳을 안내해 드릴 겁니다. 마음에 결정이 서시면 언제든 절 찾아 주시면 됩니다. 그동안 본 교 내에서 아무 탈 없이 지내시기를 바랍니다."

축객령과도 같은 그 말에 운정과 정채린은 자리에서 일어나지 않을 수 없었다. 그들은 포권을 취하고는 밖으로 나갔다. 그러자 어디서 나타났는지 모를 시녀 둘이 서서 그들의 길을 안내했다. 천마신교의 복도를 걸으면서 정채린이 먼저 입을 열었다.

"설마 소타선생이 마교의 사람이라니 꿈에도 몰랐어요."

운정은 밤새 정채린의 이야기를 들으며 소타선생에 대해서 어느 정도 알게 되었다. 그녀가 태어나기도 전에 화산파에 자리 잡아, 그 대가로 화산의 고수들에게 의술을 제공했다는 인물. 운정도 그에게 직접 치료받았던 적이 있었다. 대문파다 보니 그런 신비한 인물도 있구나 하고 넘겼는데, 알고 보니 그런 엄청난 비밀을 가진 자였던 것이다.

운정이 말했다.

"만약 그것이 사실이라면 주 부관의 말은 이상해. 그를 통해서 화산의 정보를 모두 얻었을 것 아니야? 그러면 그곳에서 일어난 일도 알 테니, 따로 증거를 제시하라 하지 않을 텐데 말이지."

정채린은 눈을 반쯤 뜨며 말했다.

"소타선생도 화산의 정세에 대해서 그리 밝진 않았을 거예요. 절대로 누굴 먼저 찾아가지 않고 오는 사람들만 치료해 주기 일쑤였으니까. 그에게 있어 제 이야기는 하나의 의견일 뿐이니, 확실하지 않은 정보를 마교에 넘기지 않았겠죠."

"하지만 그런 큰일이 일어났으니 알 만도 하지 않나?"

정채린은 피곤한 표정을 지었다.

"사실 알 만하시죠. 모르겠네요. 그의 속내를. 수십 년간 화산을 속인 사람이니, 그의 마음속을 어떻게 알겠어요? 하아."

정채린은 배신감보단 허탈함을 더욱 느꼈다. 이젠 웬만한 배신은 배신 같지도 않았기 때문이다.

운정이 말했다.

"입교하기 전까진 만나 주지 않겠다라니… 그것도 무슨 의미인지 모르겠어."

정채린은 나지막하게 말했다.

"아마, 제가 입교하겠다는 결심이 설 경우, 그때 가서 저에 대해서 증언해 주실 수도 있어요. 저로 인해서… 매화검수가 죽은 것을 말이죠."

운정은 정채린의 얼굴에 드리운 그림자를 흘겨보았다.

밤새 이야기를 하는 도중 운정은 몇 차례고 자신의 계획대로 하자고 그녀를 설득했다. 하지만 그때마다 그녀의 확고한 의지를 재확인할 뿐이었다. 그녀는 끝까지 진실로 매화검수들을 설득한다 했고, 그래도 다시 화산으로 돌아갈 수 없다면, 이대로 마교에 입교하여 숙부인 나지오를 도와 백도와 흑도 간의 화합을 도모하는 일에 일생을 보내겠다 했다.

다시 말하면, 매화검수들과 다시 대화하기 전까지 입교를 고려할 생각이 없는 것이다.

곧 갈라져야만 하는 길에 서자, 운정과 정채린은 서로를 보았다. 이대로 헤어지긴 아쉬웠지만, 쌓인 피로가 너무 많았다.

운정은 정채린을 꼭 안아 주었다.

"일단은 들어가서 쉬어. 나중에 더 이야기하자. 나를 찾아

오려거든 지고전으로 오면 돼."

"알겠어요. 우선 자고 일어나서 봐요."

그 둘은 짧은 인사 후에 헤어졌다.

정채린은 하녀의 안내를 받아 천마신교 낙양본부의 귀빈실로 향했는데, 그곳은 그녀가 지금까지 보았던 그 어떠한 방보다 고급스러운 곳이었다. 그녀가 평생 본 적도 없고 이름도 알지 못하는 것들이 즐비하게 있지만, 쏟아지는 잠 때문인지, 아무것도 눈에 들어오지 않아 곧장 침상에 가서 누웠다.

하지만 막상 누우니 잠이 오지 않았다.

그림자에 숨어 있던 디아트렉스가 그녀에게 작은 목소리로 속삭였다.

"왜 그를 속였지? 내가 없어졌다고? 흥. 이렇게 버젓이 있는 것을 그가 알게 되면 어떻게 될까? 아까 산 위에서도 은근히 네 순결을 의심하던 놈이니, 분명 나랑도 잔 거 아니냐 의심할 게 분명해."

밤새 이야기를 하는 도중 운정은 정채린에게 그림자에 숨어든 마족에 대해서 몇 차례 물었다. 정채린은 그때마다 사라져 버렸다고 대충 얼버무렸다.

정채린은 눈을 감은 그대로 작게 입을 놀렸다.

"마성에 젖으셔서 그런 걸 거야. 그리고 감시하는 눈길이 있으니 밖으로 나오지 마."

그러자 디아트렉스가 웃었다.

"큭. 그래서 왜 숨겼냐고? 대답 못 하겠어? 형제자매는 진실로 대해야 한다면서 연인에겐 왜 거짓말을 하지?"

정채린은 몸을 돌아누우며 말했다.

"몰라. 나도 왜 그랬는지."

"모르긴. 그놈의 좁아터진 속을 엿보곤 너도 모르게 숨기게 된 거지. 남자인 내가 너와 항시 붙어 있는데, 그놈이 뭐라 할지 뻔하잖아? 대화 중에도 계속해서 이리저리 찔러 보며 추궁하던데, 정말 추하기 짝이 없었지. 지도 분명히 뭔가 숨기는 게 있으면서 말이야, 아니야?"

"……."

"난 네 생각을 전부 알 수 있어. 나에게까지 숨기려 하지 마, 정채린."

정채린은 끝까지 못 들은 척했다.

밤을 새우며 대화를 나누고 이제 막 침상에 누웠건만, 그녀는 한 시진 동안이나 뒤척거린 뒤에야 겨우 잠을 잘 수 있었다.

*   *   *

무더위의 시작을 알리는 망종(芒種)이라 그런지 날씨는 급격히 더워졌다.

정채린과 헤어진 뒤, 뜨거운 햇살을 뚫고 자신의 처소로 돌아온 운정은 바로 침상 위에 몸을 던졌다. 하지만 더위 때문인지, 혹은 마음속의 걱정거리 때문인지 그는 도저히 깊은 잠을 잘 수 없었다.

그는 두 시진을 채 못 채우고 정오가 조금 지난 시각에 잠에서 깨어났다. 그런 그의 눈에 처음 보인 것은 소청아. 그녀는 그의 앞에 가지런히 서 있었다. 그녀는 양손에 작은 종이를 하나 들고 있었는데, 그곳에는 글자가 빼곡히 적혀 있었다.

운정이 읽었다.

"결론부터 말하면 태극음양마공은 실패했다. 음기와 양기가 잘 도는 것으로 미루어 볼 때 뱀파이어 몸의 특성 때문에 실패한 건 아닌 듯하다. 양기의 통로는 잘 뚫었어. 다만, 그녀의 본신내공과 어울리지 않는 것이 이유라 할 수 있다. 마법적인 문제가 아니라 순전히 무공적인 문제다…. 흐음, 태학공자도 고생이 이만저만이 아니군."

운정은 침상에 걸터앉은 채로 무거운 머리를 부여잡았다. 마공을 익히고 나서부터 잠의 상쾌함은 도저히 느낄 수 없게 되었다. 음식을 먹을 때도 그리 즐거움이 느껴지지 않았다. 마음속에 마성을 품고는 작은 것 하나하나에 감사하며 충족했던 그 옛날의 행복을 느낄 수 있을 리 만무하다.

운정은 고된 두 눈을 들어 앞에 있는 소청아를 올려다보았다. 그녀는 그를 응시하고 있었는데, 역시 그 두 눈엔 묘한 느낌이 가득했다. 그를 미워하면서도 동시에 그를 유혹하는 그런 눈빛.

운정은 씁쓸하게 웃었다.

"식욕도 수면욕도 도저히 충족되지 않으니… 아마 성욕도 마찬가지겠지. 전에는 린 매의 아름다운 얼굴만 봐도 행복했었어. 하지만 이번에 보았을 때는 오로지… 품고 싶기만 했지."

그는 두 눈을 감아 버리고 손으로 이마를 가렸다.

속에서 꿈틀거리던 성욕을 숨기기 위해서 얼마나 부단히 노력했던가. 충동적으로 그녀를 끌어안기 일쑤였고, 또 그 와중에 그녀의 순결을 의심하는 말들도 많이 했다.

소청아는 자괴감에 허우적거리는 운정 앞에 무릎을 꿇었다. 운정이 놀란 눈으로 그녀를 보자, 그녀는 색기 어린 눈웃음을 쳤다. 그녀는 천천히 손을 들어 올려 운정의 얼굴에 가져갔다.

운정은 그 손길이 자신의 얼굴에 닿으면 넘지 말아야 할 선을 넘게 되리라는 것을 느꼈다. 너무나 넘고 싶은 마음과 절대 넘고 싶지 않은 마음이 크게 싸웠고, 다행히 소청아의 손길이 닿기 전 후자의 마음이 겨우 승리했다.

이번에는.

운정은 자리에서 벌떡 일어나 버렸다.

"햇빛이 강하니 이곳에 있어. 나가지 말고."

운정은 도망치듯 자신의 방 밖으로 나갔다.

"어? 운 랑?"

운정은 멀리서 다가오는 정채린을 보았다. 멀리서 운정을 발견하고 걸음을 멈춘 그녀는 막 방문을 나선 그를 의문 어린 시선으로 보고 있었다. 그녀의 시선이 자연스레 방 안쪽으로 향하자, 운정은 서둘러 방문을 닫고는 말했다.

"응? 왜, 웬일이야? 잠 안 잤어?"

정채린은 막 닫히는 방문 틈으로 누군가 안에 있는 것을 보았다. 그녀는 운정의 표정을 살피면서 말했다.

"손님이 계셨나요?"

운정은 천천히 그녀에게 걸어가면서 아무렇지 않다는 표정을 지어 보이곤 그녀를 안았다.

"응."

정채린은 운정의 품에 안긴 채로, 굳게 닫힌 방문을 응시하며 말했다.

"누군지 모르겠지만 언쟁이 있으셨나 봐요? 박차고 나오는 것 같던데."

"뭐, 그렇게 됐어."

"……."

"밤새 피곤하지 않아? 더 자지 않고 왜 왔어?"

정채린은 그가 뻔히 말을 돌리는 것을 알았지만, 일단 아무런 말을 하지 않았다. 그녀는 운정의 품을 벗어나며 그와 얼굴을 마주했다.

"도저히 잠이 안 와서요. 운 랑도 잠을 못 주무셨죠? 날씨가 하루 사이에 너무 더워져서."

"그러게. 나도 더는 못 잘 거 같아. 혹시 밥은 먹었어?"

"아뇨. 아직요."

"사랑채로 가자. 지고전의 시비는 음식 솜씨가 그리 좋지 못하니 여기서 식사하면 입맛만 나빠질 거야."

운정이 발걸음을 서두르자, 정채린은 우두커니 서 버렸다. 한두 걸음 뒤에 운정은 그녀가 가만히 서 있는 것을 느끼곤 뒤돌아보자, 정채린이 나지막하게 말했다.

"혹시 불편하시면 제가 나중에 다시 올게요. 들어가서 마저 대화하시는 게 좋지 않을까요?"

운정은 고개를 마구 흔들었다.

"아니야. 괜찮아."

"운 랑."

"응?"

정채린은 몇 번이고 입술을 달싹거렸지만 끝내 속내를 숨겼다. 그녀는 희미한 미소를 지으면서 힘없이 말했다.

"아무래도 전 돌아가는 게 좋겠어요."

"왜, 갑자기?"

"그냥 다시 졸음이 몰려오는 것 같아요. 더 잘 테니까, 있다가 저녁은 꼭 저랑 같이해요."

운정은 정채린을 빤히 보다가 곧 고개를 끄덕이며 말했다.

"그래. 그게 좋겠다. 저녁에는 내가 사랑채로 갈게."

정채린은 억지웃음을 짓고는 그대로 운정에게서 멀어졌다.

그녀의 모습이 다 사라진 것을 본 운정은 한시름 놓은 듯 숨을 내쉬었다.

"혹시 본 건 아니겠지? 소청아를 봤다면 저렇게 가만히 있지 않았을 거야. 흐음. 저 정도로 토라진 거라면, 아마 내가 귀찮다는 티를 너무 내서 그런 듯한데… 미안하지만 할 일이 있으니, 나중에라도 가서 기분을 풀어 줘야겠어."

운정은 홀로 결론을 내리곤 제갈극을 찾기 위해서 실험실에 들렀다. 하지만 실험실 어디에도 그의 모습을 찾을 수 없어, 다시 나와야만 했다.

운정은 잠시 고민하다가 곧 머릿속에 스치듯 지나가는 것이 있었다. 그는 시비를 붙잡고 물어물어 한 곳을 찾아갔다.

원로원(元老院).

그곳은 일생을 천마신교에 헌신하고 은퇴한 노마두(老魔頭)들이 모여 지내는 곳이다. 그들은 마교의 모든 명령으로부터 자유로워 어떠한 임무도 하지 않고 자신들이 하고 싶은 것을 하며 산다. 마인의 특성상 말년이 좋지 못한 경우가 많아 인원 대부분은 무림인은커녕 범인만도 못하지만, 내공 자체에 대한 이해도가 높고 경험이 많아 새로운 마공을 연구하며 노년을 보낸다. 물론 그 중에는 현역 시절보다 더욱 높은 경지에 이르는 경우도 있어, 과거 천마신교의 교주와 장로들조차 함부로 할 수 없는 곳이기도 했다.

이곳저곳에서 새가 지저귀는 소리와 물 흐르는 소리가 들리는 원로원은 평화로운 지상낙원과도 같았다. 작은 자극에도 마성을 다스리지 못하는 노마두들 때문에 천마신교 낙양본부 내에서 가장 조용한 곳이기도 했다.

운정은 앞에서 움직이는 시비 한 명을 불렀다.

"혹 소타선생을 어떻게 찾아뵐 수 있을지 아십니까?"

시비는 그 이름을 듣고는 고개를 갸우뚱했다.

"그런 분은 계시지 않습니다."

운정은 잠시 생각하더니 말했다.

"수십 년간 화산에 계시다가 이번에 은퇴하신 마조대원입니다."

시비는 알겠다는 듯 고개를 끄덕이더니 말했다.

"아하. 지자추 어르신을 뵙고 싶어 하시군요. 그분의 별호가 소타선생이었다는 건 이번에 처음 알았습니다."

"별호까진 아니고 화산에서 그리 불리셨다는 것만 알고 있습니다."

"그렇습니까? 어쨌든 알아 두면 도움이 되겠지요. 감사합니다. 잠시 기다리시면 기별을 하도록 하겠습니다."

운정은 혹시나 하여 급히 말했다.

"혹 그냥 따라가도 되겠습니까?"

시비는 단호하게 거절했다.

"안 됩니다. 원로원의 규칙상 어르신들께서 만나기를 바라지 않는 사람이라면 만날 수 없습니다."

"......"

"기다리십시오. 행여나 허락 없이 내원으로 들어오시면 안 됩니다. 그랬다가 봉변을 당하셔도 본인이 자초한 일이 될 겁니다."

그렇게 경고한 시비는 소리 나지 않는 발걸음으로 사라졌다.

마당에서 가만히 서 있기를 일각.

세 명의 노인이 원로원 안으로 들어섰다. 모두 괴기한 꼴을 하고 있는 것을 보니, 꽤나 험악한 마공을 익히고 험난한 삶을 살았던, 그러나 끝까지 죽지 않은 마인들인 듯싶었다.

그들은 한 번씩 운정을 흘겨보았는데, 그들 중 하나의 눈빛에서 이채가 나더니 걸음을 멈추며 큰 소리로 말했다.

"오호라? 무당 새끼구나?"

대머리였던 그 노마두가 그렇게 말하자, 다른 두 노마두들도 걸음을 멈추고는 그 노마두와 운정을 번갈아 보았다.

"뭐? 진짜야? 무당 새끼라고?"

"예이. 잘못 봤겠지. 무당이 멸문했다는 소식 못 들었어?"

처음 운정을 알아봤던 대머리 노마두가 벌컥 화를 내면서 말했다.

"아이, 내 눈은 못 속이지. 내가 무당 새끼들을 못 알아볼 리가 있어? 그 새끼들 상판대기는 낙양 한복판에 있어도 한눈에 알아보지. 야! 너! 무당 새끼 맞지?"

운정은 그를 향해서 거친 언사를 토해 내는 듯한 그 노인을 도저히 더 무시할 수 없었다.

포권을 취하며 말했다.

"원로원의 어르신분들께 인사드립니다. 운정이라 합니다."

그 말을 듣자 대머리 노마두는 뭐가 신나는지 크게 웃었다. 치아의 반은 없었고, 다른 반은 삐뚤빼뚤하게 뒤틀려 있었다.

"컬컬컬! 운정? 도사 새끼 맞네! 그래! 내 눈썰미를 벗어날 순 없지! 야! 듣자하니, 그 태극마심신공인가 뭔가 때문에 마기가 돋아 멸문했다는데, 그때 흘러들어 온 게냐?"

운정의 몸에 은은한 마기가 돋아났다. 그러자 세 노인의 얼굴이 살짝 굳었다.

운정은 뿜어내는 기세와 전혀 다르게 공손히 대답했다.

"이번에 새로 들어왔습니다."

다른 두 명은 운정의 기분을 눈치채고는, 대머리 노마두의 어깨를 툭툭 치더니 그냥 가자고 눈치를 주었다. 사실 천마신교에는 막 나가는 마인들이 많아서, 실력에 자신이 없는 한 갈등을 피하는 것이 상책이다.

대머리 노마두는 헛기침을 하더니 말했다.

"크흠. 내가 현재 연구하는 무공이 있는데, 거기에 태극마심신공의 구결이 큰 도움이 될까 하는데 말이야. 혹시 알고 있다면 내게 알려 줘라. 그러면 나도 최근에 내가 연구한 걸 알려 주지. 나쁘지 않을 거야."

운정은 마기를 조금 누그러뜨리며 말했다.

"괜찮습니다. 아직 익히고 있는 무공으로도 벅찹니다."

대머리 노마두는 그 말을 듣더니 얼굴이 환해졌다.

"오호라! 이 녀석! 알고는 있는 게로구나! 그러며……."

다른 두 노인들은 대머리 노마두의 앞을 막아서더니 억지로 그의 입을 막았다. 그러곤 운정을 돌아보며 말했다.

"그럼 젊은 후배는 잘 있다가 가게. 응? 알겠지?"

"자자, 가자고. 구 노인네."

대머리 노마두는 다른 두 노마두에게 끌려가면서 끝까지 말했다.

"운정이라 했지? 내가 꼭 한번 찾아감으. 으흡! 야! 그만하라고! 아니! 말도 모오오옷 으읍……."

그렇게 셋이 사라지자, 원로원의 마당은 또다시 고요함으로 물들었다.

운정은 그 이후로도 일각을 더 기다려서야 처음에 보았던 그 시녀를 볼 수 있었다.

"들어오시랍니다."

"아, 정말입니까? 허락하실지 몰랐는데, 다행입니다."

"제가 직접 안내할 테니 따르시지요."

시녀는 앞서 걸었고, 운정은 천천히 그녀의 뒤를 따랐다.

그렇게 일각 정도를 걸었을까? 운정은 연못에서 낚시를 하고 있는 한 노인을 볼 수 있었다. 유난히 큰 키에 삐쩍 마른 팔다리 때문에 마치 소설에나 나오는 귀신과도 같은 외형. 운정은 그 노인이 소타선생임을 바로 알 수 있었다.

소타선생, 아니, 지자추는 운정을 한번 흘겨보더니, 손짓했다. 그러자 시녀가 운정과 지자추에게 가볍게 인사하더니 자리를 비웠다. 운정은 천천히 지자추에게 다가가서 옆에 섰다.

지자추가 말했다.

"이번에 입교했다면서? 화산에 들어오지 않는 걸 보고 어렴풋이 예상은 했지만, 설마 진짜 마교인이 되었을 줄은 몰랐어. 앉아라."

"괜찮습니다. 서 있겠습니다."

지자추가 고개를 돌렸다. 바위에 걸터앉아 있었음에도, 머리가 운정의 가슴팍까지 올라와 있었다.

"앉으라니까, 내가 고개를 들고 말해야겠느냐?"

"......"

"아, 됐다. 네 마음대로 해라."

지자추는 다시 고개를 돌려 낚시에 집중했다. 운정은 앞에 있는 작은 연못을 보며 말했다.

"물고기가 없는 듯한데, 무엇을 낚으려고 하시는 겁니까?"

지자추는 귀찮다는 듯 왼손으로 인중을 비비더니 말했다.

"쓸데없는 소리 말고 용무나 말해라. 손자 놈이 찾아오기로 했으니, 시간이 별로 없어."

운정이 대답했다.

"린 매가 본 교에 왔습니다. 소타선생께서……."

"지자추다."

"예?"

"화산 놈들이 지들 멋대로 붙인 별호에는 흥미 없으니, 내 이름으로 부르란 말이다."

운정은 잠시 말이 없다가 다시 말을 시작했다.

"제가 지자추 어르신을 찾아뵌 이유는 린 매를 만나서 설득해 주십사 하고 부탁을 하러 왔습니다."

"난 그 아이의 입장을 존중할 것이다. 그렇기에 그 아이가 입교를 하든 안 하든 스스로 결정하게 두고 싶다. 그래서 입교 전까진 만나지 않겠다고 한 것이야. 입교하지 않는다면 나도 그 아이를 더 볼 일 없다."

"그것도 부탁드리고 싶긴 하지만, 제가 설득해 달라고 부탁하는 건 입교 문제가 아닙니다."

지자추는 낚싯대에 두던 시선을 운정에게로 옮겼다.

"그럼 뭘?"

운정이 말했다.

"그녀를 전속으로 두려고 한다는 걸 들었습니다. 아마 그녀를 아끼서서 행여나 백도와 엮인 임무를 받지 않게 하려고 배려하는 것이 아닌가 합니다."

지자추는 코웃음 쳤다.

"홍. 단지 태룡향검에게 빚이 있어 그런 거야. 그는 내가 화산에 잠입한 마교인인 걸 알았음에도 눈감아 주었으니까. 다만 그 이후로부턴 화산의 정보를 본 교로 빼내지 말고 조용히 여생을 보내라 했었지."

"그렇습니까?"

"태룡향검이 실종되었으니, 계속 마조대원으로 활동할까 하다가 화산도 다 망해 가서 더 나올 것도 없는 듯하여 귀환해서 편히 살자 마음먹었다. 됐느냐?"

운정은 날카롭게 물었다.

"그래도 린 매에게 직접 마교로 오라고 말씀하시지 않으셨습니까?"

지자추는 시선을 다시 연못으로 가져가며 말했다.

"속에 마를 품었으니, 제 숙부와 같은 길을 걸으리라 생각했지. 마교가 아니면 마성을 품은 백도인이 있을 곳이 없어."

"단순히 태룡향검에게 진 빚 때문에 그녀를 보호하시려는 건 아닌 듯합니다만?"

지자추는 시선을 고정한 채로 한숨을 푹 쉬었다. 그러더니 나지막하게 말했다.

"무당의 도사이며 무림의 고수인 네가 첩자의 삶에 대해서 뭘 알겠느냐. 그 애가 살이 찢어지고 뼈를 깎는 수련을 하는 동안 내가 몇 번이고 죽음에서 건져 냈다. 일곱 살쯤이었나? 그때부터 거의 매달 요유각(療癒閣)을 제집처럼 들락거렸지."

"……."

"됐다. 네가 말한 부탁이란 게 뭐냐?"

운정이 준비한 답을 했다.

"만약 린 매가 화산으로 돌아갈 수 있는 방도가 있다면 어떻습니까?"

지자추는 고개를 획 돌렸다.

"뭐?"

"다시 화산의 검봉으로 있을 수 있는 방도가 있다면 말입니다."

그렇게 말을 시작한 운정은 자신이 생각하는 바를 지자추에게 말했다. 그에게 모든 것을 말하진 않았고, 단지 구속마법이란 것을 통해서 정채린이 조종당했다는 식으로 속일 수 있다는 점과 무허진선과의 대화에 대해서만 말했다.

지자추는 그 이야기를 다 듣고는 고개를 흔들었다.

"네 논리에는 몇 가지 맹점이 있다."

"예?"

"첫째로는, 그렇게 진실로 말한다 하여, 화산에서 정말 채린이를 받아 줄 것이냐는 것이다. 채린이의 말을 믿지 않는다는 게 아니라, 믿는다 해도 채린이를 안 받아 줄 수 있다."

"그런 경우라면 그때 가서 입교를 논해 봐도 좋습니다."

"좋다. 그렇다 치자. 그러면 두 번째, 채린이의 마음속에 자리 잡은 마성은 어찌할 것이냐? 거짓말을 해서 화산에 다시 돌아간다 하자. 그렇다고 해서 그 애의 마음에 자리 잡고 있는 마성이 사라지는 것은 아니다. 화산의 내공심법으론 더 이상 대성할 수 없어."

운정은 잠시 고민하더니 말했다.

"그것은 마법적인 문제이기 때문에 당장 해결할 수는 없는 것입니다. 하지만 마법으로 어떻게 해결이 된다면……"

"마법으로 죄책감까지 사라지게 만들 수 있더냐?"

"그야……"

"백도의 고수에게 있어 마의 근원은 죄책감이다. 그걸 없앨 수 있느냐? 뭐, 있다고 치자. 이미 있는 죄책감을 사라지게 만든다 해. 하지만 새로이 생기는 죄책감은 어찌할 것이냐? 형제자매를 속여 다시 돌아간다면 그때 생기는 죄책감은 또다시 평생을 따라다녀 마법적인 문제를 떠나서 새로운 마를 만들 것이다. 그 애 스스로가 그것을 잘못이라 생각한다면, 거기서 이미 끝난 문제다. 아니더냐?"

"……"

"세 번째로는 무허진선이 그리 호락호락한 자라고 생각하느냐? 정채린이 구속마법에 의해서 이계마법사에게 조종을 당했다? 그런데 그 이계마법사가 순순히 증언을 해 준다? 네 앞에서는 그걸 믿는 척했지만, 속내는 또 모르지. 정채린에게 가장 이상적인 그 이야기를 곧이곧대로 믿어줄 것 같으냐? 그가 네게 이계마법사를 맡긴 이유가 뭐라 생각하느냐?"

"저를 시험하기 위함이라고 생각합니다."

"그래, 그나마 그걸 꿰뚫어 보니 다행이구나. 그런데 그걸 알면서도 장난질을 하려 해? 그는 분명히 날이 선 질문으로 너와 정채린 그리고 이계마법사의 이야기 속에서 모순을 찾아낼 것이다. 너와 정채린이 그들을 속이려고 한 것이 들통나기라도 하면, 상황은 더욱 악화되고 정채린과 매화검수들은 말보다 칼을 먼저 들이미는 사이가 될 것이다. 그럴 바에는 함께할 수 없더라도 진실을 호소하는 편이 나중에 서로 피 볼 일이 적어지겠지."

"……"

운정이 아무런 말도 하지 않자, 지자추가 말을 이었다.

"정채린이 단순히 선해서 그런다는 것이 아니다. 그 아이는 외모도 자질도 뛰어나지만 가장 뛰어난 것은 바로 지혜다. 그 아이는 지혜로워. 그렇기에 진실로 그들에게 다가가야 한다고 생각한 것이다. 선악은 단순히 도덕의 차이가 아니라 지혜의 차이지. 눈앞만 생각하는 것이 악이고 멀리 보는 것이 선이니라."

그러한 가르침은 도교의 것이다. 운정은 첩자로 일생을 보낸 지자추를 응시하며 조용히 말했다.

"화산의 가르침을 읽으셨군요."

지자추가 대답했다.

"남을 속이려면 남을 알아야지. 나는 평생을 누군가를 속여 왔다. 그래서 네 방법이 전혀 통하지 않을뿐더러 통한다 해도 네가 원하는 바를 얻을 수 없다는 걸 잘 안다. 누군가를 속일 때 속이는 그 목적이 중요한 것이지, 속이는 그 자체가 중요하지 않아. 그 점에 관해서 나는 중원제일이라 자부하니 내 말을 들어라. 채린이의 말대로 매화검수들에게 진실을 호소하고 그게 통하지 않는다면 그러려니 해. 하아… 보아하니, 손자 놈이 왔나 보군."

운정은 자신의 뒤를 바라보는 지자추의 시선을 따라서 뒤를 돌아보았다. 그곳에는 음침하게 생긴 한 젊은 청년이 은은한 마기를 풍기며 다가오고 있었다. 그는 운정을 뚫어지게 보며 걷다가 곧 지자추에게 고개를 돌렸다.

"손님이 있는 줄은 몰랐습니다, 조부님."

지자추는 손으로 운정을 가리키며 말했다.

"무당의 운정이다. 마조대 단주나 되니 네가 모를 리 없겠지만."

지자추의 손자이자 마조대 단주인 그 젊은 청년은 운정을 다시 보곤 포권을 취했다.

"태극마선이셨군요. 누군가 했습니다. 정보부 마조대의 지화추라 합니다."

운정도 포권을 취했다.

"외총부 고지회의 운정입니다."

"고지회라… 그 신생 기관이군요. 최근에 그 신생 기관의 방향성을 잡는 안건으로 외총부와 정보부 간의 회의가 있었습니다. 대강 마무리되었으니, 아마 곧 임무가 내려올 것입니다."

"그렇습니까? 임무를 수행하고 더욱 상위의 심득을 얻을 수 있으면 좋겠습니다."

지화추는 한 번 고개를 끄덕여 보인 뒤, 지자추에게 말했다.

"말씀을 나누시는 도중이었다면 조금 후에 오겠습니다."

지자추가 말했다.

"아니다. 이야기는 끝났다."

그 말에 운정이 다급히 말했다.

"한 가지만 더 여쭈어도 되겠습니까?"

"짧은 거라면."

"린 매가 마교에 입교한다는 가정하에, 무슨 마공을 익히게 되겠습니까? 아무래도 화산의 내공심법을 기반으로 한 마공을 익히게 될 텐데 말입니다."

"당연히 옥녀마공(玉女魔功)이지. 자하신공을 기반으로 한 자하마공은 오래전부터 연구되어 왔고 또 부교주로 인해 완성되다시피 했다. 덕분에 옥녀신공을 기반으로 한 옥녀마공 또한 쉽게 만들 수 있었지."

"아, 어르신께서 만드셨습니까?"

지자추는 거만한 표정을 지어 보였다.

"남녀노소 할 것 없이 수백이 넘어가는 화산의 제자들의 몸을 치료했다. 화산의 내공심법이 흐르는 이십경맥(二十經脈)을 모조리 통달하고 있어. 본업이 의원인 만큼 이론적인 부분에선 무림인보다 더 완벽할 것이라 자부한다."

가만히 이야기를 듣던 지화추가 거들었다.

"조부님께서는 화산의 모든 무공을 마공화 할 계획을 가지고 계십니다. 천마신교 내에 새로운 화산을 만드시려는 것이죠."

운정이 그 말을 듣고는 이해했다는 듯 말했다.

"그래서 린 매를 전속으로 삼겠다는 것이로군요. 천마신교 내에 화산파를 만드는 그 기초로 삼기 위해서."

지자추는 소리 내 웃으며 말했다.

"핫핫핫, 그게 다 화산 놈들이 자초한 것이다. 부교주의 영향 때문인지 뭔지 모르겠지만, 놈들은 화산의 본래 철학과 무공을 잃어버렸어. 패도적인 성격만 짙어졌지. 과거 매화검수들 중에는 미약하기 짝이 없긴 해도 매화 향을 풍기는 놈들이 있었는데, 요즘 애들은 그런 특색이 다 사라지고 실용적인 검기니 검강이니 하는 것만 남았지. 그래서야 흑도와 뭐가 다르겠어?"

"……"

"화산의 검은 적을 죽이지 않고 자연사하게 만들지. 그 아름다움을 제대로 이해한 유일한 사람인 안우경이 죽으니 더 이상 꿈도 희망도 없지. 일대제자들조차도 자신들의 마음속에 피어나는 마가 어디서 비롯된지 몰라 내게 개마환(蓋魔丸)을 받아먹었어. 다들 죽어 버려서 차라리 다행이지. 적어도 비참하게 안에서부터 썩어 갈 일은 없을 테니까."

운정이 조심히 물었다.

"마공으로 그런 검을 재현하는 게 가능하겠습니까?"

지자추는 피식 웃었다.

"노년엔 어차피 할 게 없으니까. 난 마공을 익히지 않아서 건강해. 여기 아프고 노망난 늙은이들을 의술로 도와주며 이런저런 무공들을 빼먹다 보면 모르는 마공이 없게 될 거야.

화산의 무공도 통달하고 본 교의 마공도 통달한다면 그 둘을 엮는 것과 그를 통해서 본 교 안에 작은 화산을 만드는 것도 불가능하지만은 않지."

운정은 그의 목적을 알 것 같았다.

그가 매료된 적을 자연사시킨다는 화산의 검.

그것을 마공으로 다시 보고 싶은 것이다.

정채린을 향한 애정도 애정이지만, 그 꿈 때문에 그녀를 아끼는 것이기도 할 것이다.

운정은 도박을 걸기로 했다.

"어르신."

"응?"

"옥녀마공을 제게 알려 주십시오."

"갑자기? 왜?"

운정은 조금 뜸을 들이다가 말했다.

"본 교에 있는 화산의 제자는 린 매 한 명이 아닙니다."

그 말을 들은 지화추는 운정을 돌아봤다. 그것은 정보부 마조대 낙양단주인 그도 모르는 일이었기 때문이다.

第三十三章

"그래서? 말했느냐?"

툭하니 물은 제갈극은 두 눈을 가늘게 뜨며 집중하고 있었다. 양손으로 기다란 금침을 가지고 소청아의 단전에 박혀 있는 흙빛 보석을 이리저리 건들고 있었다. 운정은 그가 정확히 무슨 일을 하는지 몰랐지만, 그가 심혈을 기울여야 할 정도로 정밀한 작업이라는 것은 알 수 있었다.

운정은 소청아의 안색을 살폈다. 그녀는 아무것도 느끼지 못하는 듯 운정을 뚫어지게 볼 뿐이었다.

"소청아라는 건 말하진 않았습니다. 다만, 새로 만든 옥녀

마공을 정채린에게 익히게 하기 전에 실험할 수 있는 좋은 사람이 있다고 했습니다. 화산이 멸문 직전에 이르러 많은 제자들이 이탈했고, 그중 하나가 천마신교에 들어온 것이 아닌가 하는 의심을 할 뿐이었습니다."

지지직.

작은 전기가 금침과 흙빛 보석 사이에 흘렀다. 그러자 금침이 빠르게 빛을 잃어버리기 시작했고, 제갈극은 다른 금침으로 교체에 다시 작업에 들어갔다.

"구결은?"

"외웠습니다."

"오호. 그냥 내주었단 말이냐?"

"제가 정채린과 연인 사이라는 걸 어느 정도 아는 듯합니다. 그러니 그녀를 위한 것이라 생각하고 순순히 준 듯합니다."

"뜻밖이니라. 그렇다고 그냥 자기 심득을 내주다니."

"아무래도 이론적인 면만 완성했으니, 실제로 어떻게 마공이 이뤄지는지 알고 싶었겠지요."

"그래도 천마신교에 입교한 다른 화산의 제자가 누군지 더 캐물었을 텐데?"

"알려줄 수 없다 하니, 더 묻지 않았습니다. 옥녀마공을 익혀 보고 그 경과만 알려 달라고 했습니다."

"그래? 꽤 재밌는 인물이니라."

"……."

"대단하구나. 수완이 좋느니라. 만 하루도 지나지 않아서 해결책을 들고 오다니. 태극음양마공이 아닌 옥녀마공이라면 실험에 성공할 것이니라. 소청아 본인도 화산의 특색이 짙은 걸 익히면 전처럼 크게 거부하지 않을 것이다. 하지만 단전이 아닌 마나스톤을 이용할 수 있도록 또 개량해야 하니, 그게 문제지."

"개량된 것을 또 개량하니 불안전할 수밖에 없을 겁니다."

"그걸 성공하도록 만드는 게 내 일이니라. 어찌 되었든, 고맙다. 이번 일이 끝나면 옥녀마공을 시험해 보겠느니라."

제갈극의 두 눈빛은 열의로 불타올랐다.

운정은 그런 그를 물끄러미 내려다보며 말했다.

"저 또한 이토록 성심성의껏 도왔으니, 태학공자도 절 도울 차례입니다."

그 말을 듣자 제갈극은 손을 멈췄다. 그는 눈만 슬그머니 들어 운정과 시선을 마주치곤 말했다.

"네가 가진 문제는 내 수준에서 해결하기 극히 어려운 것이다. 패밀리어가 둘인 경우는 내가 아는 어떠한 마법적 지식으로도 설명이 불가능한 것이다. 당장 할 수 있었으면 내가 하지. 어떤 면에선 힘이 두 배가 되는데 그걸 마다하겠느냐?"

"그건 저도 바라지 않습니다. 마법을 익혀 나가면서 조금씩 이해해 볼 생각입니다. 다만 구속마법 외에 다른 마법을 알려 주시지요."

"무슨 마법? 원하는 것을 말해 봐라."

"공간마법을 알려 주십시오."

운정은 마법을 상대하고 익히면서 새로운 세상을 보았다. 마법 중에 중원의 것에 비해 독보적으로, 또 월등히 앞서는 것은 다름 아닌 공간이동. 다른 종류의 마법들은 중원의 무공이나 술법 혹은 기문둔갑 등으로 비슷한 결과물을 낼 수 있지만, 공간마법은 아예 흉내 내는 것조차 불가능하다.

제갈극은 피식 웃더니 다시 금침에 집중하며 말했다.

"내가 처음으로 구속마법을 가르친 이유는 당장 네가 필요한 것이기도 했지만, 그걸 떠나서 수학적 지식이 많이 필요하지 않기 때문이야. 공간마법은 철학보다 수학에 매우 치중된 마법이니 네 수학적 수준으론 어림도 없다."

운정은 나지막하게 말했다.

"좋습니다. 그럼 공간마법에 들어가는 수학적 지식이 쌓일 때까지 오로지 수학만 익히도록 하겠습니다."

지지직.

금침에서 다시 불똥이 튀더니, 그 색이 완전히 바랬다. 제갈극은 변색된 금침을 옆으로 버리더니, 다음 금침을 집어 들려는데 하나밖에 남질 않았다. 그는 짜증 난다는 듯 자리에서 일어나 방 한쪽으로 걸어가며 말했다.

"수학만 가르쳐 주는 것이라면 내가 일하면서도 가르칠 수 있지. 일단 전에 배우다 만 비선성대수학(非線性代數學)부터. 처음부터 다시 읽고 그 내용에 담긴 것을 내게 질문하는 것으로 수업 방향을 잡자."

"알겠습니다."

그렇게 제갈극과 운정은 시간을 보냈다. 운정은 스스로 공부를 모두 마치고 제갈극과 질문하고 또 토론하며 그 서적에 담긴 내용을 완전히 이해하게 되었다. 그 놀라운 지식에 감탄하다가 문득 드는 생각에 자리에서 벌떡 일어났다.

"아!"

깨달음의 소리와는 근본적으로 달라, 제갈극은 그를 돌아보며 물었다.

"왜 그러느냐?"

"자, 잠시 가야 할 곳이 있습니다."

운정은 급히 실험실에서 나갔다. 제갈극은 감흥 없는 눈으로 그 뒷모습을 보다가 다시 자기 일에 집중했다. 소청아의 단전에 박혔던 흙빛 보석은 거의 드러나 있었다.

그렇게 지고전을 박차고 나온 운정은 하늘을 보았다. 밝은 달이 높게 떠 있었는데, 저녁때를 지나도 한참 지난 것 같았다. 그는 지나가는 시비를 붙잡아다가 물었다.

"지, 지금 시간이 어떻게 됩니까?"

시비가 대답했다.

"해시초입니다만."

"……."

운정은 더 말하지 않고 급히 뛰었다. 아니, 마기까지 끌어올려 제운종을 펼쳤다. 하지만 곧 귓가로 들리는 호법들의 경고음 때문에 경공을 거두고 빠른 걸음으로 걸어야만 했다. 호법들의 입장에선 빠른 속도로 경공을 펼치는 그를 가만둘 수 없었기 때문이다.

그가 귀빈실에 도착했다. 운정은 대문에 서 있던 시녀를 통해서 정채린에게 기별했지만, 돌아오는 답은 냉담했다.

"날이 늦었으니, 다음에 다시 오시랍니다."

"그, 미안하다고… 일이 있었다고 다시 전해 주실 수 있겠습니까?"

시녀는 불쾌하다는 표정을 숨기지 않으며 말했다.

"다음에 다시 오시라는 답을 전했으니, 전 더 할 말이 없습니다. 더 할 이야기가 있으면 본녀에게 오라 가라 하지 마시고 나중에 두 분께서 따로 하시지요."

시녀는 쌩하고 안으로 들어가 버렸다.

운정은 멍하니 그 앞에 서 있다가 곧 축 처진 어깨로 돌아설 수밖에 없었다.

갈 때보다 다섯 배는 느린 속도로 지고전에 돌아온 운정은
시녀로부터 누군가 자신을 기다리고 있다는 말을 들었다. 지
고전의 사랑방에 가자, 그곳에서 로스부룩이 환한 얼굴로 그
를 맞이했다.

"다 했습니다."

다짜고짜 말하며 웃는 그를 보며, 운정은 순간 로스부룩이
살아 돌아온 것이 아닌가 하는 생각이 들었다. 표정이며 몸짓
이며 그가 아는 로스부룩의 냄새가 진하게 배어났다.

운정이 말했다.

"뭘 말입니까?"

로스부룩, 아니, 스페라는 음흉한 눈빛으로 그를 보며 말했
다.

"마법 말입니다. 말씀드린 대로 닷새 동안 집중해서 연습하
니 산 하나를 통째로 옮겨 버릴 수준까지 끌어올렸습니다. 그
러니 걱정 말고 갑시다."

운정은 스페라가 전에 동굴 속에 매장된 로스부룩의 시체
를 찾기 위해서 관련 마법을 연습해야 한다고 말했던 것이 기
억났다.

운정은 그의 앞에 놓여 있는 돌을 보았다. 흙빛으로 빛나고
있었지만, 그 위로 기묘한 붉은 선이 다양한 형태의 도형을 그

리고 있었다.

그가 물었다.

"그런데 그것은?"

스페라는 막 그것을 발견한 것처럼 호들갑을 떨며 말했다.

"아! 이건 태학공자께서 부탁하신 겁니다. 그, 전에 만든 혈
마단(血魔團)의 특성과 주변에서 마나를 흡수하는 마법진이
새겨진 마나스톤인데, 이것을 무림인이 단전 주변에 이식하게
되면 뱀파이어가 되는 것과 동시에 몸에 마나를 품을 수 있게
되는 것이죠. 여기에 양기의 통로를 뚫는 기문둔갑까지 함께
넣을 생각이신 것 같은데, 가능할진 모르겠습니다."

운정이 공부하는 동안 제갈극이 작업하던 것은 바로 소청
아의 단전에 넣은 마나스톤을 빼내고 좀 더 진보된 형태의 마
나스톤을 넣는 것이었다. 거기에 필요한 진보된 마나스톤이
바로 그것인 듯싶었다.

운정은 점점 복잡해지는 제갈극의 작업을 도우면서 그가
얼마나 뛰어난 사람인지 잘 알고 있었다. 그중 하나는 쉬지
않고 계속해서 결과물을 발전시키는 능력으로 정말이지 만족
을 모르는 듯했다.

그가 물었다.

"그것을 전해 주러 오신 김에, 식사라도 같이하는 게 어떻
습니까?"

스페라는 고개를 흔들었다.

"전 이걸 태학공자께 전해 준 뒤에 운정 도사님과 함께 나가려고 했습니다만. 그런데 지금 이 시간까지 식사를 안 하셨다니, 그러면 제가 가는 길에 한번 저희 쪽의 음식을 대접해 보이겠습니다."

말은 부드러웠지만, 당장에라도 로스부룩의 시신을 확인하겠다는 확고한 의지가 엿보였다.

운정이 말했다.

"그럼 이걸 전해 주면 되는 겁니까?"

"그렇게 해 주시면 고맙습니다. 태학공자가 실험실에서 작업에 집중하고 있으니 그를 만날 수 없는데, 그렇다고 이걸 다른 누구의 손에 맡기기도 어렵고 해서……."

사실 운정이 제갈극의 실험실에 언제든 들어갈 수 있는 것도 블러드팩으로 인해서 제갈극이 운정을 성심성의껏 돕는다는 제약 때문이다. 그것이 아니었다면 그도 허락 없이 제갈극의 실험실에 들어갈 수 없었을 것이다.

운정은 손을 뻗어 그것을 품에 넣고는 말했다.

"좋습니다. 그럼 좌표가 필요하니 친우를 부르겠습니다."

스페라는 자리에서 벌떡 일어나더니 말했다.

"그 친우는 제 방으로 직접 불러 주십시오. 옅긴 하지만 남의 도메인에 더 있고 싶지 않으니까."

운정은 고개를 끄덕인 뒤에, 밖에 시녀에게 말해 카이랄을 로스부룩의 방으로 불러 달라고 했다. 시녀는 알겠다고 하고는 사라졌다.

운정과 스페라는 먼저 로스부룩의 방으로 향했다. 그동안 로스부룩은 쉴 틈 없이 마법에 대해서 운정과 토론했는데, 그 주제며 그 말투며 그 반응이며, 단 하나도 로스부룩이 아닌 것이 없었다. 운정은 그가 스페라라는 사실을 너무나 잘 알고 있었지만, 지금의 모습을 보고 있노라면 혹시 잘못 알고 있는 것이 아닌가 하는 생각까지 들 정도였다.

하지만 스페라는 그것이 착각에 불과하다는 것을 로스부룩의 방에 들어서자마자 확실히 알려 주었다.

"이쪽으로 와요. 구 수제자의 연구실을 찾았으니, 그곳으로 들어갑시다."

"……"

로스부룩의 얼굴이 움직여 스페라의 목소리를 말하는 것처럼 느껴졌다. 운정이 자기도 모르게 눈을 한 번 깜박였는데, 그 찰나의 순간에 로스부룩의 모습이 순식간에 스페라의 모습으로 변해 있었다. 모습을 바꾸는 마법이 끝났다기보다는 그저 지금까지 잘못 인식하고 있던 것 같이 느껴졌다.

그녀는 전에 봤던 그 휘황찬란한 모습이 아닌 소박한 중원 여인의 옷을 입고 있었다. 하지만 금색의 머리와 흰 피부는 색목인 고유의 것이었다. 이국적인 그 미모는 그대로였지만, 처음 봤을 때의 그 분위기와는 완전히 달라서 같은 사람이라고 생각되지 않았다.

스페라가 손을 휘적거리자, 방 안에서 책 하나가 둥실 공중에 뜨더니 그녀의 왼손에 잡혔다. 그녀는 이후 오른손을 뻗어 공중의 무언가를 붙잡듯 움직였는데, 그 순간 어디서 나타났는지 모를 그녀의 지팡이가 그 손에 잡혔다. 그녀는 태연하게 지팡이 끝을 그 책에 가져가 톡톡 쳤다. 그러자 이계의 문자가 그 책 주변에 잠시 잠깐 떠오르곤 곧 사라졌다.

그 뒤 스페라는 책을 펼치고 그 속에 머리를 집어넣는 시늉을 했다. 그러자 놀랍게도 그녀가 그 책 안으로 빨려 들어가 버렸다. 홀로 남은 운정은 땅에 툭 하고 떨어진 그 책을 바라보며 얼빠진 표정을 짓고 있었는데 그 안에서 스페라의 소리가 들렸다.

"안 들어오고 뭐 해요? 그냥 얼굴을 넣으면 돼요."

운정은 경계 어린 시선으로 그 책을 바라보았다. 그러다가 마치 더러운 쓰레기를 줍는 것처럼 양 손가락으로 그 책의 양 끝을 슬쩍 집어 들었다. 내키지 않는 듯한 표정을 지은 그는 눈을 질끈 감고 머리를 슬며시 밀어 넣었다. 그러자 어느 순간부터 머리가 쑥 하고 빨려 들어가더니, 그의 몸까지 완전히 그 안으로 집어삼켰다.

운정은 주변 환경이 순식간에 변하자, 고개를 들고 주위를 살폈다. 스페라의 마법으로 보이는 밝은 구체가 그 방 안을 밝히고 있었는데, 그 풍경은 제갈극의 실험실 못지않을 만큼 괴기하기 짝이 없었다.

운정은 한마디로 감상평을 내놓았다.

"설마 했는데, 그도 제갈극 못지않군요."

스페라는 한쪽 구석에 쭈그려 앉아 있었다. 그녀 주변 바닥에는 날카롭게 생긴 수많은 결정(結晶)들이 반사광을 내며 흩어져 있었다, 마치 사람만큼 큰 거대한 도자기가 그쪽에서 깨진 것 같았다.

그녀는 그중 손바닥만큼이나 큰 결정 하나를 들어 이리저리 살펴보면서 시큰둥하게 말했다.

"놀랐어요? 마법사들은 마음속에 다 광기를 품고 있지요."

"당신도 그렇습니까?"

"뭐, 딱히."

"……"

그녀는 그 결정을 높이 들고는 자신이 만든 마법의 구체에 가까이 비춰 보았다. 반사광을 내고 있긴 했지만, 투명한 광물치고는 빛이 너무 탁하여 마치 수북한 먼지나 검은 천에 덮여 있는 듯했다.

스페라는 작은 미소를 지으며 독백했다.

"이것들 조각 하나하나가 빈 마나스톤이니 태학공자가 좋아하겠는데. 파인랜드에서 조달할 거 없이 이걸 가져다주면 되겠어. 일단 밥은 먹어야지요?"

운정은 고개를 살짝 돌렸다.

"삼 일 이상을 굶지 않는 이상 이곳에서 뭘 먹을 순 없을 것 같습니다."

"참 나, 까다롭기는. 잘생긴 사람이 까다롭게 굴면 붙던 여자도 달아나요."

"한 끼 정도는 굶어도 괜찮습니다. 근데 제 친우는 어떻게 합니까?"

"책 주변에 문자로 써 놓은 거 봤잖아요? 도착하면 알아서 들어오겠지요."

"아, 그게 그런 의미였습니까?"

"우리말은 곧잘 하더니, 문자는 아직 배우지 못했군요."

"공부 중입니다만 익숙하지 않습니다. 금세 나타났다 사라져서 보지 못한 듯싶습니다."

스페라는 그 결정을 땅에 내려놓았다. 그리고 그녀는 운정을 돌아보더니 말했다.

"그래서 제 제안은 어떻게 생각하시나요?"

"제자가 되라는 제안 말입니까?"

스페라는 방긋 웃으며 말했다.

"다른 마법사들 같았으면, 납치당해서 실험체가 되었을 거예요. 그나마 나니까 제자로 받아 주려고 하는 거지."

"제가 마법에 재능이 없었더라도 제자로 받아 주셨을 겁니까?"

"그건 뭐, 그 상황에 처해 봐야 알 것 같네요."

"……"

"아무튼, 당신을 제자로 받고 싶다는 생각에는 변함없어요."

운정은 그녀를 지그시 보다가 곧 속에 품고 있던 의문을 꺼냈다.

"수제자라고 하셨는데, 그가 죽었다는 사실에 그리 슬퍼 보이지 않습니다."

스페라는 입술을 위쪽으로 삐죽 내밀더니 말했다.

"슬프지 않으니까 슬퍼 보이지 않는 것 아니겠어요?"

"왜 슬프지 않으십니까? 수제자라면 제자들 중에서도 가장 아끼는 제자가 아닙니까?"

스페라는 손가락까지 세워서 입가에 가져가 고민하더니 말했다.

"흐음. 글쎄요. 왜 슬프지 않느냐… 슬프지 않으니, 슬프지 않은 것이지 슬프지 않은 이유가 필요한가요?"

"그럼 중원에는 왜 오신 겁니까? 제자를 죽인 자를 찾아 복수하고 제자의 시신을 찾아 장례를 치르기 위해서 아닙니까?"

"예. 맞아요."

"그런데, 슬프지는 않다?"

"예, 그것도 맞아요."

"……."

"아니, 슬프지 않은데 슬픈 척이라도 해야 만족하시겠어요? 그런 연기를 해 달라면야 해 줄 수 있지만, 내가 그런 연기를 해서 얻을 게 무엇이죠?"

"그럼 화는 나십니까?"

"화?"

스페라는 또다시 눈을 반쯤 감으며 고민했다. 그런 그녀를 보며 운정이 물었다.

"예, 화. 분노 말입니다."

스페라는 한참 그러다가 고개를 돌렸다.

"아뇨, 그것도 딱히."

"그럼 왜 굳이 중원에까지 오신 겁니까?"

그녀는 조금 짜증 난 어투로 말했다.

"말했잖아요. 제자의 시신을 되찾아 장례를 치러주고 제자의 복수를 하기 위해서라고. 왜 같은 질문을 계속하는 거예요?"

"……."

운정은 더 이상 할 말이 없었다. 계속 물어 봤자 왠지 평행선을 달릴 것 같았기 때문이다. 무엇이 이유든 간에 스페라는 그것을 말하지 않기로 작정했거나, 아니면 정말로 그녀가 말한 것이 전부일 수 있다.

때마침, 카이랄이 로스부룩의 연구실 안으로 들어왔다.

"운정, 무슨 이… 당신은?"

카이랄의 질문에 스페라가 맑은 미소로 화답했다.

"Wow. I've never detcepxe a dark elf as his friend. I am The beauty of Delai, Spera!"

카이랄은 운정과 스페라를 몇 번이고 번갈아 보다가 상황을 유추했다. 델라이의 미치광이가 중원에 있다? 그리고 운정과 함께 있다? 그것도 로스부룩의 연구실에?

그는 나지막하게 말했다.

"델라이의 천재의 죽음에 관한 일 때문이군."

운정이 빠르게 말했다.

"먼저 말하지 못한 건 미안해. 하지만 누구에게도 말하지 않겠다고 그녀와 약속을 했었어. 어떤 마법을 부릴지 모르니, 지킬 수밖에 없었고."

카이랄은 스페라를 흘겨보며 말했다.

"뭐, 지금이라도 알게 되었으니 상관없다."

공용어로 말했음에도, 중원의 한어로 일관하는 카이랄 때문에 조금 민망함을 느낀 스페라는 그처럼 한어로 물었다.

"운정이 말하길 당신이 좌표를 안다고 하던데요?"

"잠깐, 그 전에. 보아하니 나에 대해서 머혼에게 들은 것이 없는 것 같은데?"

전에 카이랄은 머혼에게 스페라에게 말을 전해 달라 했었다.

그 말을 듣자 스페라가 갑자기 눈을 동그랗게 떴다.

"아! 기억난다. 당신이로군요! 운정의 친우인 다크엘프! 왜 생각을 못 했지? 아무튼 뭐라 했더라? 당신과 운정의 생명을 보존해 주면 델라이에 협력하겠다고 했었죠? 맞죠? 좋아요! 마음에 두고 있을게요."

"……."

"지금은 일단 좌표 주세요."

"무슨 좌표를 말하는 거지?"

"제 제자가 있는 곳 말이죠."

카이랄이 눈을 가늘게 뜨자, 운정이 말했다.

"그녀는 로스부룩의 시신을 가지고 가서 장례를 치르려고 해. 로스부룩의 스승이니까."

"흠. 천재와 미치광이가 사제지간이었나?"

그 순간 스페라의 오른쪽 입가가 살짝 내려왔다.

"미치광이가 누구죠? 로스부룩한테 스승이 한 명 더 있었나 보네?"

"……."

"……."

"아무튼, 좌표를 알려 주세요."

"그런데 로스부룩의 시신이 있는 곳의 좌표를 왜 내게 묻는 것이지?"

스페라가 운정을 돌아보자, 운정이 카이랄에게 말했다.

"그쪽으로 공간이동을 하려고 하니까 그러지."

카이랄이 고개를 갸웃하더니 설명했다.

"특정 공간에 좌표를 고정하는 마법은 알지도 못한다. 내가 아는 건 무기에 좌표를 걸어 두는 것이지."

"아."

"기억나지 않나? 내가 좌표를 건 건 태극지혈이다. 게다가 회수한 뒤로는 그것을 연구하기 위해서 제갈극에 태극지혈에 걸린 마법들을 전부 디스펠(Dispel)했다. 내 차크람도 네가 나한테 다 돌려줬잖아. 내가 시전하는 좌표마법을 오해했나 보군."

"……."

어색한 침묵이 흐르고 셋 모두가 말이 없어졌다.

운정은 자기가 한 실수를 자각하고는 민망함을 감출 길이 없었다. 지금까지 당연히 카이랄이 동굴의 좌표를 알고 있으리라 믿었는데, 생각해 보면 그만큼 멍청한 생각도 없다.

연구과 공부로 인해 잠도 제대로 못 자고, 무허진선과 정채린의 일로 인해서 머리가 복잡해져 이런 어처구니없는 실수를 한 것일까? 운정은 고개를 흔들었다. 그 정도로 이런 간단한 걸 생각하지 못했을 리 없다.

이것은 제갈극이 말했던 것처럼, 마법의 영향이 틀림없다. 소청아에게 태극음양마공을 익히게 만들기 위해서 연속적으로 시전했던 구속마법. 그곳에 소모되는 포커스는 말 그대로 소모된다. 그것이 무공과 마법의 근본적인 차이가 아니던가?

그것이야말로 같은 단어처럼 보이는 심력과 포커스의 미묘한 차이일 것이다.

"제자로 삼는 건 고려해 볼게요."

스페라의 말에 운정은 얼굴이 더욱더 붉어지는 것 같았다.

다행히도 그 미묘한 분위기 가운데서 카이랄이 해법을 찾았다.

"무식하지만 방법이 아주 없지는 않다. 공간이동을 반복해서 점차 좁혀 나가는 것이지."

스페라는 어이없다는 듯 대꾸했다.

"도착해서도 산 하나는 파야 하는데, 그런 데 쏟아부을 마나가 어디 있어요?"

"여긴 중원이다. 마나가 충만해. 공간이동을 남용해도 문제가 되는 건 포커스뿐이지. 당신은 수만이 넘어가는 대군을 쓸어 버릴 정도의 화염마법을 쓸 수 있다 들었는데, 그만한 포커스를 타고났다면 충분히 가능할 것이다."

스페라는 잠깐 생각했지만, 곧 혀를 내둘렀다.

"그야 그땐 국가의 지원을 받아 생각 없이 퍼부으면 그만이었으니까 그렇죠."

"아, 정밀도(精密度)에 자신이 없나?"

"정밀도?"

"프리시전(Precision)말이다."

"내 수준치고는 좀 낮아요."

"흠. 의외로군. 그럼 그 부분은 내가 도와주지."

"정말로 되겠어요? 거리가 멀어서 상당히 어려울 텐데?"

카이랄은 자신의 허리춤에서 륜검을 꺼냈다.

"내 차크람(Chakram)에는 좌표가 새겨져 있어, 손에서 벗어나도 공간마법으로 회수하는 것이 가능하다. 긴박한 전투 중에도 펼칠 수 있을 정도로 익숙해. 이걸로 보여 주지."

카이랄은 차크람을 방 한쪽으로 던졌다. 그것이 날아가는 도중 그가 손목을 한번 털자, 그 차크람이 어느새 그의 손으로 돌아와 다시 잡혔다.

그것을 본 스페라는 입을 살짝 벌렸다.

"엄청난 디테일이군요. 게다가 논벌블(Nonverbal)이라니. 적어도 만 번은 시전했나 보네요?"

"고작 만 번이라고? 다들 당신 같은 줄 아는가? 난 마법적

소질이 평범해. 백만 번을 해서 이 정도지."

"Wow."

"이건 고대로부터 이어진 다크엘프의 기술이다. 무기에 좌표를 새기고 공간마법을 쓰는 것이지. 마법 자체가 어렵기도 하지만 십만 번을 넘길 정도의 반복적인 수련을 해야 간신히 써먹지. 그러니 쓸 수 있는 이가 거의 없다."

"그렇긴 하겠어요. 그 정도의 노력을 전투력에 쓰려 한다면 차라리 파괴마법을 배우는 게 더 좋으니."

"이 정도면 공간마법의 정밀도에 관한 능력은 충분히 입증한 듯하다. 아닌가?"

"정확히 얼마나 되죠? 정밀도가?"

"상태가 좋으면 5도까지도 가능하다."

"정말인가요? 엘프에게 그 정도의 정밀도가 가능한지 몰랐어요. 통상적인 종의 한계를 넘었군요."

"놀랄 것 없다. 최근에 6.6도를 혼자 해내는 인간을 봤으니. 종의 한계를 넘는 거야 인간의 특징이지."

"예?"

그녀는 자신의 귀를 의심했다.

카이랄은 더 말하지 않고는 운정에게 말했다.

"한 가지 문제가 있다. 그 주변으로 공간이동을 해야 하는데, 화산의 고수들과 또 마주칠 우려가 있어. 게다가, 시신을

찾으려면 거기 가서도 세밀한 공간마법을 펼쳐야 하는데, 그
동안 화산의 고수들과 마주하게 된다면 어떻게 할 것이지?"

운정이 대답했다.

"화산은 내부 정리를 하고 무림맹에 투신한다 했으니, 무림
맹으로 떠난 자들 말고 화산에 남은 자들은 다 폐관수련을
하고 있을 거야. 조용히, 그리고 신속하게 갔다 오면 되지."

스페라는 카이랄의 이야기가 무척이나 듣고 싶었지만, 그의
표정을 보니 더 말하지 않겠다는 뜻이 너무 확고했다. 때문에
그녀는 잠시 궁금증을 접어 두고 거론되고 있는 이야기에 집
중했다.

"산 하나 통째로 옮기다 보면 소음이 많을 거예요. 조용히
그리고 신속하게는 불가능합니다."

운정이 말했다.

"카이랄과 당신이 힘을 합친다면 무너진 동굴 속의 로스부
룩의 시신만 공간이동으로 빼는 것이 가능할 것입니다."

그것은 스페라와 카이랄 간의 대화에서 유추한 사실이기도
했지만, 카이랄과 제갈극이 전에 했던 것을 보았기 때문에 아
는 것도 있었다.

스페라가 말했다.

"흐음, 그럼 괜히 닷새를 낭비했네. 어찌 됐든 결론을 말하
자면, 공간마법 자체는 제가 시전하고, 그 정밀도는 다크엘프

가 잡고, 그리고 전체적인 길잡이는 운정이 하는 것으로. 간단하죠?"

"카이랄이다."

"예?"

스페라가 놀란 눈으로 카이랄에게 묻자, 카이랄은 다시금 자신의 이름을 말했다.

"Karaal. That's my name."

스페라는 다크엘프가 자신의 이름을 순순히 말했다는 사실이 믿기지 않는지 멍한 시선으로 그를 바라보며 말했다.

"O, okey. Good to know, but why?"

카이랄은 그 질문에 답하지 않고 말을 돌렸다.

"하기로 했으니, 지금 당장 하도록 하지. 전에 기억으로는 낙양에서 서쪽으로 600리 정도 되었던 것 같은데 맞나?"

운정은 고개를 끄덕이며 말했다.

"맞아. 직선거리로 그쯤 될 거야."

카이랄은 눈을 감고 양손을 뻗었다. 돌아오는 말이 없어 기분이 상한 스페라는 카이랄을 빤히 바라보다가 곧 한숨을 쉬곤 똑같이 눈을 감았다.

그녀는 지팡이를 앞으로 뻗더니, 공간마법을 외웠다.

[텔레포트(Teleport).]

스페라의 외침과 함께 그들은 남쪽으로 화산이 보이는 하늘 위에 공간이동했다. 곧 땅에 이끌림을 받은 그들이 추락하는데, 그 순간 스페라가 지팡이를 공중에 휘적거렸다. 그러자 그들의 몸이 서서히 감속하더니, 중간 지점에서 공중에 고정된 듯 멈췄다.

운정은 까마득한 발아래 멀리 펼쳐진 숲을 보며 그리운 감정을 느꼈다. 그가 낙선향에서 무당산의 선기에 둘러싸여 있었을 땐 허공답보(許空踏步)를 펼치며 하늘 높이 올라갈 때가 많았는데, 마치 그때의 기분이 든 것이다.

카이랄은 커진 동공으로 땅을 내려다보더니 툭하니 말했다.

"하늘로 공간이동하는 줄은 몰랐다."

"비행마법은 자신 있어서, 아예 고도를 높게 잡았어요. 그나저나 중원은 정말로 마나가 풍부하네요. 특히 이곳은 인위적으로 만든 HDMMC보다도 더 짙다니……."

카이랄은 운정에게 말했다.

"다음은 어디로?"

운정은 눈초리를 모으고 화산의 산맥을 둘러보더니, 곧 한 곳을 집어냈다.

"저쪽으로 40리 정도 더."

그 말을 들은 카이랄은 다시금 눈을 감고 스페라에게 양손을 뻗었다. 스페라 또한 공간이동을 시전했다.

그렇게 하기를 몇 차례. 그들은 전에 제갈극과 카이랄이 섰던 그 절벽 앞에 설 수 있었다.

스페라는 지팡이를 절벽에 가까이 가져가서 탐색마법을 사용했다. 우선적으로 로스부룩의 시신의 위치를 알아야만 공간마법을 쓸 수 있었기 때문이다. 아쉽게도 그것은 그녀가 자주 쓰는 마법도 아니고, 지난 닷새 동안 연습했던 마법도 아닌지라, 주변에 신경을 쓰지 못할 정도로 집중을 해야만 했다.

운정과 카이랄은 그녀의 호법을 서며 주변을 경계했다. 하지만 화산은 고요했고, 밤하늘은 평화로워 그들이 할 일은 크게 없었다.

운정이 물었다.

"도와야 하지 않아? 정밀도에는 자신 없다고 했잖아?"

"탐색마법은 애큐러시(Accuracy), 정확도(正確度)만 좋으면 된다."

"응? 어떤 차이가 있는데?"

"나중에 설명해 주마."

"……."

카이랄은 마법을 시전하고 있는 스페라의 뒷모습을 물끄러미 보더니 말했다.

"그나저나 탐색마법에는 수준이 높지 않나 보군. 뒤에서 기습해도 모를 정도로 집중하는 걸 보니."

운정은 그런 그를 흘겨보았다. 카이랄의 두 눈에서 심상치 않은 것을 느낀 운정이 나지막하게 말했다.

"무슨 생각 하는 거야, 카이랄?"

"뭐라고 생각하나?"

운정은 고개를 돌리며 말했다.

"관두는 게 좋을걸. 설마 자기방어 할 수단 하나 없겠어? 요상한 물건 같은 게 있겠지."

카이랄은 여전히 같은 눈으로 스페라의 등 뒤를 지그시 바라보며 말했다.

"마법사는 그들이 부리는 기적과도 같은 마법들로 인해서 죽이기 어려운 것처럼 보이지만, 사실 의외로 죽이기 매우 쉽다. 특히나 심력을 마법에 낭비하다 보면, 사고력이 백치 수준으로 떨어져. 원래 천재였다면 일반인 정도가 되지. 마법은 본래 무공처럼 전투를 위해서 만들어진 것이 아니다."

그렇게까지 말하는 것을 보니, 진심으로 배신을 할까 고민하는 듯했다. 운정은 카이랄을 돌아보며 조금 큰 소리로 말했다.

"그래서? 우리가 배신할 수도 있겠다는 생각을 스페라가 못했다 이거야?"

"그랜드 위저드(Grand Wizard)는 모두 방어적인 저주를 걸어 놓지. 하지만 때문에 그것을 맹신하는 경향이 있다. 트리거(Trigger)가 뭔지만 추리해 알아내면, 상대하지 못할 정도는 아니야. 다크엘프인 나에겐 너무나 쉬운 일이지."

운정은 카이랄이 하는 말을 정확히 이해하지 못했지만, 그가 하고 싶은 말이 무엇인지는 알았다.

"카이랄, 너 진심이야?"

"진심이다. 오히려 네게 묻고 싶군. 왜 그 가능성을 아예 배제한 것이지?"

"아직 그녀는 나에게 해악을 끼친 적이 없어."

카이랄은 조용히 읊조렸다.

"If you wait for an attack, you will have it."

공격을 기다리면, 그것을 얻게 될 것이다.

그것은 카이랄이 전에 언어를 가르쳐 주던 도중 알려 주었던 격언이다. 중원의 비슷한 말로는 선제필승(先制必勝).

운정은 고개를 흔들며 물었다.

"왜 벌써부터 적이라 가정한 거야?"

"친구라 판단할 이유가 없으니까. 아니면 그녀에게 필요한 것이 있나?"

그러고 보니 사정을 자세히 말해 주지 않았다.

운정은 그에게 스페라와 처음 마주했던 일을 처음부터 설명했다.

"…결국 그러니까, 날 제자로 삼고 싶어 하고. 난 그녀에게 마법을 배울 수도 있어. 이해되지?"

카이랄은 고개를 끄덕이더니 말했다.

"아하. 그럼 현재 서로 손을 내민 관계로군. 난 혹시라도 네가 그녀에게 협박이라도 당한 것이 아닌가 했다."

이야기를 들은 후, 카이랄은 그녀에게서 경계 어린 시선을 거두었다.

그가 인간이었다면, 진작 무슨 일이 벌어졌냐고 물어봤을 것이다. 카이랄이 워낙 맹목적으로 편을 들어 주다 보니, 운정은 그에게 구체적인 사실을 말한 적이 없었다는 사실은 인지하지 못한 것이다. 인간이라면 사정을 모르고 그렇게까지 도와주지 않을 테니까.

운정이 말했다.

"자세히 설명하지 않은 내가 잘못했지. 미안해."

"아니다. 솔직히 저자와 적이 된다면 꽤 어려울 테니까, 둘이 손을 잡았다면 내게도 좋은 일이지."

그게 어째서 그에게 좋은 일이 되는가?

운정은 카이랄이 밤하늘을 올려다보는 것을 옆에서 지켜보았다. 그가 지고전의 마당에서 항상 그런 식으로 하늘을 올려다보던 것을 기억했다.

운정이 말했다.

"리인카네이션(Reincarnation) 마법은 어때? 잘 익혀져?"

카이랄은 하늘 위에 시선을 고정한 채로 대답했다.

"이 정도 속도라면 일 년 이내로 모두 익힐 것 같다. 제갈극은 단순히 마법적인 재능이 있을 뿐 아니라 가르치는 재능 또한 있는 듯하다. 아니, 그보다는 가르치다 보니 점차 가르침 자체에 대해서도 꽤 많은 것을 깨달은 듯 보였어."

그 점은 운정도 동감했다. 제갈극에게 마법을 배우면서 그가 가르치는 실력이 점차 늘어간다는 느낌을 확실히 받았기 때문이다. 확실히 놀라운 지력이 아닐 수 없었다.

운정이 말했다.

"그가 이대로 계속해서 발전하다 보면 나중에는 걷잡을 수 없는 능력을 얻게 될 거야."

카이랄은 시큰둥하게 말했다.

"그러고 보니 그 부분에 대해서 묻고 싶었다. 너는 왜 제갈극이 강한 힘을 가져서는 안 된다고 생각했지? 그 때문에 나에게 제갈극이 아닌 로스부룩을 통해서 공간이동하게 한 것이고, 그러다가 이런 사달이 났지. 너를 탓하는 것은 아니지만, 이유를 듣고 싶다. 우선 너를 믿고 그렇게 행했지만, 한 번도 제대로 된 설명을 들은 적이 없는 것 같다. 게다가 그때는 목숨이라도 바쳐서 막아야 할 것처럼 하더니, 이젠 그가 힘을 얻는 걸 그냥 방관하고 있지 않나? 방금도 스페라가 해악을 끼치지 않았으니 공격할 수 없다면서, 왜 제갈극은 아무런 해악을 끼치지 않았음에도 힘을 얻는 걸 막아야 한다고 한 거지?"

운정은 어디서부터 설명해야 할지 알 수 없었다. 너무나 많아서 그런 것이 아니라 너무나 애매했기 때문이다.

"그야 그가 사람을 실험체로 삼고, 살인을 아무렇지도 않게 여기며, 그 사이하기 짝이 없는 패밀리어를 가졌고. 힘을 위해서라면 뭐든 할 것 같은 위험한 사상을 가진 점에서 그랬지."

"그런데 지금은? 안 그런가?"

"안 그렇진 않아. 그대로지. 다만 더 이상 내가 그런 말을 할 자격은 없어서 그래. 마를 받아들이고 마성이 마음에 자리 잡은 내가 무슨 말을 할 수 있겠어. 이제 나는… 그와 똑같아."

카이랄은 하늘에서 시선을 떼고 운정을 돌아봤다. 운정은 알 수 없는 감정을 담은 두 눈으로 바닥을 보고 있었다.

카이랄이 말했다.

"그는 멸문한 자기 가문을 다시 세우고 싶어 한다."

운정이 카이랄을 돌아봤다. 그의 두 눈은 보름달만큼이나 커져 있었다.

"제갈가가 멸문했었나? 현문제일가(玄門第一家)인 제갈가가?"

카이랄은 운정의 큰 두 눈을 마주 보며 말했다.

"그와 이야기해 본 적 없나?"

"그야……."

운정은 말끝을 흐렸다. 그러고 보니 그는 제갈극과는 사적인 이야기를 하지 않았다. 제갈극도 자기 이야기를 하는 성격이 아니었지만, 운정 스스로도 왠지 그와 사적인 이야기를 하는 것이 꺼려졌기 때문이다.

카이랄이 말했다.

"너는 네가 그와 비슷해졌다고 하지만, 사실 너는 원래 그와 비슷했다."

"……."

"듣자하니 그는 제갈가의 마지막 남은 후손인 것 같다. 자기가 죽으면 제갈가는 중원에서 사라진다고 넌지시 말했으니, 그가 그 가문의 유일한 핏줄이란 소리겠지. 인간에게 있어, 성을 잇는 건 자기 목숨보다 중요하다 하지? 생명에겐 죽는 날이 정해졌지만, 가문은 그렇지 않으니."

"몰랐어."

"그가 강해지려는 이유는 자신의 가문을 다시 세우기 위해서야. 무당파를 다시 세우겠다는 너와 동일하지."

"……."

"설마 네가 나보다도 더 모를 줄은 예상하지 못했다. 정말로 그의 이야기를 들어 본 적이 없나? 최근에는 하루의 반 이상을 항상 그와 같이하지 않나?"

카이랄은 똑같은 눈빛으로 쳐다봤지만, 운정은 왠지 그 눈빛이 자신을 책하는 것 같았다. 그는 눈길을 돌려 다시 땅을 보았다.

"둘 다 한 번도 자기 이야기를 한 적 없어."

"잘 알겠지만, 그가 아무리 지능이 뛰어나다 해도 아직 어리다. 이제 막 십 대 중반이지. 누군가 자기 이야기를 들어 주려고만 한다면 자기도 모르게 속 이야기를 꺼내는 어린아이다. 그런 어린아이를 그토록 위험하게 생각한 네가 이해되지 않았어, 줄곧."

"……."

"표정을 보아하니, 너도 네가 왜 그러는지 모르고 있었나 보군."

운정은 작은 목소리로 대답했다.

"린 매가 말해 줬어. 치기 때문이라고. 당시에는 받아들이기 어려웠, 아니, 지금도 인정하기 어렵지만, 그게 맞는 말인 것 같네."

"치기? 어떤 것이지?"

더 자세히 말하면 더 부끄러워지는 것이지만, 카이랄이 순수하게 이해하지 못했기에 묻는 것임을 안 운정은 조용한 목소리로 설명해 주었다.

"질투했다는 거지. 어린 마음에."

"아하. 정채린은 질투를 치기로 돌려 말한 것이로군?"

"응. 그가 가진 그 실력에. 그가 가진 그 능력에. 내가 질투했다는 거야. 무공으로도 술법으로도 상상조차 할 수 없는 마법을 그는 너무도 손쉽게 시전하니까."

"그렇게 생각하니 말이 되는군."

카이랄까지 그리 말하니 더 이상 반론의 여지가 없다. 그 잔인한 선포에 운정은 마음이 찌르르한 느낌을 받아 어깨가 절로 축 처졌다.

"찾았어! 카이랄이라고 했나요? 위치를 찾았으니 같이 공간마법을 시전해서 제자의 시신을 찾아보도록 하죠!"

'제자의 시신'이라는 단어만 아니라면 그 쾌활한 목소리나 표정이 어색하게 들리지 않았을 것이다. 카이랄은 슬픈 표정의 운정을 놔두고 그녀에게 다가갔다.

"좌표를 넘겨. 이번에는 정밀도만 내가 관여하지."

"좋아요."

카이랄은 전처럼 양손을 앞으로 뻗고 주문을 읊었고, 스페라도 지팡이를 살짝 앞으로 뻗고 그와 함께 주문을 읊기 시작했다. 그들의 주문은 서로 엉켜서 하나의 주문이 되었고, 그 둘은 동시에 외쳤다.

[텔레포트(Teleport).]

공간마법이 시전되자, 그들 사이의 땅이 갑자기 움푹 패어들어갔다. 그리고 그곳에 미약한 빛이 흘러나오더니 곧 로스부룩의 시신이 그 자리를 메웠다.

영창을 마친 스페라는 눈을 뜨고 앞에 놓인 제자의 시신을 보았다. 처음엔 보름달처럼 떠진 그녀의 눈은 곧 반달이 되었고, 곧 초승달이 되었으며 곧 눈이 완전히 감겼다.

바싹 마른 나무를 옮겨 놓은 것 같은 시체.

스페라는 그런 유형의 시신을 알고 있었다.

"드레인(Drain)……."

운정이 카이랄을 보자, 운정이 묻기도 전에 카이랄이 먼저 설명해 주었다.

"생명력을 마나로 강제로 변환하는 마법이다. 자기 자신에게 사용하는 거면 모를까 타인에게 사용하는 건 아예 다른 마법이라 취급할 수 있을 정도로 난도가 상승하지. 당하는 입장에서 극한의 고통을 느꼈을 것이다."

운정은 고요하게 서 있는 스페라를 보았다. 그녀의 표정에는 아무런 감정도 떠올라 있지 않았고, 몸 주변에는 아무런 기운도 풍기지 않았다. 하지만 그는 왠지 거대한 힘을 마주하는 것 같은 느낌을 받았다.

"스페……."

운정이 말을 꺼내려는 순간 스페라의 몸이 일자로 하늘 위로 치솟아 올랐다. 또한 그녀를 따라서 로스부룩의 시신까지도 덩달아 올라갔다. 순식간에 까마득한 높이까지 올라간 그녀는 지팡이를 앞으로 뻗고 뭔가 중얼거리기 시작했다.

그와 동시에 화산의 기류 자체가 흔들거리기 시작했다.

"운정!"

화산의 기류를 멍하니 바라보던 운정은 옆에서 들리는 다급한 소리에 카이랄을 보았다.

"으응?"

카이랄은 긴장한 표정으로 그에게 빠르게 말을 이었다.

"델라이의 미치광이는 정말로 무슨 짓을 할지 모르는 자다. 그녀가 행한 행적들은 하나같이 기상천외해서 말로 다 표현할 수 없을 정도야. 과거 그녀에 관한 자료를 받았을 때, 인간들에게 전해져 오는 전설에 관한 자료가 아닌가 하는 생각까지 들었으니까. 지금 그녀가 무엇을 할지 모르겠지만, 이대로 있다가는 저 마법에 휘말릴 가능성이 크다."

그 말을 들으면서도, 운정은 그들이 서 있는 곳으로 몰려드는 화산의 정기를 느꼈다. 그 정기는 점점 더 짙어지다 못해 이젠 현실화되려 하고 있었는데, 그것이야말로 마법이 발생하는 원리임을 운정은 이론적으로, 또 경험적으로 잘 알았다.

공기 중에는 바람과 땅, 무당에서 말하는 건기와 곤기가 요동치고 있었다. 화산의 기운 중 건기와 곤기만 쌓여 가며 무당산의 그것과 유사하게 만들어지고 있었다.

강대한 기류의 움직임은 아직 겉으로 드러나지 않았지만

범인이라도 민감한 자는 오싹오싹한 기분을 느낄 정도고 무림인이나 마법사라면 숙면을 취하다가도 일어날 정도였다. 그리고 무슨 이유에서든 쏜살같이 도망쳤을 것이다. 거의 자연재해와 맞먹는 수준이니까.

하지만 운정은 이상하게도 이 자리에 남아 있어야 한다는 강한 생각이 들었다. 지금을 놓치면 안 된다. 운정은 마음속 가장 깊은 곳에서 무궁건곤선공의 구결이 절로 생각났다. 그리고 이미 마음속으로는 그것을 읊조리고 있었으며, 주변의 기운이 호흡을 통해서 들어오고 있었다. 운정은 더 이상 서 있을 수 없어, 그대로 가부좌를 틀었다.

"나는… 남아 있어야 해."

"운정!"

카이랄의 외침에 운정은 눈을 감은 채로 말했다.

"잘 모르겠지만, 난 지금 여기서 무궁건곤선공을 운용해야 해. 이런 기회는 흔치 않아. 화산의 정기는 무당산의 정기와 다르지만, 이정도로 건기와 곤기가 진하게 모여들었으니, 이런 기회는 다시 없을 거야."

"그게 무슨 소리냐! 지금 당장 이 자리에서 벗어나야 한다! 휘말리면 절대로 살아남을 수 없을 것이다!"

"나는 남아야 해. 그래야만 해. 여기서 이 기운들을… 흡수해야만 해."

무언가에 홀린 듯, 운정은 마지막 말을 얼버무린 뒤에, 주변의 기운을 흡수하기 시작했다. 본격적인 운용이 시작되자, 화산의 정기에 녹아 있는 건기와 곤기가 순식간에 그의 폐를 통해 그의 텅 빈 단전까지 이어졌다.

하지만 그곳에 도착한 건기와 곤기는 즉시 어디론가 사라져 버렸다. 마치 밑 빠진 독에 물을·붓는 것과 같았다. 아무리 채워도 건기와 곤기가 사라지는 터에, 운정은 그가 가진 모든 심력을 오로지 건기와 곤기를 흡수하는 데 집중했다. 원래라면 폭포수처럼 쏟아지는 기운으로 인해 단전이 크게 상하겠지만, 무한한 깊이의 바닥은 모든 기운을 거뜬히 받아들였다.

카이랄은 그런 운정을 바라보는 것 외에 할 수 있는 것이 없었다. 단순한 운기조식을 하는 무림인도 함부로 몸을 건들면 생명에 지장이 갈 정도의 치명상을 입는데, 지금 운정은 세상의 모든 기운을 빨아먹을 것처럼 흡수하는 정도니 그에겐 콧바람조차 불 수 없다.

요행을 바랄 수밖에 없다. 카이랄은 결심하고는 양손에 차크람을 꺼내 들더니 운정의 앞에 섰다. 그리고 산맥 전체의 마나가 흔들리는 마법을 영창하는 스페라를 올려다보며 중얼거렸다.

"무슨 마법인지 알 수 없지만, 산맥 전체의 마나가 흔들릴 정도라니. 화염마법으로 대군이나 성 하나를 태워 버렸다는 그 일화는 오히려 축소된 것이로군. 저 정도의 마력이라면 수십만 대군이나 마을 하나를 태웠어도 믿겠어……."

이젠 스페라의 마법이 서서히 끝이 나는지, 현실에서 그 영향이 드러나기 시작했다. 사방에서 바람이 생성되어 스페라가 마법을 행하는 산 쪽으로 모여들었다. 그뿐만 아니라, 밤하늘에 떠 있던 별빛들이 빛을 잃어 갔고, 구름은 점차 사라지고 있었으며, 땅은 조금씩 진동하기 시작했다.

휘이잉—!

바람은 점차 강풍으로 변모했고, 그로 인해 흙먼지와 나뭇잎이 사방에 휘날리기 시작했다. 게다가 거기서 멈추지 않고 더욱 강해진 바람은 이제 나무를 뽑아내고, 바위를 들어내기까지 했다.

쿠구궁—!

땅의 진동은 큰 지진이 되며 세상을 흔들기 시작했다. 산 이곳저곳에서 산사태가 일어나 아래로 흘러내렸고, 나무뿌리가 땅 위로 솟구쳐 올랐다. 카이랄은 서 있는 것조차 고역으로 변할 지경이 되자 운기조식을 하는 운정을 걱정하기 시작했는데, 가부좌를 틀고 앉은 그의 표정은 편안함 그 이상이었다.

마치 강풍도 지진도 그에게는 아무런 영향이 없는 듯했다.

가끔씩은 이곳저곳에서 작은 돌이나 나뭇가지들도 휙휙 운정 쪽으로 날아왔다. 그때마다 카이랄은 차크람을 이리저리 휘둘러 운정의 몸으로 날아오는 모든 것을 중간에서 쳐 냈다. 그가 처리할 수 없는 크기의 것은 무거워서인지 천천히 굴러 들어 왔고, 그때마다 카이랄은 몸으로까지 막아서 방향을 틀었다.

계속된 노고에 카이랄은 점차 갈증을 느꼈다. 뱀파이어의 몸이기에 피로를 느끼진 않았지만, 문제는 그만큼 심한 갈증이 대신했다. 그는 마른침을 삼켜 가면서 겨우겨우 참아 냈지만, 갈증은 점점 더 깊어져만 갔다.

그가 도저히 참을 수 없게 되었을 때쯤, 스페라는 지팡이를 들고 아래로 내려쳤다.

또한 운정이 크게 숨을 내쉬었을 때도 그쯤이었다.

쿠궁―!

천지를 진동시키는 폭음이 산 정중앙에서부터 사방으로 울렸다. 멀쩡하던 산꼭대기가 갑자기 푹 하고 꺼진 것이다. 마치 누군가 거대하고 투명한 망치를 산꼭대기에 강하게 내리꽂은 것 같았다. 그로 인해 중심으로부터 전 방향으로 큰 산사태가 일어났다. 수없이 많은 나무들과 바위와 흙이 서로 뒤엉켜 마치 해일이 이는 것처럼 아래로 쓸렸다.

두근―!

그 소리와 동시에 운정의 심장이 가슴 위로 튀어나올 정도

로 크게 뛰었다. 그의 심장 속에 잘 모셔져 있던 태극마심신
공의 마기가 새로이 그의 몸에 침투한 무궁건곤선공의 선기의
존재를 느낀 것이다. 불쾌한 침입자를 몰아내기 위해서 심장
을 움직였고, 탄력을 얻은 태극마심신공의 마기는 몸속에 침
입한 선기를 모조리 찾아 밀어내기 위해서 모든 혈관으로 파
도처럼 나아갔다.

스페라는 지팡이를 다시금 높게 들었다. 운정은 가슴을 펴
고 깊게 숨을 들이쉬었다.

휘이잉—!

산 아래로부터 폭풍과도 같은 바람이 솟구쳐 올랐다. 원의
형태를 띤 그 강풍은 어찌나 강렬한지 마치 그 강풍 자체가
눈에 보이는 듯했다. 그 바람은 산을 타고 올라오다 곧 내려
가던 산사태와 마주쳤다. 그러자 모든 것을 쓸어 버릴 듯했던
산사태가 바람을 만난 그 지점에서 갑자기 거대한 원통에 가
로막힌 듯 멈췄다.

후으읍—!

무궁건곤선공의 이끌림에 따라 먼저 운정의 호흡을 통해
그의 폐에 도착한 건기와 곤기는 그들을 압박하는 태극마심
신공의 마기를 느꼈다. 그 마기는 점점 건기와 곤기가 도는 그
혈맥을 좁혀 들어 그들의 공급을 끊으려 하고 있었다. 때문에
그들은 무한한 바다 속에서 자신들을 부르는 목소리를 잠시

무시하고, 자신의 길을 확실히 다지기 위해서 절대 마기가 침투할 수 없는 방벽을 세웠다. 그러자 태극마심신공의 마기는 마치 거대한 벽을 마주한 듯 모세혈관에서 멈췄다.

카이랄은 당장에라도 그와 운정을 덮어 버릴 듯 다가오던 그 산의 파도가 땅에서부터 불어 올라가는 폭풍에 의해서 한순간 멈춰 버리자, 더 이상 놀랄 수 없는 표정으로 스페라를 보았다.

"자연의 격노를 부리다니……."

스페라는 또다시 지팡이를 아래로 내려쳤다. 운정은 또다시 숨을 내뱉었다.

쿠궁―!

그 폭음이 또다시 산 중앙으로부터 시작되었다. 산꼭대기는 거의 중간까지 움푹 들어갔고, 그로 인해서 일어난 산사태는 한 겹 더 겹쳐져서 사방으로 몰아쳤다.

두근―!

태극마심신공은 지지 않고 다시금 심장을 강하게 짜냈다. 대맥은 거의 팔뚝만큼, 소맥은 거의 손가락 크기만큼 부풀어 올랐다. 그 많은 혈액 안에 든 마기는 한 번 더 거대한 물결을 만들어 전신으로 퍼졌다.

스페라가 다시금 지팡이를 들었다. 운정은 숨을 들이마셨다.

휘이잉―!

또다시 강풍이 몰아닥쳐 그 두 번째 산사태 또한 중턱에서 멈췄다.

후으읍―!

또다시 선기가 진해지며, 그 두 번째 혈액 또한 모세혈관에서 멈췄다.

쿠궁―! 휘이잉―!

두근―! 후으읍―!

쿠궁―! 휘이잉―!

두근―! 후으읍―!

동일한 행위를 반복한 스페라는 마법으로 산을 평평하게 다졌다. 마치 대지의 신이 험한 산을 제련하는 것 같았다. 억지로 그 산을 짓눌러서 그 밀도를 크게 높여 단단하기 짝이 없는 바위처럼 만들었다.

동일한 호흡을 반복한 운정은 무궁건곤선공으로 태극마심신공을 부드럽게 다뤘다. 선기로 혈맥을 보호하고 억지로 마기를 감싸 안아 정향으로 흐르는 선기 안에서 마기의 역류를 허락했다.

그녀는 지팡이를 들고 오른쪽으로 크게 휘둘렀다.

운정은 마기를 감싸 안은 마기를 임맥(任脈)으로 끌어올렸다.

콰쾅―!

거대한 마법의 면(面)이 바위가 된 산을 옆에서 후려쳤다. 그러자 그 거대한 바위의 한쪽이 평평하게 다져졌다. 마치 누군가 그것을 깨끗하게 잘라 낸 듯했다.

선기에 보호된 마기가 임맥을 타고 올라가 생사혈관을 후려쳤다. 지극히 깨끗한 운정의 생사혈관은 조금의 마기도 용납하지 않으려 했고, 때문에 껍질에 해당하는 선기는 잘 통과했지만, 그 안의 마기는 거칠게 생사혈관을 뚫어 냈다.

스페라는 다시 지팡이를 왼쪽으로 크게 휘둘렀다.

운정은 이번엔 독맥(督脈)으로 그 기운을 이끌었다.

콰쾅―!

다른 쪽 또한 마찬가지로 거대한 충격이 바위처럼 변한 산을 때렸다.

독맥을 타고 올라간 그 기운 또한 생사혈관을 다른 쪽에서 후려쳤다.

콰쾅―!

콰쾅―!

콰쾅―!

스페라의 반복적인 행위에, 산 하나만큼 거대한 그 바위는 서서히 직사각형의 모습을 갖추기 시작했고, 운정의 반복적인 행위에 더럽혀진 생사혈관은 마기의 출입을 허락했다.

쿵.

카이랄은 스페라가 본래 산이 있던 곳에 세운 그 거대한 직사각형의 조형물을 올려다보며 그것이 무엇인지 대강 알 수 있었다.

"비석(碑石)?"

길이로는 2정(町), 폭은 1정, 그리고 높이는 1리가 되는 그 거대한 직사각형의 바윗덩이는 스페라가 마법으로 산 하나를 다져서 만든 거대비석(巨大碑石)이었다.

거대비석 앞 중앙에, 스페라는 조용히 내려왔다. 그녀 옆에는 바싹 마른 로스부룩의 시신이 땅에 안착했다. 그녀는 한숨을 푹 하고 쉬더니, 지팡이를 앞으로 뻗었다.

푸확—!

그러자 그녀 앞의 땅이 거대한 부채꼴 모양으로 깊게 패어 들어가며 그 안의 흙을 뒤쪽으로 토해 냈다. 반경 오 장은 넘어서는 크기였다. 한 번의 손짓으로 땅을 경작해 버린 그녀는 그 마른 시체를 안아 들었다.

"Way too light······."

그녀는 그것을 들고 천천히 걸어 그녀가 파낸 그 땅으로 들어갔다. 부채꼴의 끝자락에 가니, 지상에서 거의 한 장만큼이나 아래에 위치해 있었다.

그녀는 그 중앙에 로스부룩의 시신을 살포시 올려놓았다.

그를 빤히 보던 그녀는 지팡이를 바닥에 세게 박았다. 그리고 그것을 질질 끌면서 로스부룩의 주변을 돌기 시작했다.

그녀는 얼핏 보면 아무렇게나 돌아다니는 것처럼 보였다. 그리고 실제로 그녀는 자신이 내키는 대로 돌아다니고 있었다. 다만 그녀가 끌고 다니는 지팡이로 인해서 바닥에 그려지는 도형들은 단순한 질서를 넘어선 예술적 영역에 달하는 조화가 있었다.

그렇게 대략 반각 동안 마법진을 모두 그린 그녀는 중앙에 서서 지팡이를 살짝 앞으로 뻗었다. 그러자 그녀의 지팡이에서 은은한 초록빛이 났고, 그와 함께 그녀가 그렸던 모형에서도 같은 초록빛이 났다.

곧 초록빛은 서서히 로스부룩의 시신에 모여들었다. 그리고 그러면 그럴수록 시신이 점차 투명해졌다. 마치 흰 얼음이 녹으면서 투명한 물이 되는 것 같았다. 그렇게 얼마 지나지 않아, 그가 누워 있었던 곳에는 초록빛만이 은은하게 남아 투명해진 시신의 윤곽을 겨우 비출 뿐이었다.

스페라는 무표정한 얼굴로 그 초록빛이 사라질 때까지 가만히 지켜보았다. 죽은 꽃에서 향기가 옅어지듯, 투명해진 시신에 머물던 초록빛도 하나둘씩 세상을 향해 떠났다. 그렇게 초록빛이 모두 사라지자, 투명해진 시신의 윤곽을 밝혀 줄 것이 없었다.

아니, 시신도 사라진 듯했다.

스페라는 텅 비어 버린 그 자리에서 시선을 뗏다. 몸을 돌려 그 부채꼴 모양의 땅에서 올라왔다. 끝까지 올라온 그녀는 자신의 눈앞에 서 있는 운정을 볼 수 있었다.

가만히 그녀를 내려다보는 그의 모습은 전과 같았지만, 그 주변에 풍기는 기운만큼은 도저히 같은 사람의 것이라고 할 수 없었다.

드래곤(Dragon)이 사람으로 변하면 저런 모습일까? 스페라는 그런 생각을 하면서도 조금도 동요하지 않았다. 그녀는 거침없이 나아가 운정의 앞에 섰다. 살결이 닿을 정도의 거리에서, 그녀는 고개를 슬쩍 들고 운정을 올려다보았다.

"어쩐지 뭔가 숨기는 것 같았어. 자, 할 말 있나요?"

운정은 슬쩍 시선을 올려 그녀의 머리 위로 뒤쪽을 보았다. 부채꼴로 파인 땅에는 더 이상 로스부룩의 시신이 보이지 않았다. 하지만 운정은 그곳이 로스부룩의 무덤임을 알 수 있었다.

"일단 제자를 묻어 주시지요."

"저대로 두는 게 마법사의 방식이에요."

"이곳은 중원입니다. 중원에선 망자가 흙 위로 드러나선 안 됩니다. 덮어 주시지요."

스페라는 고개를 한 번 좌우로 갸웃했다. 그러다가 곧 지팡이를 잡은 오른손을 옆으로 확 하고 뻗었다. 그러자 패어 버린 땅 주변 흙들이 그와 같이 오른쪽으로 와르르 무너져 내리며 그 공간을 메웠다.

운정이 말했다.

"이제 끝입니까?"

스페라가 대답했다.

"뭐가요?"

"난동을 부리는 건 이제 다 하셨냐는 말입니다."

"난동? 내가 무슨 난동을 부렸죠?"

"그럼 산을 깎아서 비석을 만든 걸 난동 이외에 무슨 단어로 불러야 합니까?"

"글쎄요. 한어를 잘 모르니 단어를 추천해 주시죠."

"말장난은 그만하십시오. 저런 일을 왜 하신 겁니까?"

스페라는 대수롭지 않다는 듯 말했다.

"스승이 죽은 제자를 위해서 비석 하나 정도도 못 해 주나요?"

"비석이 아니라 비산(碑山)이니 하는 말입니다."

"그래서요? 비석을 조금 크게 했을 뿐이에요."

"......"

"내가 무슨 잘못을 했다고 이리 추궁하는지 모르겠네요?"

운정은 시선을 돌려 스페라와 마주 보았다.

그리고 나지막하게 말했다.

"좋습니다. 그럼 기분은 다 푸셨으리라 믿겠습니다."

스페라는 피식 웃더니 고개를 슬며시 옆으로 돌렸다. 그러 곤 왼손을 허리에 두고 비스듬히 운정을 올려다보며 말했다.

"아니, 아니. 그건 또 무슨 말이에요? 기분을 다 풀었다니. 나는 그냥 내 제자를 위해서 비석을 만든 건데, 내 기분을 풀 었다는 건 무슨 뜻인지 모르겠는데요?"

"……."

운정은 아무 말도 하지 않고 스페라를 내려다보았다. 스페 라의 웃음기가 점차 증발했다.

스페라가 물었다.

"더 할 말 없죠?"

"있습니다. 이제 뭘 하실 생각이십니까?"

"글쎄요. 내가 그걸 당신한테 말해 줘야 하나요? 나랑 아무 런 관계도 없잖아요? 아직 내 제자가 된 것도 아니면서. 설마 나한테 이래라저래라 하는 거예요? 네?"

"……."

운정은 또다시 아무런 말도 하지 않았다. 스페라는 왼손으 로 앞머리를 한번 쓸어 올리더니, 발꿈치를 살포시 들어 운정 의 귓가에 자신의 입술을 가져갔다.

그리고 속삭였다.

"내가 무슨 행동을 하든 당신이 날 막을 수 있어요? 내가 이곳에 있는 산을 모조리 비석으로 바꾼다고 한들, 내가 로스부룩의 죽음에 관여된 모든 인간들을 로스부룩의 길동무로 만든다고 한들 당신은 날 막을 수 있어요?"

"……."

"없겠죠. 그러면 괜히 어린애처럼 자존심 부리면서 날 막지 말고, 물러나요. 힘이 없으면 저기 저 다크엘프처럼 가만히 있으라고요. 그러면 혹시 모르죠. 내 기분이 풀릴지도."

"……."

"왜요? 막을 수 있을 것 같아요? 나랑 해보실래요? 한번 싸워 볼래요? 난 괜찮아요. 당신이 원한다면 싸워 드리죠. 처참하게 불구가 돼서도 날 원망하지 마요. 또한 저 다크엘프도 가만있지는 않을 테니, 내가 당신의 친구까지 같은 꼴로 만들 것도 생각해 두시고요."

순간 운정의 왼손이 사라졌다. 그 엄청난 내력이 집약된 그 손은 이미 스페라의 멱살을 틀어쥐고 있었다.

"크윽."

스페라의 두 발이 공중에 떴다. 그녀의 얼굴은 붉게 물들었고, 두 다리는 허우적거렸다. 그 와중에도 그녀는 지팡이를 들려 했는데, 운정은 어느새 오른손으로 뽑아 든 태극마검으로 그녀의 지팡이 중간을 잘라 버렸다.

툭.

반토막 난 지팡이가 땅에 떨어지자, 스페라의 손에는 조금 긴 막대기만 남았다.

아무리 강대한 마법사라도 의외로 쉽게 죽일 수 있다.

카이랄의 말이 맞다는 것을 느끼며, 운정은 왼손에 점차 강한 힘을 주었다. 그러자 스페라의 두 눈이 뒤로 뒤집히면서 기절했다.

"운정!"

카이랄의 외침에 운정은 그를 돌아보며 말했다.

"걱정 마. 마성에 젖은 게 아니니까. 내 속의 마기는 무궁건곤선공의 선기에 둘러싸여 있어. 지금은 나 그대로. 마성도 선성에도 영향을 받지 않아."

카이랄은 의심스럽다는 눈빛으로 그를 보다가 말했다.

"그보다 그녀를 대책 없이 죽였다간 무슨 일이 벌어질지 모른다. 그랜드 위저드는 자신의 죽음을 미리 대비한 저주를 스스로에게 걸어 놓는 경우가 대부분이다. 욘도 최상급 저주마법으로 스스로를 보호했었지. 우선적으로 저주의 트리거를 찾아야해."

"마성에 젖지 않았다니까? 죽일 생각은 없어. 단순히 기절만 시키려 했지."

"그것조차도 트리거가 될 수 있어. 그녀는 화염마법을 주력으로 한다 들었으니, 저주로 이 일대를 통째로 태워 버릴 강렬한 폭발을 일으킬 수도 있다."

만약의 사태에 대비해 미리 시전해 놓은 마법이 저주.

그리고 그 조건이 트리거.

운정은 그쯤으로 알아들었다.

"흐음, 그런가? 일단 그런 일은 없는 것 같은데."

그의 양손에서 힘이 빠지자, 기절한 스페라는 땅에 쓰러졌다. 카이랄은 기절한 스페라에게 다가와서 그녀를 내려다보며 말했다.

"일단 그녀의 저주를 찾아보마."

카이랄은 눈을 감고 깊게 숨을 들이마셨다. 이후 눈살을 찌푸린 뒤, 짧게 짧게도 숨을 마셨다.

그는 어떤 저주의 냄새도 맡을 수 없었다.

"기이하군. 아까 전에는 분명 저주의 냄새가 났던 것 같은데."

이상한 낌새를 느낀 운정은 주변을 살폈고, 거의 그것과 동시에 보법을 밟았다. 그는 왼손으로 카이랄의 허리를 감싸며 말했다.

"본인이 아닌가 보지."

탓. 탓. 탓.

운정은 카이랄을 한 손으로 안아 들고 가볍게 보법을 밟으며 뒤로 물러났다. 카이랄은 몸이 들린 채 빠르게 지나가는 광경을 보았다. 그가 무심코 하늘로 고개를 드니, 그곳엔 자연적으로 절대 존재할 수 없는 검은 화염이 그들이 서 있던 곳으로 떨어지고 있었다.

쿠쾅—!

강렬한 폭음이 그 중심에서 갑자기 일어났다. 하지만 그런 것치고는 아무런 일도 발생하지 않았다. 마치 강렬한 폭발음만 나고 정작 폭발은 일어나지 않은 것 같았다.

운정이 멈춰 서서 카이랄을 내려놓으며 말했다.

"보기 전까지 저 기운이 느껴지지 않았어."

카이랄은 막 하늘에서 내려온 또 다른 스페라를 보았다. 그녀는 지팡이의 끝을 막 기절한 스페라에게 툭 쳤는데, 그러자 막 기절한 스페라가 머리를 흔들고 정신을 차리더니, 그녀 옆에 섰다. 동시에 잘린 그녀의 지팡이까지 알아서 복구되었다.

그 놀라운 광경을 보면서 카이랄이 나지막하게 운정에게 말했다.

"은닉마법이 함께 걸려 있는 것이다. 게다가 불타는 대상도 국한되어 있는 듯하다. 폭발이 났음에도 자연엔 어떤 영향도 미치지 않고 있어."

"엄청 어려운 거지?"

"모든 것을 태우는 검은 화염의 대상 설정과 은닉마법까지 함께 건다? 듣도 보도 못한 걸 넘어서 어디서 읽어 보지도 못했다. 또한 두 명이 있는 걸 보니 환상마법인 듯한데, 어떤 방식인지 갈피조차 잡히지 않아. 저리 완벽한 환상마법은 더 이상 환상마법이라 할 수조차 없겠어."

"환상이 아니니까. 패밀리어야."

"패밀리어?"

"도플갱어라고 하던데."

"……."

"뭐, 어찌 됐든 저자가 너를 운운한 이상, 쓴맛을 보여 주지 않으면 안 되겠으니까."

"다시 생각해 보는 게 좋을 것이다. 알려지지 않았지만, 델라이의 미치광이는 드래곤슬레이어(Dragon Slayer)다."

"응?"

두 스페라가 앞으로 지팡이를 뻗는 것을 본 카이랄은 더 말할 시간이 없다는 것을 깨닫고 빠르게 말을 뱉었다.

"죽일 수 없는 신을 죽인 자라는 말이다. 중원의 말로는 입신 살해자라면 알겠나?"

그 말이 끝나기 무섭게 두 스페라의 지팡이 끝에서 검은 화염이 일렁였다. 그리고 그것은 느린 속도로 둥실 떠오르더니 서서히 가속해 그들을 향해 날아왔다. 처음에는 범인이 뛰는 속도보다 못하더니만, 이후에는 무림인의 보법도 따라갈 수 없는 수준으로 빨랐다.

하지만 운정과 카이랄은 수월하게 그것을 피했다. 속도 자체는 빨랐지만, 방향을 전환하는 것이 매우 느렸기 때문이다. 그들을 간발의 차이로 지나간 두 검은 화염은 뒤쪽으로 멀리 날아가면서 큰 포물선을 그리며 다시 그들에게 올 준비를 했다.

운정이 앞을 보니, 두 스페라는 똑같은 마법을 영창하고 있는 듯했다.

"굳이 저런 마법을 또 쓰는 걸 보니 즐기려는 건가? 그렇다면 다행이야. 내가 놀아 주면 널 노리진 않을 테니. 카이랄은 최대한 빠져 있어. 알았지?"

카이랄은 뭐라 더 말하고 싶었지만, 운정이 앞으로 치고 나가자 그럴 수 없었다.

운정은 앞으로 빠르게 보법을 밟으면서 태극마검을 크게 휘둘렀다. 그러자 태극마검의 검신에 바람이 모여들더니, 완벽한 유풍검강(柔風劍罡)이 생성되어 스페라에게 날아갔다.

마법을 영창하던 두 스페라 중 한 명이 영창을 멈추었다. 그리고 자신에게 날아오는 유풍검강을 유심히 보다가 지팡이를 들고 다른 마법을 시전했다.

[노매직(No magic).]

그 말 한마디에 유풍검강은 완전히 사라졌다. 그때 다른 스페라가 영창을 마쳤다. 그러자 세 번째 검은 화염이 생성되어 지팡이를 떠났다.

운정은 그것을 보고서야 자신이 다른 두 개의 화염의 기운을 전혀 느끼지 못하고 있었다는 걸 자각했다. 물론 뒤쪽에서 날아온다는 것을 알고 있었기에 그곳에 기감을 두고 있었는데, 생각해 보니 검은 화염은 눈으로 보지 않고는 그 기운을 느낄 수 없었던 것이다.

그가 고개를 돌려 뒤를 보았을 땐, 검은 화염으로부터 거리가 채 한 장도 남지 않았다. 날아오는 속도로 볼 때, 절대 회피할 수는 없었다.

운정은 태극마검을 그 중앙으로 뻗으며 전신의 기운을 그 검끝에 집중했다.

화르륵―!

중앙에 검이 파고들자, 검은 화염이 둘로 쩌억 쪼개졌다. 그리고 각 부분은 운정의 양옆을 훑고 지나갔는데, 그의 옷자락이나 머리카락 하나 닿지 못했다. 그렇게 그를 양옆으로 지나간 두 검은 화염은 서서히 증발하더니, 이내 완전히 종적을 감췄다.

운정은 오행검(五行劍) 중 화검(火劍)의 묘리를 태극검법(太極劍法)의 자(刺)의 형태를 취해 펼친 것이다. 각기 완전히 다른 두 검법을 섞을 수 있었던 것은 운정이 그 두 검법 모두 십이성 대성했기 때문이다.

검은 화염이 반으로 쪼개지는 것을 본 스페라의 눈에 이채가 서렸다. 그녀는 다시금 시선을 모아 막 쏘아 보낸 검은 화염에 집중했다. 이번에는 운정이 어떻게 쪼개는지 확실히 알고 싶었기 때문이다.

그러나 운정은 스페라의 기대가 무색하게도 무당의 현천보(玄天步)를 펼쳤다. 안개처럼 흐릿하게 변한 그의 모습을 검은 화염이 그대로 통과해 버렸다.

운정이 말했다.

"놀아 드릴 테니, 카이랄에게 보낸 검은 화염을 거둬 내게 주시지요."

두 스페라는 똑같이 방긋 웃더니 동시에 말했다.

"그럼 얼른 나를 쓰러뜨려 보세요. 그 다크엘프는 당신처럼 계속해서 움직일 수 없으니 한 번, 한 번 피해 낼 때마다 고역일 거예요. 게다가 점점 빨라지니까, 언젠가 실수라도 한다면? 잿더미도 남기지 못할 겁니다."

"제자를 잃은 슬픔을 푸는 방식이 참으로 독특하십니다."

"무슨 말인지 모르겠네요. 심심해졌으니 놀려는 것뿐. 마나스톤이 필요 없는 이런 꿈같은 세상에 왔으니, 놀고 싶은 마음이 드는 건 당연한걸요."

운정은 더 대화해 보았자 의미가 없다는 걸 깨달았다.

그는 제운종을 펼쳐 앞으로 내달리면서 스페라와의 거리를
좁혔다.

第三十四章

두 스페라는 지팡이를 위로 뻗으며 동시에 마법을 시전했다.

[핸즈 슬로우(Hands Slow).]

주문을 모두 외웠을 때쯤, 운정은 어느새 스페라의 앞에 다가와 있었다. 두 스페라는 모두 그런 그를 보곤 뒤쪽으로 훌쩍 뛰었는데, 운정은 더 쫓아가지 않았다.

아니, 못 했다. 그들의 속도가 일순간 빨라졌기 때문이다. 그만한 가속이면 전후로 어떤 흔적을 남길 텐데, 그들의 움직임에는 동작 전의 준비도 동작 후의 파동도 전혀 없었다.

운정은 가만히 서서 그들을 자세히 보았다. 그들은 지친 듯 호흡이 빨라져 있었는데, 이상하게도 얼굴은 전혀 지친 안색이 아니었다. 더욱 자세히 보니, 호흡에 의해서 조금씩 움직이는 그들의 옷매무새와 머리카락이 날숨 때에 비이상적으로 빠르게 떨어지고 있었다. 들숨 때에 올라가는 건 그렇다 치고, 날숨 때 다시 떨어지는 게 빠르다? 이건 시간이 빨라진 것이다.

운정은 그들의 호흡 속도를 쟀다. 그리고 전보다 두 배에서 세 배가량 빨라졌다는 것을 간파했다. 그 정도라면 충분히 맞힐 수 있다.

운정은 다시금 유풍검강을 쏘아 보냈다. 무당파에서 속검으로 으뜸인 태극검법의 대(帶)의 형태를 취해 위력과 은밀함은 약했지만, 속도가 몇 배나 빨랐다. 스페라는 그 검강을 없애 버리는 노매직(No magic)을 영창하려 했지만, 전보다 속도가 훨씬 빨라 제시간에 끝마칠 수 없다는 걸 깨달았다.

두 명의 스페라 중 한 명이 앞으로 그리고 또 다른 한 명이 뒤로 섰다. 운정이 보는 방향에선 완전히 하나처럼 합쳐져서 보였다. 그 짧은 시간에 날아온 유풍검강은 앞에 있는 스페라의 허리를 자르고 뒤로 쭉 날아갔다. 뒤에 있는 스페라도 똑같이 잘렸는지, 아니면 사라졌는지, 운정의 시야에선 한 명만 보일 뿐이었다.

그때였다.

두근─!

비이상적인 심장 고동을 느낀 운정은 자신도 모르게 왼손으로 심장을 부여잡았다. 그는 조금 주의를 돌려서 자신의 내부를 관찰했다. 건공무궁선공의 건기와 곤기가 많이 엷어져서 그 안에서 보호받으며 역류하던 마기가 극성을 부리기 시작한 것이다.

속전속결이 답이란 걸 깨달은 운정은 우선 허리가 동강 난 스페라에게 다시 빠르게 다가갔다. 베인 단면에서 검은 액체 같은 것이 끈끈하게 이어지면서 허리가 다시금 이어 붙고 있었다. 그는 태극마검을 상하로 휘둘러 양옆으로 동강 냈다. 방긋 웃으며 네 조각이 난 스페라는 역시 전과 똑같이 아무런 피해도 입지 않은 듯 보였다.

그리고 그 동강 난 스페라의 뒤로는 아무도 없었다.

진짜 스페라는 어디 있는가?

운정은 스페라와 오랜 시간 싸운 것이 아니지만, 그녀가 좋아하는 수법이 어떤 건지 대강 예상이 갔다. 그가 고개를 들어 하늘을 보니, 역시나 그곳에서 스페라는 검은 화염을 준비하고 있었다. 다만 전과 차이점이 있다면, 그 크기가 달을 가려 버릴 정도라는 것이다.

"죽지 않을 정도에서 꺼 줄게요."

그녀는 친절하게 설명해 주곤 지팡이를 휘둘러 그 검은 화염을 집어 던졌다. 하나의 산처럼 거대한 그것이 서서히 다가오는 걸 본 운정은 아무리 빠른 속도로 달아난다 하더라도 절대로 그것의 범위 밖으로 나갈 수 없다는 걸 깨달았다.

그런 그의 앞에는 막 다시금 이어 붙고 있는 스페라가 있었다.

운정은 잠시 고민했지만, 곧 태극마검에 강기를 집약시켜 수차례 휘둘렀다. 한번 검을 휘두를 때마다. 그 스페라는 조각이 났으며, 운정의 심장은 크게 뛰었다. 살벌한 소리가 연속적으로 울렸다.

스륵. 슥. 스륵. 슥.

도저히 피할 수 없음을 직감하고 분신에게 분풀이라도 하는 건가? 스페라는 재밌다는 눈빛으로 운정을 바라보았다. 그런데, 운정이 갑자기 수십 조각이 난 그녀의 패밀리어의 안으로 파고드는 것을 보곤, 그녀의 눈빛에서 웃음기가 사라졌다.

화르륵—!

거대한 산과 같은 크기의 검은 화염에서 강렬한 폭발이 일어났다. 하지만 그 화염은 자연 어느 것에도 붙지 않았다. 심지어 땅조차 그대로 통과할 뿐이었다.

그 강렬한 폭발 속에는 꿈틀거리는 이상한 것이 있었다. 그것을 한마디로 표현하자면 온갖 검은 물감으로 더럽혀져 있고, 군데군데가 검게 타오르고 있는… '스페라'라는 옷을 입고 있는 운정이었다.

"세상에, 내 패밀리어를 뒤집어쓴 거야?"

스페라의 놀람은 거기서 끝나지 않았다. 운정의 몸 안쪽에서부터 순간 강렬한 빛이 나더니 사방으로 쏘아지려 한 것이다. 스페라는 본능적으로 그것이 자신의 패밀리어를 죽일 수 있다는 걸 깨닫고는, 즉시 지팡이를 휘둘러 자신의 패밀리어를 아스트랄(Astral)로 역소환했다.

구구궁—!

운정의 몸에서 새하얀 빛이 퍼지기 직전, 그녀는 패밀리어의 역소환에 성공할 수 있었다. 하지만 이후 찾아온 정신적 공황 상태를 도저히 감당할 수 없어, 비행마법조차 유지하지 못하고 추락하기 시작했다. 그녀는 계속해서 비행마법을 시전했지만, 속도가 어느 정도 줄어들었다 싶을 때마다 포커스가 모자라 마법이 풀려 버렸다. 몇 번을 그렇게 노력한 그녀는 땅에 꼴사납게 처박히는 꼴은 겨우 면할 수 있었다.

"하아. 하아."

깊은 심호흡을 하며 주저앉은 그녀는 주변에서 느껴지는 마나를 최대한으로 흡수했다. 아마 중원이 아니었다면, 정말 이대로 기절했으리라. 그녀는 겨우 눈을 들어 자기 앞에 선 남자를 올려다보았다.

운정이 태극마검을 들어 스페라의 목에 겨냥하고 말했다.

"방금 그 폭발에 카이랄이 죽었다면, 제가 이렇게 이성을 유지하고 있지 않았을 겁니다."

스페라는 씩 웃고는 양팔로 기둥을 만들어 뒤로 기대듯 앉았다.

"대상에서 다크엘프는 빼 줬어요. 제 배려에 감사하지 않아도 좋아요."

그 말로 인해 운정은 처음부터 그녀가 전심을 다하지 않았다는 것을 확실히 알 수 있었다.

그가 말했다.

"당신이 완전히 회복하면 제가 감당할 수 없을 것 같으니, 한 번 이상 경고하지 않겠습니다. 카이랄에게 보낸 검은 화염을 거두십시오."

스페라는 이를 악물고는 지팡이를 잡은 손에 힘을 주려 했다. 하지만 그 속에서 일말의 마나도 느껴지지 않았다. 패밀리어의 역소환으로 인해 일시적으로 마법다운 마법을 펼치지도 못할 것이다.

마법도 없다.

패밀리어도 없다.

스페라는 자신의 목에 겨누어진 운정의 태극마검을 보았다. 그녀의 시선은 그것을 타고 올라가 운정의 두 눈까지 이르렸다.

운정의 두 눈동자에는 언제라도 살인을 저지를 수 있는 냉혹함이 있었다. 그것은 살의나 분노 같은 것으로 타오르고 있지 않았다. 생물을 생물로 바라보지 않는 눈빛. 맹수가 사냥감을 바라보는 눈빛이다.

스페라는 몸이 슬슬 떨려오는 그 감정이 너무나 낯설어 순간 무슨 느낌인지 알지 못했다.

공포?

이게 공포인가?

공포라는 생각이 들자마자, 그녀의 자존심이 치고 올라왔다. 하지만 공포라는 것이 흔히 그렇듯, 아무리 강대한 그랜드마스터의 자존심조차도 완전히 잡아먹었다.

그녀는 마법사가 된 후, 처음으로 두려움에 말을 더듬었다.

"어, 어차피 사, 사라졌을 거예요. 패밀리어를 아스트랄로 돌려보냈으니까……."

그녀는 자신의 말끝이 떨리는 것을 느끼며 이루 말할 수 없는 수치심을 느꼈다.

하지만 그런 것에 전혀 관심이 없던 운정은 칼끝을 그대로 세운 채로 카이랄 쪽을 보았다. 그곳에는 한쪽 무릎을 꿇고 앉아 있는 카이랄이 있었는데, 그의 주변 어디에도 검은 화염은 없었다. 그는 눈을 감고 있었는데, 기절한 것인지 아니면 회복을 하는 것인지 미동조차 하지 않았다.

"다시는 제 친우를 위협하지 마십시오."

"아, 알겠어요."

그 말을 듣자, 운정은 무언가 탁 놓이는 듯한 기분을 받았다.

두근—!

운정의 가슴이 불쑥 튀어나오더니 다시 들어갔다. 그걸 본 스페라는 눈이 휘둥그레졌는데, 운정은 왼손으로 자신의 가슴을 부여잡으며 몇 차례 뒷걸음질 쳤다.

"크윽. 크흡. 큽."

괴로운 소리를 내는 운정을 보며 스페라는 기회라는 생각이 번쩍 들었다. 그녀는 지팡이를 들고, 자신의 포커스와 마나를 재빠르게 확인했다. 그리고 그 안에서 시전할 수 있는 모든 마법 중 지금의 상황과 가장 알맞은 것이 무엇일지 고민했다.

우선 주력마법인 화염마법은 다시 쓰기 어렵다. 큰 스케일로, 그것도 연속적으로 시전해서 쿨다운(Cooldown)이 되지 않았으니 지금 상태로는 도저히 불가능하다. 그렇다면 닷새 동안 연습하기도 했고, 쿨다운이 따로 없는 염력마법 중 골라야 할 텐데, 그중 운정 같은 무림인을 상대로 좋은 것이 무엇일까?

스페라는 지팡이를 높이 들고 마법을 시전하며 아래로 내려쳤다.

쿵—!

운정이 서 있던 곳 반경 한 장이 움푹 아래로 들어갔다. 운정은 누군가 강렬하게 머리를 때린 것을 느꼈고, 이후 이성이 뒤로 쭉 멀어지는 것 또한 느꼈다. 가뜩이나 몸속의 마기와 씨름하는 중이었는데, 머리에 강렬한 충격을 받으니 도저히 제정신을 유지할 수 없었던 것이다.

스페라는 지팡이를 다시금 들었다가 도끼로 찍듯 아래로 휘둘렀다.

쿵—!

운정 주변의 땅이 다시 움푹 파이면서 그가 크게 휘청거렸다. 스페라는 그 모습을 보면서 자리에서 일어나 지팡이를 양손으로 붙잡고 그 끝을 짓누르듯 했다.

구구궁—!

운정은 그 순간 하늘로부터 돌처럼 무거운 소나기가 내리는 것 같은 압박감을 전신에서 느꼈다. 그 순간 통제를 벗어난 태극마심신공은 가공할 마기를 전신에서 일으켰다. 그의 온몸에서 검은 기운이 일렁이며 하늘에서 내려오는 그 힘에 대항했는데, 태극마심신공이 아무리 마기를 끌어다 써도 짓누르는 그 힘을 이겨 낼 수는 없었다.

틱. 틱. 틱.

양팔과 양 무릎, 그리고 결국 온몸까지. 하나둘씩 사지를 굴복당한 운정은 결국 땅에 붙어 옴짝달싹할 수 없는 신세가 되었다. 그가 겨우 눈을 들어서 앞을 보니, 스페라가 입가에 피를 흘리면서 양손으로 지팡이를 부여잡고 그를 노려보고 있었다.

그녀가 피를 토해 내며 말했다.

"괴롭죠? 쿨럭. 일단 그 몸속의 요상한 기운을 잠재우세요. 크흡."

그렇게 마성에 쫓은 운정은 분노가 치솟아 오르는 것을 느꼈지만, 그래도 그가 할 수 있는 것은 없었다. 그를 짓누르는 힘은 그가 힘을 내면 낼수록 더욱 강하게 그를 압박했기 때문이다.

운정은 가진 모든 마기를 폭주시켜 일어나려 했고, 스페라는 흡수하는 모든 마나를 실시간으로 마법에 쏟아 그를 일어나지 못하게 했다.

그렇게 얼마나 지났을까? 결국 운정의 속에 있던 마기조차 고갈되었다. 그 방대한 마기가 전부 소진되고도 그가 살아 있을 수 있었던 것은 선인의 몸이었기 때문이지, 범인의 몸이었다면 이미 온몸에서 피를 흘리며 죽었을 것이다.

그의 전신에서 마기가 상당히 사라진 것을 본 스페라는 지팡이를 잡은 손에서 힘을 조금 풀었다. 그렇게 하지 않으면, 이제 그의 육신이 아작 날 지경이 되었기 때문이다.

스페라가 한결 여유로워진 목소리로 말했다.

"자, 풀어 달라고 해 봐요."

"……."

"풀어 달라고 하면 풀어 줄게요. 아니면 계속 눌러 드리고. 그러다 몸 상하면 내 책임 아니에요. 알겠죠?"

장난기가 가득한 그 표정을 보며 운정은 그녀가 어떤 종류의 사람인지 알 것 같았다. 유치하지만, 딱 그것만 받아 주면 되는 인간.

운정이 말했다.

"풀어 주십시오."

그 말을 듣자 스페라는 만족했다는 웃음을 지으며 지팡이를 들었다. 그러자 운정은 그의 전신을 내리누르던 힘이 순식간에 사라진 것을 느꼈다. 선기도 마기도 거의 고갈된 그가 자리에서 천천히 일어나자 스페라는 운정을 바라보며 입가에 흘린 피를 닦았다.

"이제 좀 기분이 풀렸어요. 더는 난동 안 피울게요. 그래도 나를 저지하려던 그 용기는 대단하다고 생각해요."

"……."

"자, 잘 놀았으니 이제 돌아가죠. 로스부룩의 방으로. 가서 친구를 깨워 봐요. 난 공간이동마법을 준비하고 있을 테니."

스페라는 그렇게 말한 후, 그 자리에 서서 지팡이를 높이 들고, 주변의 마나를 모았다. 태연한 그 모습을 보며 운정은 마음속에서 그녀를 살해하고 싶은 충동을 느꼈다. 저 꼿꼿이 서 있는 허리를 꺾어 버리고 웃음기가 가득한 얼굴을 뭉개 버리는 상상이 절로 머릿속에 스며들었다.

"갈(喝)."

운정은 조용히 읊조렸다. 마기가 거의 전부 소진되었기에 그의 정신을 침범하려는 마성도 미약하기 그지없어, 그 작은 소리에도 저 멀리 물러갔다.

운정은 심호흡을 했다. 전신에 아무런 힘도 들어가지 않아 한동안 호흡만이 그가 할 수 있는 전부였다. 그렇게 어느 정도 쉬고 나자, 걸음을 옮길 수 있었는데 그 가까운 거리를 걸어가는 것조차도 너무 힘이 들었다.

겨우 도착하자, 눈을 감고 있던 카이랄이 나지막하게 말했다.

"갈증이 너무 심해져서, 흡혈하는 생각 외에 다른 생각을 하기가 너무 어렵다. 가까스로 참아 내고 있으니, 가까이 오지 마."

운정이 말했다.

"피는 흘리지 않았어. 꽤 마셔도 상관없을 거야."

운정은 말없이 손목을 내밀었고, 카이랄은 도저히 참을 수 없었는지 그 손목을 물었다.

주륵.

카이랄은 운정의 선혈을 어느 정도 마시다가 곧 손을 들어 탁 하고 그의 손을 쳐 내 버렸다. 그의 두 눈에서는 혈광이 뿜어져 긴 혈선을 공중에 만들었다.

"이 정도면 됐어."

운정은 서서히 욱신욱신거리는 머리를 부여잡더니, 카이랄 옆에 주저앉았다.

"하아. 하아. 그 정도로 끝나서 다행이야. 호언장담했지만, 더 먹었으면 솔직히 죽었을걸?"

카이랄이 눈을 뜨고 운정을 올려다보며 말했다.

"흡혈 본능은 절제하기가 극도로 어려운 본능이다. 미안하다."

"괜찮아."

운정은 앉아 있는 것도 힘들어 보였다.

카이랄이 그의 눈빛을 보더니 물었다.

"분한가?"

운정은 단조롭게 대답했다.

"후우… 응."

"그녀에게 분함을 느낄 필요는 없다."

"왜? 너무 강한 사람이니까? 그런 이유로는 납득이 되지 않아. 솔직히 비겁하기 짝이 없게 기습해서 진 거지. 내가 힘이 조금이라도 있었다면, 나도 똑같이 힘없는 척하다 기습해서 죽일 수 있을 거야."

카이랄은 서슴없이 죽인다고 말하는 운정을 돌아보았다. 그의 두 눈에는 미약하기 그지없지만 마기가 일렁이고 있었다.

카이랄이 말했다.

"눈빛이 사나운 걸 보니, 그 마성에 젖어 있는 상태로군. 아깐 아니라고 하지 않았나?"

운정은 인상을 팍 쓰며 말했다.

"사라졌어."

"뭐가?"

"무공건곤선공의 건기와 곤기 말이야. 하늘과 땅이 뒤섞이는 그 속에서 흡수한 거칠고 방대한 것인데, 그조차도 잠시 잠깐 내 몸에 머물렀을 뿐, 금세 옅어지더니 이내 종적을 감췄어. 보호막 역할을 하는 선기가 사라지다 보니, 역류하는 혈액이 그대로 혈관에 노출되기 시작했지. 그래서 이 꼴이야. 정말이지 당장 돌아가면 이 문제부터 고쳐야겠어. 이렇게 시도 때도 없이 사라져 버리고 마성에 젖다가는 내가 무슨 짓을 할지 몰라."

"그러면 지금은 마성에 젖어 있지만, 단지 마기가 없어서 이성을 유지하는 건가? 생각보다 그 원리가 복잡하군."

"마성보다 이성이 강하면 그게 제정신인 거고, 그 반대면 그게 미친 거지. 그뿐이야. 저 여자를 향한 살심이 불쑥불쑥 일어나는 걸 보니, 마기가 점차 다시 채워지고 있긴 한 것 같아. 참 나. 자연에서 찾을 것도 없이 사람의 몸에서 절로 생성되는 기운이라니. 이러니 마공이 그토록 각광받지."

때마침 공간마법을 모두 영창한 스페라가 그들을 불렀다.

"끝났어. 자, 가자."

카이랄은 운정의 한쪽에 서서 그를 부축했다. 그렇게 몇 걸음을 걸었지만, 운정은 그조차도 힘겨워했다. 그러자 카이랄은 아예 그를 등 뒤로 업어 버렸다.

그들이 꾸물거리는 것을 본 스페라는 작은 한숨을 쉬더니 자기가 먼저 그들에게 다가갔다.

"내가 이 간단한 텔레포트 하나 영창하는 데 얼마나 오래 걸렸는지 봤죠? 치료마법이라도 써 주고 싶은데, 내 상태도 거의 말이 아니니까, 너무 날 미워하진 마요."

그녀는 투덜거린 뒤, 공간마법을 시전했다. 그리고 그 셋은 곧 화산에서 완전히 종적을 감추었다.

로스부룩의 방에 도착한 후에, 스페라는 기지개를 크게 한 번 켜더니 말했다.

"아깐 못 물어봤는데 다크엘프, 당신 뱀파이어죠?"

카이랄이 대답하려는데, 그의 등에 업혀 있던 운정이 말을 막았다.

"당신의 제자를 죽인 마법사와는 아무런 상관이 없습니다."

"상관없을 리가. 엘프를 언데드로 만드는 건 드래곤을 언데드로 만드는 것보다 어려워요. 정통 네크로멘시 학파의 마법이 아니면 꿈도 못 꿀 일이죠. 고바넨이라는 그 마법사, 분명 네크로멘시 학파의 새로운 마스터가 되었을 텐데 그 정도는 되어야 엘프를 언데드로 만들걸요?"

운정이 대답했다.

"그녀의 도움을 받아 언데드가 된 건 사실입니다. 하지만 그건 서로 거래를 한 것뿐, 그녀와 직접적인 연결은 없습니다."

스페라는 팔짱을 끼더니 말했다.

"그럼 아무런 상관도 없는 건 아니네요. 거래를 했다는 건 적어도 접촉할 방도가 있다는 뜻 아니에요?"

운정은 나지막하게 대답했다.

"있긴 있습니다."

"우와. 뭐지? 엄청 속은 기분이 드는데요?"

"엄밀히 말하면 당신에게 거짓을 말한 적은 없습니다."

"물론 거짓말한 적은 없지만, 날 속인 건 맞잖아요? 가만 보니까 말장난을 정말 좋아하시네. 웃음기 하나 없는 진지한 얼굴로 매번 그러니까 정말 별로네요."

"……."

"최소한 설명할 기회는 드릴게요. 나와 불편한 관계가 돼서 당신한테 좋을 게 없으니까."

그녀는 지팡이를 슬며시 앞쪽으로 가져왔다. 운정은 잠시 잠깐 자신의 내부를 보았는데, 심장에 마기가 조금 차 있기는 했다. 하지만 과연 그녀를 제압할 수 있을까? 제압하고 나서는 어떻게 할까?

가둘까?

고문해서 마법을 알아낼까?

아니면 그냥 죽일까?

운정은 눈을 지그시 감았다. 그리고 몸속 이곳저곳에서 일어나고 있는 음양의 불균형을 하나둘씩 집중해서 맞췄다. 그러자 마기가 잦아들고, 그의 머리가 맑아졌다.

운정이 눈을 뜨고 스페라를 보았다.

"지금도 협력 중에 있습니다. 아직 이용 가치가 있기 때문입니다만, 이번 일이 끝나면 그녀를 없앨 생각이었습니다."

그 말을 들은 스페라는 운정의 계획을 한 번에 이해할 수 있었다.

"아하. 다 이용해 먹고 버릴 때 나에게 말해 줄 생각이었군요?"

"믿어줄지는 모르겠지만, 제 입장에서 중간에 고바넨의 도움이 꼭 필요했던 건 사실입니다. 거래를 통해서 여기 카이랄을 살려 준 것도 그녀니까요. 그리고 이 마법은 항상 갱신해야 하기 때문에, 카이랄이 그녀에게 마법을 지속적으로 배워야 했던 것도 있습니다. 지금은 다른 이를 찾아서 그 문제는 해결되었지만."

스페라는 운정과 카이랄을 두어 번 번갈아 보더니 말했다.

"좋아요. 이왕 솔직하게 말하셨으니, 끝까지 말해 봐요. 왜 아직도 그녀가 필요한데요?"

운정은 대략적인 사실을 그녀에게 알려 주었다. 스페라는 그 이야기를 흥미롭게 듣더니 정리해서 되물었다.

"그러니까, 그 무림맹이라는 곳에 가서 고바넨의 증언이 필요하다는 이야기죠? 당신과 입을 맞춘 그 증언이."

운정이 대답했다.

"하지만 린 매 본인이 입을 맞추기를 거부하고 있습니다. 그래서 어차피 그 증언은 필요하지 않게 되었습니다."

스페라는 운정을 반쯤 뜬 눈으로 바라보더니 말했다.

"그렇다면 당신은 그녀가 더 이상 필요하지 않아요. 내게 그녀의 신변을 넘겨 버리면, 제가 대신 처리해 주기도 할 것이고 또 제 환심도 살 수 있으니 당신에겐 더할 나위 없이 좋았을 텐데, 왜 그렇게 하지 않았죠? 린 매라는 당신의 연인을 설득할 수 있다고 생각한 건가요?"

"아마 불가능할 겁니다."

"그럼?"

왜 아직도 고바넨을 그대로 두고 있는가?

운정은 그 질문에 선뜻 답하기 어려웠다. 아니, 답하기 싫었다. 그 질문에 답을 해 버리면 아직까지도 마음속에서 버리지 못한 것을 인정하는 꼴이 되기 때문이다.

운정은 스페라를 보았다. 그녀의 두 눈빛은 묘한 감정을 담고 있었다. 한 단어로 뭐라 설명하기 어려운 감정이 엿보였다. 하지만 확실한 건 그를 판단하려는 눈은 절대로 아니라는 것이다. 그가 곤륜에 적합할지 따지던 무허진선의 두 눈과는 본질적으로 달랐다.

그를 제자로 삼고 싶어 하는 두 스승 중 누구를 따를 것인가?

마법과 마성 모두를 버리고 다시금 선로를 걸을 것인가?

아니면 이대로 모든 것을 익혀 마인이자 마법사가 될 것인가?

운정이 말했다.

"무림맹주인 무허진선은 곤륜파의 장문인기도 합니다. 그의 인정을 받는다면, 언제고 곤륜파로 돌아가 신선의 길을 다시 걸을 수도 있을 겁니다. 그 때문에 망설이고 있었습니다. 그도 당신처럼 절 제자로 받고 싶어 하니까요."

"……"

침묵이 조금 흐르고 운정이 말을 이었다.

"그래도 이렇게 입 밖으로 속내를 꺼내 말을 하니 오히려 생각이 정리가 되는 듯합니다."

스페라는 귀찮다는 듯 물었다.

"그래서 제 제자가 되어 마법의 길을 걷겠어요? 아니면 다시 원래 공부하던 그 길을 가겠어요? 정해요. 여기서."

운정은 깊은 숨을 쉬더니, 마음 속 가장 깊은 곳에서 울리는 자신의 소리를 들었다.

그가 말했다.

"알려 드리겠습니다, 고바넨과 어떻게 접촉하는지. 판단은 스스로 하십시오."

그 말을 들은 스페라의 표정이 더할 나위 없이 환해졌다.

이후 운정은 고바넨과의 접촉 방법에 대해서 스페라에게 일러 주었다. 스페라는 조용히 그 말들을 다 듣고는 나지막하게 대답했다.

"좋아요. 제자의 복수를 마치면, 운정 당신을 제자로 삼고 마법을 가르쳐 당신이 가지고 있는 그 문제에 대해서 도움을 드릴게요. 다만, 전 그것이 마법의 문제인가 하는 의심이 있어요."

"예?"

"선착의 법칙은 지금까지 단 한 번도 깨지지 않은 불변의 법칙이에요. 그러나 단순히 마법적인 영향에 의해서 두 패밀리어가 생겼을 리는 추호도 없어요. 그건 명백하게 마법 외적인 힘이 영향을 미친 것. 다시 말하면 중원의 무공 때문일 가능성이 훨씬 크다는 이야기죠."

"……."

"전 제가 마음에 든 사람을 속이고 싶지 않아요. 그래서 미리 말씀드리는 거예요 제게 마법을 배운다고 해도 그 문제가 해결되지 않을 수 있으니까. 제 제자가 된다고 해서 그 문제가 무조건 해결되리라 생각하지 마세요."

운정은 나지막하게 대답했다.

"알겠습니다. 그럼 우선 전 무공에서 해결점을 찾아보도록 하겠습니다."

스페라는 작은 미소를 지으며 운정의 어깨에 손을 살짝 올렸다.

"좋아요. 간만에 제자가 생겼으니, 이것저것 준비를 해야겠네. 그럼 당신에게 기억을 조금 받아도 될까요?"

"예?"

"다른 건 아니고, 제 패밀리어인 도플갱어에게 줘서 좀 더 당신과 가깝게 만든 뒤, 당신에 관한 걸 실험해 볼게요. 혹시 모르니까."

운정이 카이랄을 돌아보니, 카이랄이 나지막하게 대답했다.

"네가 거부하지 않는다면 네게 피해 갈 것이 없다. 그리고 그렇게 복사한 기억은 마치 바닥에 뿌려진 물과 같아서 시간이 지남에 따라 쉽게 증발하지. 모든 마법이 그렇지만."

그렇게 몇 마디를 더 나눈 후, 운정은 스페라가 최근 기억을 복사하는 걸 허락했다. 카이랄이 말한 대로 마법이 실행된 후에도 운정은 아무 차이도 느끼지 못했다.

스페라가 말했다.

"좋아요. 이걸로 어느 정도 실험을 할 수 있겠어. 그럼 당신은 무공으로 당신의 문제를 해결하세요. 그동안 전 당신으로 변한 도플갱어로 이런저런 걸 봐 볼 테니까."

그 뒤 인사말을 나누고, 카이랄은 로스부룩의 방으로 돌아오게 되었다.

지고전 안으로 들어온 그들은 각자의 방으로 갈 갈림길에서 섰다. 카이랄이 그에게 물었다.

"괜찮은 건가?"

"뭐가?"

카이랄은 손을 들어 관자놀이 쪽을 가리켰다.

"마성 말이다. 가까스로 유지하는 것 같은데?"

운정은 힘없이 미소를 지었다.

"말하고 있는 지금도 음양의 불균형을 해소하고 있어. 만 하루 이상은 잠을 자고 명상하면서 돌봐야겠지. 머리가 너무 어지러워서 눈에도 귀에도 아무것도 안 들어와."

"……."

마성에 젖는 것은 흡사 술에 취하는 것과 비슷하다.

운정은 겨우 양팔을 들어서 이리저리 흔들며 나지막하게 말했다.

"걱정 마, 카이랄."

카이랄은 고개를 한번 끄덕이곤 운정의 어깨에 팔을 올렸다.

"너로 인해 인간의 우정이 무엇인지 알게 되었다. 다른 엘 프들은 평생 경험하지도 이해하지도 못할 것이지. 너와 만난 것이 내겐 큰 복이라 생각한다."

"뭘, 새삼스럽게."

"또 보자."

카이랄은 그답지 않은 인사를 끝으로 운정에게서 멀어졌다. 그가 사라진 것을 본 운정은 지끈거리는 이마를 부여잡고 는 조금 빠른 걸음으로 자신의 방으로 향했다.

쿵.

화풀이하듯 문을 열어젖힌 운정은 그의 방 안에서 서 있던 소청아를 보았다. 소청아는 놀란 눈으로 그를 쳐다보고 있었다.

"처, 청아. 아! 맞아. 네, 네가 여기 있었지."

운정이 그녀를 보는 그 순간, 머리를 부숴 버릴 듯 지끈거렸던 두통이 말끔히 사라졌다. 그리고 세상의 모든 시야가 하얗게 사라지며 오로지 그녀의 얼굴만이 눈에 들어왔다.

매혹적이다.

고혹적이다.

소청아가 그의 가까이 설 때까지 운정은 아무것도 할 수 없었다. 그녀는 그를 향해 방긋 웃더니 곧 방문 밖으로 고개를 한번 내밀고는 다시 안으로 들어와 문을 닫았다.

탁.

운정은 그 소리에 정신이 퍼뜩 드는 것을 느꼈다. 하지만 곧 손끝에서 느껴지는 소청아의 손길에 또다시 이성이 마비되는 듯했다.

소청아는 천천히 그의 손을 붙잡고는 침상으로 갔다. 마치 영혼이 없는 인형처럼 그녀를 따라간 운정은 침상에 털썩 앉았다. 소청아는 그의 얼굴 앞에 자신의 얼굴을 가져가더니 색기 어린 미소를 지으며 혀로 입술을 핥았다.

그녀의 얼굴이 점차 가까워졌다.

＊　　　　　　＊　　　　　　＊

　잠이 올 듯 오지 않았다.

　정채린은 평생 이토록 부드러운 비단 위에서 잠을 잔 적이
없었다. 수련 중에는 딱딱한 나무 침상에서 잠을 잤고, 임무
중에는 차가운 돌바닥 위에서 잤다. 그리고 그녀는 언제나 수
련 중 아니면 임무 중이기에, 그 둘 외에 다른 곳에서 잠을 자
지 않았다.

　오히려 그렇기 때문일까? 그녀는 잡힐 듯, 잡히지 않는 꿈
때문에 머리가 폭발할 것 같았다. 한가득 손에 움켜쥐고 펴
보면 어느새 꿈은 저 멀리 달아나 있었다. 다시 그것을 쫓아
진흙탕 같은 곳을 지나면 지금 꿈을 쫓는 건지 아니면 꿈에
쫓기는 건지 알 수 없는 지경이 되었다.

　오른쪽. 왼쪽. 한 번 엎어졌다가 다시 오른쪽. 그리고 또 왼
쪽. 이번엔 똑바로 누웠다가. 비스듬히 왼쪽으로 기울이고, 또
다시 똑바로 눕고 그다음엔 왼쪽으로…….

　"으으으."

　정채린은 확 하고 이불을 발로 차며 자리에서 일어났다. 그
녀의 못된 몸짓 때문에 그녀의 머리카락이 산발이 돼서 마치
빗자루를 거꾸로 세워 놓은 것 같았다. 그녀는 자신의 머리를
양손으로 움켜잡고는 마구 흔들다가 방 중앙에 놓여 있는 식

탁을 보고 말았다.

반쯤 먹은 반찬.

다 식어 버린 밥.

그녀는 평생 요리라곤 산에서 멧돼지를 잡아다가 소금 뿌리고 구워서 먹는 것밖에 할 줄 몰랐다. 그런 그녀가 채식을 하는 운정을 위해서 야채볶음을 준비하니 마음대로 될 리가 없었다. 그녀는 차라리 고된 무공 수련을 하는 편이 낫겠다 싶었다.

"청아는 요리만큼은 잘했지."

그녀는 무심코 나온 그녀의 독백에 스스로 놀라 버렸다.

소청아.

그 이름은 또다시 정채린의 마음을 짓눌렀다.

그녀를 가장 싫어한 동생. 그녀를 가장 좋아한 동생.

그녀도 소청아를 가장 싫어했고, 또 가장 좋아했다.

그녀는 침상에서 걸어 나왔다. 천천히 창으로 간 그녀는 창문을 활짝 열고 찬 밤공기를 만끽했다. 운이 좋았는지, 달빛 또한 그녀에게 쏟아져 내렸다.

"아. 좋네."

정채린은 분노에 지쳐 잠에 들락날락할 때쯤, 시녀가 그녀를 깨웠던 것을 기억했다. 운 소협이란 말을 들었을 때 눈이 번쩍 떠지는 것 같았지만, 그 순간 고개를 든 자존심 때문에 그녀는 그를 만나 주지 않았다.

그녀는 다시금 독백했다.

"그리 힘들게 준비했는데, 저녁 약속도 깨 버리고. 한밤중에 찾아오면 내가 만나 줄 거라고 생각한 건가?"

정채린은 팔짱을 꼈다. 그리고 그 우월감을 은은하게 즐겼다.

하지만 그 유치함은 오래가지 못했다. 아무리 유치한 기분에 젖어들고 싶어도 그녀의 성격상 불가능했다.

"하아."

그녀는 몸을 돌려서 큰 거울 앞에 섰다. 그리고 빗을 들어 자신의 머리를 정돈하기 시작했다.

"만나러 갈 건가?"

그녀밖에 없는 어두운 방 안에서 웬 굵은 남자의 목소리가 울렸다. 당황할 법도 하지만 정채린은 전혀 놀란 기색 없이 계속해서 자신의 긴 머리를 빗으며 말했다.

"감시할 수 있다고 했던 거 기억 안 나? 대놓고 그렇게 말했으니, 조심하라고."

그녀의 그림자에 숨어 있던 디아트렉스가 말했다.

"어차피 저들의 귀에는 다른 언어로 들릴 텐데 뭘 걱정하는 것이지? 괴상한 무공을 익히는 건가 하겠지."

정채린은 한숨을 쉬며 말했다.

"너에 대한 것을 천마신교가 알아서 좋은 건 없어."

"왜? 네가 사랑하는 사람의 사문이 아닌가?"

"운 랑도 진심으로 따르는 건 아니라 했어."

"그래? 그러면 이곳에 이렇게 남아 있는 이유는 뭐지? 너도 마교에 입교하고 싶어서 마음속으로 고민하고 있잖아? 사문에 돌아가지 않을 생각인가?"

정채린은 눈을 감아 버렸다.

"조용히 해 줘."

"……."

그녀의 작은 경고에 디아트렉스는 더 말하지 않았다.

그렇게 일각이 넘는 시간 동안 정채린은 자신의 머리카락과 옷매무새를 점검했다. 미약한 달빛으로 확인했지만, 그녀는 눈에 내력을 담아서 시력을 올려 몸 어디에도 흠이 없게끔 했다.

몇 번이고 거울로 자신의 상태를 확인한 정채린은 만족한 웃음을 얼굴에 띠고는 자리에서 일어났다.

"그래도 찾아와서 사과하려 했으니, 내가 먼저 가서 만나 주어도 아주 모양이 없지는 않겠지."

그렇게 자신을 다독인 그녀는 귀빈실을 나섰다.

야심한 시각임에도 정채린은 많은 고수들과 시녀들을 볼 수 있었다. 그들은 그녀가 새벽에 천마신교 내부를 돌아다니는 것에 대해서 전혀 이상하게 생각하지 않았고, 오히려 그 점이 그녀는 의아했다. 이런 시간이라면 누굴 마주치든 무슨 일이냐고 물어볼 법도 한데, 그녀를 본 모두는 그녀의 미모에 놀랐을 뿐, 어떤 말도 걸어오지 않았다.

그녀는 만나는 시녀들에게 물어물어 쉽게 지고전에 올 수 있었다. 막상 그 대문 앞에 서자, 그녀는 몇 번이고 손을 들었다 말았다 고민했다.

"낮의 일이 신경 쓰이나 보군."

갑작스러운 디아트렉스의 말에 정채린은 화들짝 놀랐다. 그녀는 주변을 이리저리 살피더니, 아무도 없다는 것을 확인하고는 낮은 목소리로 말했다.

"말하지 말라니까."

디아트렉스는 재밌다는 듯 말했다.

"혹시 낮에 그의 방에 있었던 그 여자가 아직도 같이 있을 거라고 생각하는 건가? 그걸 눈으로 보게 될까 봐 그게 망설여지는 것이로군."

"……"

"여자인 건 확실했어. 그것도 젊은 여자였지. 천마신교에서 운정에게 새로운 여자가 생긴 건 아닐까, 궁금하지? 사실 오늘 저녁에 그걸 캐내려고 했잖아?"

"……"

"하긴, 그 정도 얼굴이면 여자들이 치마를 휘날리며 달려 들어도 모자라지. 내로라하는 미녀들도 그 앞에선 자존심이 고 뭐고 다 버리고 추파를 던질 거야. 실제로 너도 그런 것 아 니……."

쿵.

정채린은 더는 그 소리를 못 들어 주겠어서 지고전의 문을 활짝 열어 버렸다. 그리고 그 안으로 성큼성큼 들어가 운정의 처소가 있는 방향으로 빠르게 걸었다. 지금까지 올 때와는 비 교도 할 수 없을 만큼 빠른 보폭이었다.

운정의 방문은 굳게 닫혀 있었다. 정채린은 당장에라도 들 어갈 것처럼 왔지만, 또 그 앞에 서서 다시 고민하기 시작했 다. 잠이라도 자고 있으면 어떡하지? 깨워야 하나? 그리고 또 뭐라고 말하지? 무슨 핑계 때문에 이곳에 왔다고 말해야 하 지? 마교에 입교하겠다고 마음을 정했다고 말할까? 아니, 그보 다. 이런 야심한 시각에 찾아왔으니, 이상하게 오해하진 않을 까? 내가 혹시 같이 잠이라도 자고 싶어서 온 거라고 착각하 면 어떡하지?

"그럼 그런 거지. 크흠. 흠. 우, 운 랑? 호, 혹시 안에 있어 요?"

그녀는 잔뜩 긴장한 표정으로 방문을 바라보며 귀를 쫑긋 세웠다. 한참이 지나도 방문은 굳게 닫혀 있었고, 안에서는 아무런 소리도 들리지 않았다.

정채린은 다시금 목을 가다듬고 용기를 내 말했다.

"그, 크흠. 운 랑. 저 채린이에요. 혹시 주무시고 계신 건가요? 그런 거라면 미안해요."

잠을 자고 있어도 절대 듣지 못할 수 없는 큰 소리로 말을 이은 그녀는 초조한 기색으로 양손을 가슴에 모았다.

또다시 긴 침묵이 이어졌다.

정채린은 몇 번이고 숨을 쉬다가 곧 손을 뻗어 문고리를 잡아 버렸다. 머리론 안 된다는 생각을 하면서도 그녀는 결국 방문을 활짝 열고야 말았다.

그 안에는 소청아가 정자세로 서서 그녀를 바라보고 있었다.

"처, 청아? 청아! 네, 네가 어떻게 여기?"

소청아는 무표정하게 정채린을 바라봤다. 정채린은 머리가 너무나 혼란스러워져 몇 번이고 말을 하려 했지만 아무런 말도 입 밖으로 나오지 않았다.

그녀는 자기도 모르게 뒷걸음질 쳤다. 머리가 백지장이 되어서 어떤 생각도 할 수 없었다. 한 가지 확실한 것은 도저히 이 자리에 서 있을 수 없을 만큼 수치스럽다는 점이다.

정채린은 왈칵 쏟아지려는 눈물을 참아 내며 몸을 돌렸다. 그런데 그때 원형 문 쪽에서 누군가 걸어오는 소리가 났다. 발

소리로 미루어 볼 때, 다섯 발자국 내에 그녀와 마주칠 것이 틀림없었다.

정채린은 본능적으로 내력을 끌어올렸다. 그리고 화산에서 가장 은밀한 경공인 세류표(細柳飄)를 펼쳐 가장 가까이 있는 담 위로 올라갔다. 그리고 숨을 죽이고 바짝 엎드렸다.

"으윽."

원형 문에서 정채린의 예상대로 운정이 나타났다. 운정은 머리를 부여잡고 비틀거리면서 자신의 처소로 걸음을 옮기고 있었다. 그의 두 눈에선 마기가 일렁이고 있었지만, 평소에 보여 준 것에 비하면 미약하기 짝이 없어, 마성에 젖어 그렇다기 보단 술에 취한 것이 아닌가 했다.

덜컥.

운정은 처소의 문을 열더니 잠시 멈칫하며 말했다.

"처, 청아. 아! 맞아. 네, 네가 여기 있었지."

그렇게 말한 그는 안으로 들어갔다.

그 말을 듣자 정채린의 두 눈은 더 이상 눈물을 참을 수 없었다. 절망으로 물든 그녀의 얼굴에서 두 줄기의 눈물이 흘렀다.

그런데 그 순간, 소청아가 문밖으로 고개를 내밀었다. 이리저리 두리번거리던 그녀는 담 위에서 쪼그리고 누워서 울음을 삼키고 있는 정채린과 딱 눈이 마주쳤다.

소청아는 매혹적인 미소를 얼굴에 진하게 그렸다.

정채린은 온몸이 떨리는 듯한 모멸감을 느꼈다.

탁.

문이 닫혔다.

정채린의 얼굴은 그 순간 완전히 굳었다.

그녀는 서서히 담 위에서 몸을 일으켰다. 그리고 세류표를 펼쳐 담 아래로 내려가 섰다. 그녀는 두 손을 들어서 자신의 얼굴에 흐른 눈물 줄기를 닦아 냈다. 소매가 지나간 그녀의 얼굴에는 아무런 표정도 남아 있지 않았다.

[본부 내에서 경공은 자제하십시오.]

경고를 들은 정채린은 알겠다는 듯 고개를 한번 작게 끄덕였다. 그러곤 천천히 걸음을 옮겨 그곳에서 나왔다.

"안타깝군. 설마 했지만 그가……."

"닥쳐."

"……."

정채린의 한마디에 디아트렉스는 더는 감히 말을 하지 못했다. 겉으로 드러나는 그녀의 얼굴에는 아무런 감정도 없었지만, 그 아래 소용돌이치듯 꿈틀대는 감정을 디아트렉스는 누구보다 확실히 느낄 수 있었다. 그리고 그는 그것을 감당할 자신이 없었다.

그녀는 투박한 걸음으로 자신의 방에 돌아왔다. 방 안에서 그녀를 반겨 주는 것은 다 식은 밥과 반쯤 먹은 반찬들. 그녀는 그 식탁 앞에 앉아 그녀가 손수 준비한 그 음식을 한참이나 내려다보았다.

"그러고 보니, 배고프네."

그녀는 젓가락을 집어 들었다. 그리고 하나씩 먹기 시작했다. 이것 한 번 저것 한 번씩 먹는 것이 아니라, 한번 젓가락을 댄 음식은 그것이 모두 사라질 때까지 꾸역꾸역 먹었다. 그리고 하나를 모두 처리하고 나면 다음 음식으로 넘어가서 그것 또한 위장에 조금씩 쓸어 넣었다.

그렇게 반복하며 모든 음식을 먹은 그녀는 젓가락을 살포시 내려놓았다. 그리고 바닥에 가부좌를 틀고 앉았다. 운기조식을 행하지는 않고 그저 명상으로 시간을 보냈다.

청아가 왜 천마신교에, 그것도 운정의 방에 있을까?

정채린은 감정을 모조리 죽이고, 그녀와 마주쳤던 그 순간을 회상했다.

생각해 보니 귀엽고 생생했던 과거의 모습이 온데간데없고, 음산하고 색정적인 모습이었다.

설마 운정을 따라 마인이 된 것일까?

이미 둘 사이는…….

정채린은 머리를 흔들었다.

그리고 아무런 생각을 하지 않기로 마음먹었다.

쨱. 쨱. 쨱.

얼마나 시간이 흘렀을까?

밖에서 아침을 알리는 새소리가 울리자, 그녀는 눈을 번쩍 떴다. 그녀는 그렇게 자리를 털고 일어나더니, 방문을 거칠게 나섰다. 그리고 귀빈실에서 일하는 한 시녀를 붙잡아 물었다.

"혹 원로원이 어디 있는지 알 수 있을까요?"

"원로원을 찾으시는 걸 보아하니, 마음의 결정을 하셨군요. 그 정도의 일이라면 제가 친히 안내할 일이니 저를 따르십시오."

그녀는 이미 정채린의 일을 알고 있는 듯했다.

정채린은 그녀를 따라서 원로원 앞까지 갔다. 그 시녀는 소타선생, 아니, 지자추에게 기별을 넣겠다고 하고는 안으로 들어갔다.

한 식경 정도 지난 후에, 그 시비가 정채린에게 돌아와 말했다.

"들어오시랍니다."

정채린은 포권을 한 번 취해 보이고는 안으로 들어섰다. 그녀는 곧 다른 시비의 안내를 받아 한 넓은 방에서 지자추를 만날 수 있었다.

그는 넓은 방을 홀로 독차지한 채 앉아 있었다. 그의 앞에는 겨우 차 두세 잔을 올려놓을 만한 작은 상이 있었는데, 그

의 팔다리가 워낙 길어서인지 그 상이 마치 장식품처럼 느껴
질 정도로 작아 보였다.

정채린이 그를 보더니 말했다.

"입교하겠습니다."

지자추는 그녀를 올려다보더니 묘한 미소를 얼굴에 그렸다.

＊　　　　＊　　　　＊

탁.

운정은 소청아의 양손을 쳐 냈다.

치솟듯 올라오는 성욕은 그의 온몸을 지배하려고 했지만,
그는 가까스로 이성을 유지할 수 있었다. 심하게 고갈된 마기
로 인해서 마성이 전처럼 강하게 영향을 미치지 못했기 때문
이다.

그는 소청아와 두 눈을 마주치더니 말했다.

"알겠어. 네가 나에게 이러는 이유."

"……."

"복수야. 맞지?"

소청아는 아무런 표정도 짓지 않았다. 가만히 그를 내려다
볼 뿐이었다.

하지만 운정은 그 무표정 속에 담긴 악독함을 읽을 수 있

었다. 너무나 확연해서 전에 그것을 보지 못했던 것이 믿기지 않을 정도였다.

성욕.

그것은 삼대욕구(三大欲求) 중 생존에 필요 없는 만큼 만족을 모르는 욕구로, 도가에서도 가장 경계해야 할 욕구로 손꼽는다. 운정은 그것이 그의 눈을 얼마나 어둡게 했기에, 저런 악독감이 가득한 눈빛을 사랑스러운 눈빛으로 보았는지 도저히 이해할 수 없었다.

속내를 완전히 들킨 소청아는 더 이상 연기를 하지 않았다. 매혹적인 미소도, 색정적인 몸짓도 작은 흔적조차 남기지 않고 완전히 증발했다.

운정은 다시금 머리가 지끈거리는 것과 정신이 혼미해지는 것을 느꼈다. 아니, 계속 아팠지만 성욕이 갑자기 올라왔을 때 잠깐 그 고통을 느끼지 못한 것뿐이다.

그는 손을 들어 자신의 관자놀이를 지그시 누르더니 말했다.

"네가 나를 유혹하는 이유는 너무나 간단해. 나의 환심을 사 나에게 직접적으로 해를 끼칠 수 있는 기회를 얻을 수도 있고, 또 린 매와 나의 관계를 완전히 망가뜨릴 수도 있지."

"……."

"하. 하하. 왜 이걸 몰랐을까? 갑작스레 나를 유혹하게 된

걸 보고 혹시나 구속마법에 어떤 부수적인 효과가 있는 것이 아닌가 했지. 하지만 그건 내가 그렇게 생각하고 싶을 뿐이었어. 너를 품고 싶은 내 성욕이 그런 근거 없는 논리를 만들어 낸 것뿐이지."

"……."

"마공이라… 이토록 간편하고 편리한 무공이 없어. 또 무척이나 현실적이어서 현학적인 비유들을 해석하고 이해할 수 있는 오성도 노력도 필요 없어. 하지만 그렇기에 이런 부작용이 있는 것이겠지."

"……."

운정은 자신을 바라보는 소청아의 두 눈에는 서서히 살기가 차오르는 것을 보았다. 그와 동시에 그녀의 이마에 문양이 진해지기 시작하는 것도 보았다.

그가 말했다.

"내게 복수하고 싶어? 죽이고 싶어? 하지만 너는 알잖아? 나와 린 매가 한 말이 모두 진실이라는 것을. 이석권 장로로 인해서 화산이 멸문에 가까이 이르렀다는 것을. 그 진실을 알면서도 넌 왜 매화검수들에게 증언하려 하지 않은 거지? 왜 그때 나로 하여금 널 죽이게 만든 거야? 그 이유가 뭐야."

"……."

소청아는 아무런 말도 할 수 없었다. 다만 그녀의 두 눈에 더욱더 강렬한 살기가 자리 잡기 시작했다. 운정은 그것을 보곤 다시 말을 이었다.

"당시에는 나도 마성에 젖었어. 태극마심신공을 제대로 받아들이고 나서 처음으로 마성에 젖은 거야. 그래서 나 같지 않은 그런 충동적인 행동을 한 거야. 그것으로 날 용서할 수는 없겠지. 하지만 최소한 이해는 해 줘."

"……."

"그리고 녹준연이 죽게 된 것 또한 린 매가 의도한 것이 아니야. 린 매도 그 그림자에 대해서 아는 것이 없어. 그 이계마법사에게 붙잡히고 나서 그 그림자가 사라졌다고 했어. 그걸 보면 분명 그 이계마법사가 심어 놓은 걸 거야. 그러니 녹준연이 죽은 것도 린 매가 죽인 것이 아니라 이계마법사가 죽였다고 하는 것이 옳겠지."

"……."

"도저히 내 말을 믿을 순 없겠니? 도저히 나를 용서할 수는 없겠어? 도저히 나와 린 매를 도와줄 수는 없겠어?"

"……."

소청아의 두 눈에 깃든 살기는 줄어들 기세가 보이지 않았다.

운정은 깊은 한숨을 쉬고는 침대에 몸을 던졌다. 이젠 정신을 차릴 수 없을 만큼 고통스러운 머리를 양손으로 부여잡고 눈을 감았다.

그는 지친 목소리로 말했다.

"됐어. 나도 더 이상 호소하지 않겠어. 넌 진실을 두 눈으로 똑똑히 보았음에도, 그대로 말하지 않았어. 이해는 가. 그걸 인정하게 되면 정채린을 그렇게 만든 스스로를 용서할 수 없을 테니까. 이건 모두 그로 인한 결과야. 나를 악이라 생각하려면 해. 나도 더 이상 내가 선하다 생각지 않아. 어차피 무당파의 근본은 위선이었고, 나는 그런 무당파의 마지막 남은 제자니까. 위선이라. 좋아. 위선자라. 좋아. 인정할게. 난 위선자야. 이 세상엔 악과 위선밖에 없으니까. 그러니 사람이 아무리 노력해도 결국 반쪽짜리인 반선지경에 이를 뿐인 거지."

그는 그 말을 자신에게 하는지 아니면 소청아에게 하는지 아니면 사부님에게 하는지 아니면 세상에게 하는지 알지 못한 채 스르르 잠에 들었다.

새벽이 지나고 아침이 되고 정오가 가까워져서야 자리에서 일어났다.

그는 일어나는 즉시 가부좌를 틀고 앉아, 태극마심신공을 운용했다. 그가 보니 심장에는 이미 마기가 가득 차올라 있었다. 또한 단전은 여전히 텅 비어 있었다. 때문에 마기를 품은 거친 핏물이 보호되지 않은 혈관 안을 역류하고 있었다.

그는 몸속 이곳저곳에서 일어나는 음과 양의 충돌을 하나

하나 잠재웠다. 반 시진이 넘는 시간이 흘러서야, 그는 자리에서 일어날 수 있었다.

"후우… 태극마심신공은 애초에 무당의 다른 무공의 기운으로 역류하는 마기의 겉을 감싸 안아야만 제 기능을 하는 마공이야. 건기와 곤기가 아예 없는 현 상태로는 태극마심신공으로 인해 쌓이는 음양의 불균형을 면밀히 다룰 수가 없어. 계속 이렇게 일일이 다스릴 수도 없는 노릇이고. 아무래도 다른 마공이 필요한가?"

그는 침상을 정리 정돈 하며 나온 마나스톤 하나를 보았다. 그는 고바넨과 스페라에게 각각 마나스톤을 하나씩 받았는데, 그것은 고바넨에게 받은 빈 마나스톤이었다. 아마 스페라에게 받은 마나스톤은 소청아가 가지고 제갈극의 실험실에 갔을 것이다. 그도 그쪽을 향해 걸음을 옮겼다.

실험실에 거의 갔을 때쯤, 고수 한 명이 그를 보고 다가왔다. 마기가 거의 느껴지지 않는 것을 보니, 마조대의 인물인 듯싶었다.

아니나 다를까, 그가 말했다.

"마조대원입니다. 외총부 장로의 대리이신, 주하 부관의 명을 가져왔습니다."

"주 부관께서? 어떤 명이십니까?"

마조대가 공손히 예를 갖추며 대답했다.

"아침에 지고전에 명령이 하달된 것으로 아는데, 역시 운 회주께서는 들은 것이 없는 것 같습니다?"

"예, 딱히 아무런 말도."

그 말을 듣자 마조대가 작게 웃으며 고개를 한번 끄덕였다.

"지고전이 뭐 그렇지요. 아무튼 그럴 줄 알고 주 부관께서 제게 친히 명령을 내리셨습니다. 데리고 오라고요."

"어디로 말입니까?"

"아침에 떨어진 명은 정오까지 외총부의 대전으로 오라는 것이었습니다. 이미 시간이 꽤 지나서 주 부관의 마음이 좋질 못하니 지금이라도 서둘러 가는 것이 좋을 듯합니다."

운정은 실험실 쪽 문을 바라보더니 말했다.

"태학공자에게 먼저 말을 해야 하지 않겠습니까?"

마조대원이 대답했다.

"이미 들으셨습니다. 물론 사소한 일이라 한 귀로 듣고 한 귀로 흘리셨겠지만."

"……."

"그럼 본 대원을 따라와 주겠습니까? 지금 가도 한 식경은 늦습니다."

"예, 알겠습니다."

그 마조대원은 운정의 포권을 보지도 않고 몸을 돌렸다. 운정은 그를 따라서 지고전에서 나와 외총부로 걸어갔다. 운정은 전에 주하를 보기 위해서 외총부에 찾아갔었다. 다만 그때는 개인 집무실이었고, 지금은 조금 크기가 큰 객당이었다.

그곳에는 이미 여러 사람들이 앉아 있었다. 그중 운정이 아는 사람은 한쪽에 앉아 있는 정채린과 상석에 앉아 있는 주하 그리고 그녀 뒤쪽에 서 있는 지자추뿐이었다. 그 외에는 한두 번 얼굴만 본 사람과, 얼굴조차 본 적 없는 사람들이었다.

운정이 들어오자, 방 안의 모든 사람의 시선이 그에게 꽂혔다. 그의 뛰어난 용모는 남녀노소 할 것 없이 시선을 모조리 훔치기 때문이다. 하지만 정채린은 정색한 채로 앞을 바라보고만 있었다.

일부러 그녀의 반대쪽에 가서 앉은 그는 정채린을 보았는데, 그녀는 그에게 조금도 시선을 주지 않았다.

주하가 딱딱하게 물었다.

"운 회주, 늦게 왔으면서 아무런 사과도 없습니까?"

그 말에 민망해진 운정은 앉았던 자리에서 다시금 일어나서 포권을 취했다.

"죄송합니다. 명을 늦게 받았습니다. 지고전의 운정입니다."

운정은 민망한 표정으로 다시 자리에 앉았다. 그러자 주하가 말했다.

"그리고 운 회주의 자리는 그곳이 아니라 이곳입니다."

주하는 손으로 자기 옆자리를 가리켰다. 그곳은 상석 바로 옆으로, 다분히 그를 위해 비워 둔 것처럼 보였다.

운정은 다시 자리에서 일어나서 헛기침을 하며 그 자리에 앉았다. 주하는 그런 그를 한심하다는 눈빛으로 보다가 곧 고개를 돌려 사람들에게 말했다.

"여기 앉으신 분이 바로 무당에서 오신 운정 도사이십니다. 여러분들 중 그를 모르시는 분은 없을 거라 생각하지만 만약 있다면 얼굴을 꼭 익혀 두십시오. 그는 앞으로 고지회를 이끄실 분이며 여러분의 직속상관이 되실 분입니다. 그럼 고지회에 입회 시험을 보도록 하지요."

그 말이 끝나기 무섭게 누군가 한 명이 손을 들었다.

"저기 주하 부관씨, 나 한마디 해도 좋습니까?"

주하는 노골적으로 불쾌한 표정을 지으며 그에게 말했다.

"하시죠, 단시월 대원."

단시월은 양손을 들어 양쪽 구렛나루를 잡더니 쭉 당기면서 고통스러운 표정을 지으며 말했다.

"으윽. 왜애. 나는 맨나알. 아앗. 따, 따까리인 겁니까?"

주하는 딱딱하게 대답했다.

"스스로 답을 잘 아시리라 믿습니다."

"모르겠는, 아앗. 데요?"

결국 구렛나룻을 뽑아 버린 그는 그 짧은 머리카락을 내려다보더니 덥석 먹어 버렸다. 그 괴기한 모습에 다른 교인들도 불편한 기색을 감추지 못했다.

주하가 말했다.

"자기 두 손에도 제대로 된 명령을 내릴 줄 모르니 다른 누군가에게 명령을 내릴 수 있겠습니까?"

"아니, 아니. 그거야 그렇다 치지만, 언제부터 본 교가 그딴 기준으로 상관을 삼고 안 삼고를 정했단 말입니까아? 예! 강! 자! 지! 존! 강자지존 아닙니까? 예에?"

쿵! 쿵! 쿵!

높은 성조가 나올 때마다 앞의 상을 두들긴 단시월은 마기와 살기가 진득한 두 눈으로 운정을 노려보았다. 미간을 일부러 모아서 억지로 위협적인 표정을 짓는 게 아주 가관이었다.

주하가 대답했다.

"물론입니다. 운 회주가 고지회의 회주가 된 것은 위에서 임의로 정한 것입니다. 우선 고지회에 입회하시게 되면, 언제라도 도전장을⋯ 우, 운 회주?"

운정이 자리에서 일어나는 것을 본 주하는 말을 더 하지 못했다. 운정은 오른손으로 조용히 허리에 찬 태극마검을 뽑고 왼손을 단시월에게 뻗으며 말했다.

"불만 있으면 오십시오."

그 모습을 본 단시월의 얼굴이 분노로 찡그려졌다.

"하아. 얼굴도 잘생긴 게 저러니 진짜 개같네. 개? 옳다. 좋아, 좋아. 개같으니, 내가 개가 되어드립지요!"

단시월의 말이 끝나기 무섭게 그가 앉아 있었던 의자가 뒤로 쭉 던져져 벽에 부딪치며 박살이 났다. 그 반동으로 상 위로 올라선 단시월은 마치 개가 네 발로 뛰는 것처럼 운정에게 달리더니, 그의 앞에서 훌쩍 뛰어 그에게 달려들었다.

운정은 태극보(太極步)를 펼쳐 뒤로 두 발짝 물러나더니, 태극마검으로 태극검법을 펼쳤다.

깡—!

검기까진 아니지만 그래도 상당한 내력을 담고 있는 태극마검이 중간에서 막혔다. 그것도 치아 사이에. 단시월은 마치 개가 공중에서 나뭇가지를 무는 것처럼, 운정의 태극마검을 한 입에 물어 버렸다.

내력이 담긴 물체는 내력이 없는 물체로 이길 수 없다. 다시 말하면 단시월은 자신의 치아에 내력을 불어넣었다는 뜻이다. 그것도 운정이 태극마검에 불어넣은 것만큼이나. 문제는 대체 그런 무공을 누가 만들었으며 또 그걸 왜 익혔냐는 것이다.

운정은 최대한 당황하지 않으려 노력하며 태극마검을 자신의 품속으로 끌어당겼다. 그리고 왼손으로 팔괘장(八卦掌)을 준비했다.

쿵—!

태극마검에 의해서 딸려 들어간 단시월의 어깨를 운정의 장법이 강타했다. 강력한 역혈지체의 몸임에도 그 안까지 파고 들어 간 팔괘장은 단시월의 왼쪽 어깨를 완전히 탈골시켰다.

보통 사람이라면 그대로 나뒹굴 만한 피해. 하지만 단시월은 끝까지 태극마검을 물고 있었다. 그뿐이랴. 어느새 땅에 내려놓은 왼 다리를 축으로 삼아서 그대로 몸을 회전시켰다.

부— 웅!

운정은 손에서 빠져나가려는 태극마검을 끝까지 쥐고 놓지 않았다. 하지만 그 때문에 단시월이 회전하는 방향으로 휘말려 들어갈 수밖에 없었다. 단시월은 검을 문 채로 회심의 미소를 짓더니, 오른 다리를 어깨높이까지 들었다.

운정은 몸을 바싹 수그리며 오른 다리를 피하려 했다. 하지만 단시월의 오른발은 갑자기 도끼처럼 쿵 하고 바닥을 찍었다.

운정에겐 아쉽게도 그곳에는 운정이 왼발이 있었다.

쿵—!

움푹 들어간 바닥은 운정의 발을 그대로 딴 모양새였다. 운정이 감각적으로 자신의 발에 내력을 넣지 않았다면, 아마 발등이 완전히 깨졌을 것이다.

단시월은 내리꽂은 오른발을 새로운 중심축으로 삼아 그대로 전신의 무게를 싣고는, 원래 축이었던 왼발을 살포시 들어 화살처럼 운정의 턱을 노렸다.

프— 슛.

그의 왼발은 가까스로 피해 낸 운정의 얼굴에 가는 혈선을 그리며 뒤로 뻗어졌다. 운정은 어깨로 그 발의 허벅지를 강하게 밀어 쳤다.

쿵.

운정은 마치 굳센 쇠기둥에 어깨를 박는 듯한 충격을 느꼈다. 한 발로 서고 다른 발은 하늘 높이 뻗고 있는 그 아슬아슬한 자세로, 양발을 땅에 제대로 짚고 어깨로 돌격한 그의 돌진에 끄떡도 없다? 이건 근본적으로 내력의 차이가 수배 가까이 나기 때문에 가능한 일이다.

단시월의 다리가 다시금 하늘 높이 올라갔다가, 도끼날처럼 휘어져 운정의 정수리를 노렸다. 운정은 보법을 펼쳐 뒤로 물러나려 했지만, 단시월의 오른발에 밟혀 있는 왼발 때문에 시도조차 할 수 없었다.

검(劍)과 각(脚)의 싸움에서 거리를 내주었다? 그것은 이미 반 이상 패배한 것이다. 그와 단시월의 거리는 너무나 밀접해서 검도 다리도 제대로 휘두를 수 없는 초근접. 그나마 무릎을 꺾을 수 있는 다리가 검보다는 훨씬 우위에 있다.

치아로 검을 물어 버리곤 거리를 좁히는 기상천외한 접근법. 그것은 수백 수천 번의 실전을 통해서 만들어진 것임이 틀림없었다. 산속에 틀어박혀 검법과 각법을 익혀 가며 수련하는 백도무림인은 상상조차 할 수 없는 것이다.

하지만 백도에겐 백도의 것이 있다. 백도가 흑도보다 우위에 있는 것은 바로 기본기. 특히 무당파는 제자들이 모두 기본무공(基本武功)을 익히기에 권법사도 검을 쓸 줄 알고, 검객도 장법을 펼칠 줄 안다. 모든 상황에 적절하게 대처할 수 있는 그 우직함이 백도무림인에겐 있다.

거리가 너무 가까워, 검보다 각이 더 유리하다? 그렇다면 그보다 더 유효범위가 짧은 무기를 쓰면 그만이다.

운정은 오른손에 든 태극마검을 놓아 버리고, 손날을 세워 머리 위로 휘둘렀다.

탁.

단시월의 발이 운정의 손날과 충돌했다. 그 여파로 인해서 단시월의 다리는 다시 위로 들렸고, 동시에 단시월의 얼굴에 묘한 미소가 그려졌다.

운정은 왼손을 허리춤에 모았다가, 태극권(太極拳)을 펼쳤다. 아무 형태의 도움을 받지 않은 어깨 공격과는 비교도 할 수 없는 내력이 그 주먹 속에 깃들었다.

퍽—!

둔탁한 소리가 단시월의 허벅지에서 울렸다.

"흐에헥."

괴상한 소리를 낸 단시월은 총총 뛰면서 뒤로 물러났다. 그는 양손으로 가격당한 허벅지를 부여잡더니 마구 주물렀다.

그 모습을 보던 운정은 땅에 떨어진 태극마검을 주우며 말했다.

"손속에 사정을 둬 살과 근육이 많은 허벅지를 공격한 것이니, 이쯤에서 물러나십시오."

단시월은 이제 양손으로 주먹을 쥐고 자신의 허벅지를 툭툭 치면서 말했다.

"으아. 아프긴 정말 아프네. 아니, 무당의 검 새끼가 검을 버린다는 게 가당키나 합니까? 목을 내줬으면 목을 내줬지, 검을 버리는 게 무슨 백도 새끼랍니까? 네에?"

"검 같은 것에 자존심을 부리는 어리석은 자들과 나를 똑같이 보지 마십시오, 단 대원."

"아하. 그래도 완전 꽉 막힌 도사 새끼는 아니네요?"

"보아하니 실전에서 바로바로 무공을 익힌 듯한데, 그렇게 막무가내로 지마급에 오르셨다니 천운이 따르셨으리라 믿습니다. 앞으로도 운 좋은 그 명 잘 간직하십시오."

그 말에 단시월이 입술을 삐죽 내밀더니 말했다.

"지마가 아니라 극마입니다. 용어를 왜 바꿨는지 모르지만 교주명이니 따르셔야 할 겁니다. 좆 되기 싫으면."

운정은 사부님께 들었던 인마, 지마, 천마와 제갈극이 사용했던 극마에 대해서 정확하게 알아야 할 필요성을 느꼈다.

"지마, 천마 그리고 극마 등등은 정확히 어떻게 구분하는 겁니까?"

운정의 질문에 대한 대답은 주하가 했다.

"교주님의 명령으로 지마는 극마(極魔), 천마는 초마(超魔)라고 명칭이 바뀌었습니다. 인마는 백도의 기준을 따라서 일급, 이급, 삼급으로 나누고, 이들을 급마(級魔)로 통칭합니다."

운정은 턱을 한번 괴더니 말했다.

"재밌군요. 왜 그렇게 바꿨는지 모르겠지만."

주하가 단시월에게 말했다.

"부족하시면 더 하시지요."

단시월은 어깨를 한번 으쓱하더니 말했다.

"그냥 한번 놀아 본 겁니다. 내가 뭐 운 회주의 명령에 불복한 것도 아니고 생사혈전을 하겠다고 달려든 것도 아니잖습니까? 그리고 엄밀히 말하면 아직 전 회원이 아니고 운 회주도 정식회주는 아닙니다. 정식 창설 전이니까. 네에? 그러니까 상명하복도 아니지요. 맞지 않습니까? 그리고 원래 개새끼는 사기보다 센 놈을 보면 알아서 꼬리를 내리는 거 아니겠습니까? 멍멍멍."

"……"

"하지만 그렇다고 너무 긴장 놓고 있다가는 확 물릴 수 있으니 조심하십시오! 멍!"

스스로 개 짖는 소리를 낸 그는 운정을 보며 입을 벌려 목을 확 무는 시늉을 한 번 해 보이고는 자기 자리로 돌아가 앉았다.

주하가 황당해하는 교인들에게 말했다.

"혹 불만 있는 자가 더 있으면 지금 해결하십시오. 어차피 객당이 난장판이 돼서 복구 공사를 해야 할 것 같은데, 한 번에 하는 게 좋지 않겠습니까?"

그 말에 다들 눈치만 살폈다. 사실 그들 중에서 쌈박질 하나로는 단시월을 능가할 사람이 없었기 때문이다. 단시월은 무엇보다 중원 최강의 무력단체인 흑룡대 출신이다. 그가 인정했다면, 적어도 무공에 있어서는 회주로 있을 자격이 충분한 것이다.

그런데 누군가 손을 들었다.

"질문 하나 하겠습니다. 혹 여기서 이기면, 회주가 되는 겁니까?"

주하는 손을 든 정채린을 보곤 말했다.

"물론입니다. 본 교의 절대율법은 강자지존. 이는 교주님까지도 피할 수 없는 법입니다. 한낱 고지회의 회주가 무시할 것이 안 됩니다."

정채린은 고개를 한번 끄덕인 뒤, 자리에서 일어났다. 그리고 천천히 운정 쪽으로 걸어갔다.

운정은 그런 그녀를 보더니 조심스레 물었다.

"린 매, 혹시 저녁 약속을 지키지 못해서 화가 난 거야?"

정채린은 진실을 자기 입으로 말하고 싶은 생각이 추호도 없었다. 아니, 그 말을 입 밖으로 꺼내는 것 자체가 그녀에겐 용납이 되지 않았다.

그녀는 검을 들어 올리더니, 운정에게 말했다.

"문답무용(問答無用)."

"린 매, 아무리 그렇다……."

정채린은 화산이 자랑하는 이십사수매화검공(二十四手梅花劍功) 중 아홉 번째 초식인 매화구변(梅花九變)을 펼쳤다. 정면으로 뻗어지는 검. 화산의 상승무공답게 그 안에는 수만 가지 변화를 담고 있어, 어디로 도주하든 따라잡을 수 있는 검이었다.

그런 상승무공을 파훼하기 위해선 월등히 빠른 힘이나 빠른 속도같이 무식하게 상대하는 방법과, 비슷한 수준의 현묘함을 담은 보법으로 상대하는 방법 두 가지가 있는데, 운정에겐 둘 다 불가능했다.

왜냐하면 그는 지금 완전히 마성에 젖을 수도 없었고, 혜쌍검마의 무학으로 마기를 기반으로 한 무당의 무공은 기본무공밖에 쓸 수 없었기 때문이다.

이십사수매화검공을 파훼는 물론 반격까지 가능하게 하는 무당파의 신묘한 보법, 현천보(玄天步)는 꿈도 못 꾼다. 그는 아쉽게도 기본보법인 태극보를 펼칠 수밖에 없었다. 다행히도 매화구변은 전에 한근농을 통해 경험해 보았기 때문에 그나마 태극보로 피할 수 있었다.

쉬익. 탁.

쉬익. 탁.

작은 발소리와 작은 검 소리가 일정한 박자를 타고 방 안에 울렸다. 정채린은 정자세를 유지하며 검을 한 번씩 뻗었고, 운정 역시 정자세를 유지하며 한 번씩 발을 내디뎠다.

마공과 흑도에 익숙한 교인들은 화산의 고수와 무당의 고수가 싸우는 그 모습을 보며 마치 서로 합을 맞추고 춤을 추고 있는 것이 아닌가 하는 착각이 들었다. 몇몇은 재밌다는 듯 비웃음을 짓고 농담을 주고받았다.

쉬익. 탁.

쉬익. 탁.

결국 웃음을 참지 못한 한 교인이 말했다.

"무슨 장난질이라도 하는 겁니까? 하하하."

그 웃음에 몇몇 인물들이 같이 웃음을 터뜨렸다. 하지만 주하와 단시월을 포함한 몇몇의 표정에는 전혀 웃음기가 없었고 때문에 그 말을 한 교인은 머쓱한 표정을 지었다,

단시월이 나지막하게 말했다.

"백도 새끼들이랑 싸워 본 일이 없나 보지? 저게 장난질로 보이다니 말이야."

"······."

주하와 단시월을 비롯한 몇몇 교인들, 즉 백도고수와 싸움 경험이 많은 그들은 운정과 정채린이 보여 주는 그 춤사위가 얼마나 얇디얇은 살얼음판 위에서 일어나는 일인지 잘 알고 있었다.

백도고수 간의 싸움은 거의 정면 돌파다. 게다가 구파일방, 그것도 화산과 무당 정도 되면 정면 돌파 이외에 다른 수단을 모두 비겁하다고 여길 정도다. 다시 말하면 그들의 싸움은 그만큼 반전이 없는 것이다. 그렇기에 둘 중 한 명이 살짝이라도 삐끗하면 그 실수를 그대로 붙잡고 늘어져 그대로 승패로 이어지는 것이 비일비재했다.

쉬익. 탁.

쉬익. 탁.

무표정한 정채린한 얼굴에는 땀방울이 송골송골했다. 반면 운정은 괴로운 표정을 지었지만, 힘들이 보이진 않았다. 한번 공격의 주도권을 잡은 정채린이 끈질기게 검법을 펼치며, 운정에게 단 한 번의 공격 기회도 주지 않았고, 운정은 공격 기회를 잡기 위해서 끊임없이 회피했다.

"하암."

누군가 하품을 했다. 그도 그런 것이, 흑도에서 흑도인들과 부대끼며 지낸 흑도 고수의 입장에선 그들의 싸움이 지루하기 짝이 없었기 때문이다.

그런데 일순간 상황이 급변했다. 땀방울이 눈가에 내려와 따가움을 느낀 정채린이 왼손으로 얼굴을 한 번 쓴 것이다.

쉬이익—!

운정의 검이 매섭게 날아왔고 정채린은 도저히 시간에 맞춰 방어할 수 없다는 걸 깨닫고는 암향표(暗香飄)를 펼쳐 그것을 피해 냈다. 운정은 태극검법을 펼쳐 그녀를 따라갔다.

힘도 속도도 정확도도 운정이 앞섰다. 하지만 문제는 그것을 담아내는 그릇. 그 그릇의 차이가 너무나도 컸다. 기본무공에 지나지 않은 그의 태극검법은 상승무공인 암향표의 신묘함을 도저히 따라갈 수 없었던 것이다.

결국 그 태극검법의 검격을 비교적 수월하게 피할 수 있었던 정채린은 아슬아슬하게 검격을 피하면서 힘을 비축했다. 이를 잘 아는 운정은 정채린을 끝까지 추격해 공격을 쉬지 않았지만, 오히려 초조해지는 건 그였다.

그렇게 정채린은 조금씩 심신을 다져 가며 이십사수매화검공의 스물세 번째 초식인 매향성류(梅香成流)를 준비했다. 태극검법을 피하는 것은 몸에 맡기고 정신은 심투(心鬪)에 빠져들었다. 매향성류가 펼쳐졌을 때의 모든 가능성. 정채린은 그것을 면밀히 검토한 후 최고의 한 수를 가려냈다.

일순간 그녀의 눈빛이 바뀌었다. 운정은 그녀가 이제 맞상대하리라는 것을 알 수 있었고, 그의 예상대로 정채린은 운정의 검을 피하지 않고 가공할 기운을 담은 매화검을 맞뻗었다. 운정도 지금까지 아껴 두었던 모든 마기를 일순간 끌어올려서 자신의 태극마검에 담아내었다.

강렬한 두 검강이 외총부 객당에서 충돌했다.

콰과강—!

엄청난 기운의 폭풍이 객당 전체에 몰아쳤다. 작은 벽력탄 하나가 터진 듯, 사방으로 비산하는 기운은 강렬한 운동량을 동반하여, 객당 안에 있던 모든 사물을 파괴하고 또 밖으로 밀어냈다. 문과 창문은 모조리 터져 나갔고, 바닥과 천장도 쩌억 갈라져 부서졌다.

강렬한 빛이 사라지고, 강기의 충돌이 일어난 그곳에는 단한 명만이 자리에 서 있었다. 전신의 옷이 넝마가 되고 머리가 산발이 되었지만, 본래 가진 그 미모를 여전히 잃지 않은 정채린이었다.

운정은 바닥에 꼴사납게 누워 있었는데, 그의 태극마검은 저 멀리 벽에 아무렇게나 내팽개쳐져 있었다.

의자고 식탁이고 모두 부서져 서 있을 수밖에 없었던 단시월은 그 광경을 보더니 툭하니 말했다.

"모든 면에서 앞섰는데, 의외입니다. 백도 새끼들은 참 복잡 미묘한 걸 왜 익히는지 모르겠네."

그 옆에 서 있던 주하가 말했다.

"백도에서 말하는 정순함의 차이일 것입니다."

"그래서 그게 뭡니까?"

"힘도, 속도도, 정확도도 아닌 무언가입니다. 과거 태룡향검 께서 향검에게 졌던 이유로 말씀하셨습니다. 지금까지도 그 말을 이해하지 못했는데, 이번 싸움을 보니 뭔가 또 감이 오 기도 합니다."

"흐음. 힘도 속도도 정확도도 아닌 무언가라. 하긴, 백도 새 끼들이랑 싸우다 보면 가끔 이해되지 않는 경우들이 나오는 데, 그때마다 신묘함이니 현묘함이니 정순함이니 지껄이는데, 그건가 보죠? 지들도 이해 못 해 놓고는 아는 척하는 개소린 가 했는데, 이리 보니 또 완전 개소리는 아닌가 보네."

주하는 단시월의 말에 더 대답하지 않았다.

그녀는 천천히 그들 사이로 걸어가서 둘을 살펴보며 말했 다.

"보아하니 회주는 정채린 소저가 맡아야 할 듯합니다."

"……"

"……"

"정 회주, 운 대원에게 사적인 감정이 있는 듯하지만, 앞으로 공적인 일에 영향 없도록 주의하시기 바랍니다."

정채린은 딱딱하게 대답했다.

"그럴 일 없습니다."

주하는 살짝 웃더니 말했다.

"그럼 절 따라오십시오. 회주가 알아야 할 자세한 사항을 일러줄 테니. 물론 고지회의 예산에서 객원의 수리 비용을 빼는 일까지도."

정채린은 고개를 한번 끄덕였다.

"알겠습니다."

주하는 포권을 취해 보이며 말했다.

"포권을 취하며 대답은 존명. 이것이 본 교에선 기본입니다."

"아, 예. 존명."

정채린이 어색하게 주하를 따라 하자, 주하는 엉망이 된 객원에 있는 교인들을 보며 말했다.

"아까 이 둘의 싸움을 보면서 비웃은 자들과, 강기 충돌의 여파로 인해서 자세를 가누지 못하고 엉덩이가 땅에 닿은 자들. 이 두 부류는 탈락입니다. 그 외의 인원들은 심사에 통과하셨으므로 입회를 축하합니다. 교내에 선전한 대로, 앞으로 비밀스러운 임무를 다수 수행할 것이므로 빠른 승진 및 많은 포상을 기대하셔도 좋습니다. 그리고 운 회원. 아쉽게도 회주의 자리는 물러나 주셔야 할 듯합니다."

그 말이 끝나자 그들 중 두 명을 제외한 모든 사람들의 얼굴이 어두워졌다.

운정은 정채린을 보았다. 하지만 정채린은 끝까지 운정을 보지 않았다. 운정은 괴로운 마음을 숨기며 자리에서 일어나 포권을 취했다.

"존명."

주하는 고개를 한번 끄덕여 보인 후에 말했다.

"오늘 밤 고지회의 일이 있을 것입니다. 그때 뵙도록 하지요."

주하가 몸을 돌리고 정채린도 그녀를 따라 나갈 때까지, 운정의 시선은 정채린을 향해 있었다.

第三十五章

부글부글 끓는 속내를 가까스로 숨기며, 운정은 자신의 방으로 돌아왔다. 그는 터질 것 같은 가슴을 양손으로 힘껏 때렸지만, 속이 꽉 막힌 듯한 답답함은 가시질 않았다.

"후우. 후우. 후우."

심호흡을 하며 올라오는 감정을 추스르려 했지만, 단순한 심호흡으론 될 턱이 없었다. 그는 방바닥에 그대로 가부좌를 틀고 앉아 무궁건곤선공을 머릿속에 떠올렸다.

하지만 텅 비어져 있는 단전에서 건기와 곤기가 올라올 리 만무할 터. 그는 기운들이 있다고 치고 일주천을 시도했다. 그것은 검 없이 검이 있다 치고 검법을 익히는 것과 같았는데, 당연하게도 그런 식으론 속 시원한 수련이 될 수가 없었다.

"칫."

그는 이번엔 태극마심신공을 떠올렸다. 심장에 가득 차 넘실거리는 마기가 그의 인도를 따라서 역으로 일주천하기 시작했다. 그리고 그와 동시에 그의 혈관은 은은한 고통을 그에게 주었고 그것은 곧 전신을 짓누르는 듯한 불쾌감이 되었다.

결국 짜증이 머리끝까지 올라온 운정은 버럭 소리를 질렀다.

"젠장맞을!"

그는 다시 마음을 다잡고 전신에서 일어나고 있는 크고 작은 음양의 불균형을 하나하나 맞춰 나가기 시작했다. 머리부터 시작해서 발끝까지 하나도 제대로 조화를 이루고 있는 곳이 없어서, 그 작업에만 장장 두 시진이 지났다.

"후우."

깊은 한숨을 쉬며 집중을 끝낸 그는 자리에서 일어나려 했다. 하지만 그 순간 그의 정신을 파고드는 장면이 있었다.

문답무용을 외치며 검을 뻗은 정채린.

이십사수매화검공을 펼치며 달려드는 정채린.

승리 후, 일말의 시선조차 주지 않은 정채린.

주하와 함께 객원에서 나간 정채린.

그의 전신에선 또다시 음양의 불균형이 일어나기 시작했다. 두 시진이 넘게 다잡은 그것들이 어느새 꿈틀대며 그의 정신이 다시금 마성에 노출되기 시작한 것이다.

운정은 하는 수 없이 다시 자리에 앉아서 가부좌를 틀고 음양의 불균형을 맞췄다. 그리고 이토록 자신을 괴롭히는 그 감정이 무엇인지, 생각해 보았다.

슬픔인가?

분노인가?

배신감인가?

굴욕감인가?

무슨 감정인지 전혀 모르겠지만 한 가지 확실한 건, 마성을 일순간 증폭시킬 정도로 강렬하다는 것이다. 아무리 정신력을 짜내서 음양의 불균형을 해소한다 해도, 마성을 근본적으로 자극하는 그 감정이 없어지지 않는 한 이대로 마성에 빠져드는 것은 시간문제다.

운정은 다시금 무궁건곤선공을 펼쳐 보았다. 대기 중에 녹아 있는 순수한 건기와 곤기는 매우 미약했지만 그래도 그의 호흡을 통해 들어오긴 했다. 그리고 그것은 전과 마찬가지로 그의 단전에 들어가는 즉시 사라져 버렸다.

운정은 자포자기하는 심정으로 자문했다.

건기와 곤기는 대체 왜 사라지는 것일까? 조금이라도 있으면 그 흐름을 읽어 보고 문제점을 알아볼 수라도 있을 것이다. 그런데 단전에 들어가는 즉시 흔적도 없이 사라져 버리니 이를 어찌 받아들여야 한단 말인가? 정말 작디작은 한 방울의 건기와 곤기라도 남아 그 흐름을 느낄 수 있다면 좋을 텐데. 이렇게 완전히 무(無)라면 기감으로 추적하는 것조차 불가능하…….

운정은 자리에서 벌떡 일어났다.

잠깐만?

무(無)?

무(無)라고?

뱀파이어의 몸에도 양기가 절대 침범할 수 없다 했다.

상대적이 아니라 절대적으로.

"그래. 처음부터 마법이었어."

그는 방문을 거칠게 열고 나갔다.

하늘 높이 떠 있는 태양과 푸른 하늘은 보는 이의 마음을 절로 편안하게 만들었다. 하지만 운정의 눈은 흥분으로 가득 차 자연의 아름다움 따위가 들어올 공간이 전혀 없었다. 그는 빠른 걸음으로 로스부룩의 방으로 향했다.

그가 로스부룩의 방문을 열었을 때, 안에는 로스부룩이 이미 그를 기다리고 있었다. 그가 입을 열자, 스페라의 목소리가 흘러나왔다.

"아, 누가 기별도 안 하고 들어오나 했네. 당신이군요? 무슨 급한 일이 벌어졌나요?"

운정이 로스부룩으로 변해 있는 스페라를 보며 말했다.

"고바넨을 넘기고 나서 저를 정식제자로 받아 주겠다는 말은 이해했습니다만, 당장 도움을 청하고자 하는 일이 생겼습니다."

"갑자기요?"

"아무리 생각해 봐도, 무궁건곤선공의 건기와 곤기는 제 안에 자리 잡은 두 엘리멘탈의 영향인 듯합니다. 그것이 아니라 해도, 마법적인 문제인 것만은 확실합니다."

로스부룩이 스페라의 목소리로 날카롭게 물었다.

"왜 마법적인 문제라고 확신하죠? 전에 당신도 동의했잖아요. 무공의 문제라고."

그 이야기는 이미 둘이 나눈 이야기였다. 스페라는 만 하루도 지나지 않아서 갑자기 찾아와 전에 했던 이야기를 반복하는 운정을 이해할 수 없었다.

운정은 속에서 막 치고 올라오는 마성을 최대한 억누르며 이성적으로 설명했다.

"중원에서 설명하는 기. 그것은 흐름입니다. 조화이며 균형입니다. 기는 한없이 작아지거나 한없이 클 순 있어도 완전히 순수할 수 없고 완전히 없어질 수 없습니다. 절대성은 마법에

서만 가능한 것입니다."

"……."

"때문에 제 단전에 머물지 않고 사라지는 건기와 곤기. 이 둘은 무공의 문제로 사라지는 것이 아니라 마법의 문제로 사라지는 겁니다."

스페라는 지그시 운정을 보다가 되물었다.

"확실해요? 자칫 잘못했다가는 어떻게 될지 몰라요."

"부탁드리겠습니다."

운정은 고개를 살포시 숙인 채 공손히 그녀의 답을 기다렸다.

스페라는 작은 침묵 뒤에 입술을 한번 깨물더니, 품에서 지팡이를 꺼냈다. 그리고 툭하니 마법을 시전했다.

[루밍(Rooming).]

그 말이 끝나기 무섭게 그들은 반구(半球) 형태의 거대한 공동(空洞)으로 공간이동했다. 입구도 출구도 없는 새하얀 그곳은 전에 운정과 소청아가 스페라에 의해서 강제로 소환된 곳이었다.

"전에도 왔죠? 여기가 제 도메인(Domain)이에요. 임시로 만들었지만."

그녀는 본래 그녀의 모습으로 돌아와 있었다. 수수한 차림이었으나, 화려하기 짝이 없는 외모는 여전했다.

충분히 시선을 빼앗을 만하건만, 운정의 두 눈은 공동의 중앙에 가 있었다. 그곳에는 아름답게 일렁이는 각양각색의 선들이 공중에서 이리저리 유영하며 어떤 복잡한 문양을 그리고 있었다.

그리고 그 안에는 또 다른 운정이 가부좌를 틀고 앉아 있었다.

운정이 물었다.

"저것은? 당신의 패밀리어입니까?"

스페라는 대답했다.

"실험이에요. 당신의 몸이 저 마법진에 잘 맞는지 알아보는 거죠. 지금까진 성공적이에요. 왜 그 어제 복사한 당신의 기억 있잖아요? 그걸 도플갱어에게 주입했어요. 도플갱어가 괜찮을 걸 보면 당신에게도 괜찮을 거야."

스페라는 지팡이를 살짝 들어 올렸다. 그러자 마법진 안에 있던 또 다른 운정이 갑자기 검게 변하더니 곧 형태를 잃으며 사라졌다.

운정은 홀로 남은 그 마법진을 보며 물었다.

"어떤 마법진입니까?"

스페라가 설명했다.

"이건 그랜드 마스터(Grandmaster)들이 자기 제자를 위해 마나가 풍부한 환경을 만들어 주는 마법진이에요. 일명 High

Density Mana Magic Circle, 한어로는 고밀도 마나 마법진이라 할 수 있겠네요. 줄여서 HDMMC라고 불러요. 당신이 제자가 되었을 때를 위해서 오늘 아침에 그려 놨어요. 마나도 최대로 모아 놨고. 중원에는 넘쳐나는 게 마나니까 반 시진도 안 걸렸죠."

"……."

"아시다시피 파인랜드의 마나는 거의 고갈돼서 어프렌티스(Apprentice)가 마나를 느끼기 어렵거든요. 때문에 인위적으로 마나가 풍족한 공간을 만들고 그 안에서 마나에 대한 친밀도를 높이는 거예요. 원래는 마나스톤에서 마나를 추출해야 하지만 중원은 그럴 필요가 없더군요."

운정은 그 마법진을 바라보며 말했다.

"저 안은… 기가 너무… 진합니다. 절대로 세상에서 찾아볼 수 없는 밀도로군요."

"맞아요. 원래부터 마나가 풍족한 중원에선 더더욱 비현실적인 밀도가 형성되었죠. 때문에 계산대로라면 저 안에선 당신의 영혼에 자리 잡은 엘리멘탈(Elemental)을 아스트랄에서 만날 수 있을 겁니다. 그들은 저 정도의 순수한 공간이 아니면 아스트랄에서조차 볼 수 없으니까요."

운정은 천천히 HDMMC에 다가갔다. 그러나 그 경계선에서 선뜻 들어가지 못하고 다시 물었다.

"그럼 이런 인위적인 방법이 없이, 엘리멘탈을 만날 수는 없습니까?"

스페라가 고개를 흔들었다.

"자연에서도 아주 가끔씩 이런 고밀도 마나가 형성돼요. 물론 이처럼 순수한 마나가 아니라 하나의 속성을 지닌 마나가. 예를 들면 화산의 중심지나, 태풍의 눈, 홍수의 먹구름이나 지진의 근원처럼. 마법혁명 이전은 다 그런 식으로 마법사가 되곤 했죠."

"자연재해(自然災害)로군요."

"그보다는 Wrath of Nature, 엘프들은 자연의 격노라고 말하죠. 이를 네 속성으로 분류하고 역학 관계를 연구하고 영향을 공부하는 학문을 엘리멘톨로지(Elementology)라고 해요. 엘리멘탈을 패밀리어로 받아들인 당신은 그들의 일원인 엘리멘탈리스트(Elementalist)입니다."

"엘리멘탈리스트?"

"무림인도 검을 쓰면 검객. 권을 쓰면 권사. 이런 식으로 나누어지듯 마법사도 마찬가지예요. 마법사의 패밀리어는 무림인에게 있어 본신무기와 같고, 그로 인해 정체성이 만들어지니, 당신은 이제 누가 뭐라 해도 엘리멘탈리스트야. 그것도 인간 엘리멘탈리스트!"

"……"

"인간 엘리멘탈리스트가 얼마나 희귀한 줄 알아요? 엘프들이 엘리멘탈의 알을 먹고 부화시키는 그 편법을 쓰는 이유가 그만큼 엘리멘탈을 패밀리어로 삼기 어려워서 그래요. 상상이나 해 봐요! 화산의 중심부로 들어가거나, 태풍의 눈에 가서 자리를 잡고 명상을 해서 그 엄청난 기운에 자신의 자의식을 나누어 패밀리어로 삼는다? 미친 짓이지. 사실."

"그렇군요."

"당신의 몸에 두 개의 패밀리어가 자리 잡은 것이 무공의 영향이 아니라 마법의 영향이라면 패밀리어가 엘리멘탈인 것과 관련이 있을 거예요. 새벽에 잠깐 든 생각인데, 자연재해의 네 속성은 독립적으로 존재하지 않아요. 화산이 터질 때는 지진도 일어나고, 폭풍이 몰아치면 홍수가 같이 일어나기도 하죠."

"그렇습니다. 중원에 있어 그 네 속성은 사괘(四卦)로 대변될 수 있는데, 이들은 절대 독립적일 수 없고 항상 서로와 연결되어 있습니다."

스페라가 고개를 느릿하게 끄덕였다.

"절대 독립적일 수 없다라… 당신이 그런 사상을 가지고 있었으니, 두 패밀리어가 섞였을 수도 있겠어요. 아무튼 저건 당신이 무공으로 문제를 해결한 뒤에 보여 주려 했어요. 아직 뒤섞여 있는 엘리멘탈을 만났다간 무슨 일이 일어날지 누가 알겠어요?"

운정은 잠시 그녀의 말에 마음속으로 되새김질했다. 그러
곤 나지막하게 물었다.

"그렇다면 이 마법진은 마치 화산의 중심지, 태풍의 눈, 홍
수의 구름 속 그리고 지진의 근원을 한데 모아둔 곳 아닙니
까?"

"그렇게 될 수 있는 가능성을 모아 둔 데라고 보면 돼요."

"가능성……."

"Mana is potential! 마나는 사건이 발생하는 데 쓰이는 자
원 같은 거예요. 태풍이라는 사건, 지진이라는 사건, 화산이라
는 사건, 홍수라는 사건. 그 엄청난 사건에 쓰이는 자원이 모
아져 있는 것일 뿐, 그것이 실제 사건이 되기 위해서는 의식!
마법이 필요하죠. 그 전에는 마나 그 자체로 있을 뿐이죠. 그
런 공간인 거예요."

운정은 고개를 한번 끄덕였다.

"알겠습니다. 그럼. 어차피 제가 가진 문제는 더 이상 방치
할 수 있는 것이 아닌 듯합니다."

"정말로 괜찮겠어요?"

"어쩔 수 없습니다. 더 이상은… 해결하지 않으면 죽고 말
겁니다."

운정은 마법진 안으로 들어갔다. 그 가운데서 눈을 감고 멍

하니 서 있던 그는 가부좌를 틀고 정신을 집중하기 시작했다.

이를 본 스페라가 작은 목소리로 감탄했다.

"Wow? Levitation?"

공중부양(空中浮揚).

운정은 그가 바닥에 가부좌를 틀었다고 생각했다. 하지만 실제로는 그의 두 다리가 자연스럽게 위로 들린 것이다.

그는 그렇게 공중에 가부좌를 튼 채로 주변의 순수하기 짝이 없는 기운을 호흡을 통해 받아들였다.

그 모습을 바라보던 스페라는 품속에서 이런저런 아티팩트(Artifact)들을 꺼냈다. 전에 로스부룩이 운정의 몸 상태를 알아보기 위해서 사용했던 것들과 비슷하게 생겼지만 그 크기들이 상당히 작았다. 그것들은 역시 불쾌한 소리들을 내며 자신들의 목적에 맞게끔 운정에 관한 것을 측정했다.

스페라는 그 측정되는 값들을 면밀히 살피면서 계산하고 또 계산했다. 그 와중에 곁눈질로 운정의 상태를 보았는데, 그는 무척이나 괴로운 듯한 표정을 짓고 있었다.

*   *   *

막상 마법진 안으로 들어가니 그 밖과 전혀 다를 것이 없었다. 피부로 느껴지는 공기도 그대로고 눈에 아른거리는 마법진의 화려한 선들도 그대로였다. 다만 기감에서 느껴지는 고밀도의 기류가 정신을 쏙 빼놓을 것 같았다.

"후우. 후우. 후우."

호흡 하나하나마다 밀려들어 오는 기운. 한 호흡마다 폐를 통해 스며드는 기운은 자연의 어떠한 기운보다 순수했다. 아니, 오히려 너무나 순수하기 때문에 철저하게 인위적으로 느껴졌다.

이에 그의 마음을 지배하려는 마성조차 가만히 숨죽였다. 마치 동물이 자기보다 더 큰 동물을 보며 감히 자신이 대항할 대상이 아닌 것을 본능적으로 알고 숨는 것과 같았다.

운정은 눈을 닫았다. 그러자 그가 아무런 집중을 하지 않아도, 그의 눈앞에 아스트랄(Astral)의 경치가 절로 펼쳐지기 시작했다. 고밀도의 마나가 자연스레 정신을 이면으로 이끈 것이다.

이대로 휩쓸려 갈 수 없었던 그는 가부좌를 틀고 앉아, 정신을 집중해 그 휩쓸림에 저항했다. 그리고 자신의 자의식으로 당당히 아스트랄에 들어섰다.

평평하기 그지없는 세상.

그곳에는 작은 동산 하나만이 있었다.

그리고 그 동산 꼭대기에는 나무가 있었다.

운정은 올라가 그 나무를 보았다.

나무는 그 줄기의 색이 회색인 것도, 두 뿌리가 미묘한 틈을 사이에 두고 서로 얽힌 모양인 것도 전에 보았던 것과 똑같았다. 하지만 운정의 키보다 조금 높은 지점에서부터는 전과 크게 달랐다.

전에는 중간에 찢겨 있듯 아무것도 없었는데, 지금은 두 어린아이가 앉아 있었다. 여자아이는 백색의 옷을 입고 있었고, 남자아이는 흙색의 옷을 입고 있었다.

그 두 어린아이는 운정을 바라보며 묘한 미소를 짓고 있었다.

운정이 양쪽을 번갈아 보며 말했다.

"실프(Sylph)? 노움(Gnome)?"

그 두 어린아이는 고개를 끄덕이더니 말했다.

"정령계에서 우릴 이끌어 낸 주인께 감사를."

"정령계에서 우릴 이끌어 낸 주인께 감사를."

운정은 그들에게 물었다.

"너희는 나의 패밀리어가 되었잖아? 그런데 어째서 에어(Aer)와 테라(Terra)를 가져가기만 하는 거야?"

그 두 어린아이가 말했다.

"주인께선 이미 알아."

"주인께선 이미 알아."

운정이 말했다.

"뭐?"

두 어린아이는 양손을 펼쳐, 자신들의 오른쪽과 왼쪽을 가리키며 말했다.

"아직 완전하지 않아."

"아직 완전하지 않아."

운정의 두 눈이 확 하고 떠짐과 동시에 아스트랄의 광경이 일순간 사라졌다.

쿵.

공중에서 떨어진 운정은 잠시 멍한 표정을 지었다. 그러다가 곧 그의 심장이 크게 뛰며 마성이 정신에 침투하기 시작했다. 그는 양손으로 심장을 부여잡더니, 괴로운 표정으로 마법진 밖으로 헐레벌떡 나와 그 자리에 누워 버렸다.

놀란 스페라가 그를 보니 가슴 쪽이 벌렁벌렁 거릴 정도로 심장이 크게 뛰고 있었다. 다행히도 점차 잦아들고 있었기 망정이지, 아니었다면 심장이 터져 죽었을 것이다.

스페라가 운정의 몸을 이리저리 둘러보며 말했다.

"무슨 일이에요? 패밀리어가 된 엘리멘탈들과 마주했나요?"

운정은 격한 숨을 몇 번이고 내쉬더니 곧 식은땀을 이마에서 닦아 내며 지친 듯 말했다.

"제가 원한다면 합쳐질 순 있지만, 모두 모이질 않았답니다."

"뭐?"

"제가 받아들인 기운은 건기와 곤기. 이는 중원에서 말하는 사괘(四卦) 중 두 개뿐입니다. 네 개가 있어야지만 온전한 태극이 되고, 그로 인해서 네 개의 엘리멘탈은 네 개이면서 동시에 하나가 될 수 있습니다. 태극으로요."

"그게 무슨 말인가요? 엘리멘탈이 하나가 된다니?"

운정은 신경질적으로 대답했다.

"태극(太極) 말입니다. 태극! 태극에서부터 음양이 나오고 그로부터 또 사괘가 나왔으니, 사괘가 모두 모여야 태극을 이루고 그로 인해서 사괘는 네 개이면서 하나가 될 수 있다는 겁니다!"

스페라는 고개를 흔들었다.

"태극? 사괘? 들어 본 적이 없는 단어들이군요."

운정은 다급하게 말했다.

"중원의 사상입니다. 아무튼, 바로 다시 오겠습니다. 나머지 이괘를 찾아 와야 할 것 같습니다. 그러니 저를 다시 제 처소로 돌려보내 주십시오."

"예?"

운정은 더욱 빠르게 말했다.

"일다경이면 됩니다. 설명은 나중에. 겨우 감을 잡았습니다. 손에 잡힐 듯! 이제 겨우 잡힐 듯합니다! 이대로 놓칠 수 없습니다! 어서. 절 제 처소로 보내 주십시오. 공간이동으로!"

스페라는 당황했지만, 운정은 자신의 말대로 해 주지 않으면 칼이라도 뽑아 들 기세였다. 그의 두 눈은 사람을 수백 번 죽여 본 살인마에게서나 찾아볼 법한 살벌함이 있었다.

이대로 보내도 괜찮을까?

스페라는 대수롭지 않게 말했다.

"한 식경 안에 안 오면 내가 찾으러 갈 테니까 그렇게 알아요!"

스페라는 공간이동 주문을 외웠다.

운정은 그 말을 마지막으로, 스페라의 도메인에서 자신의 처소로 공간이동했다.

쿵―!

거칠게 바닥에 떨어진 운정은 순간 짜증이 치솟는 듯했다.

"일부러 바닥에서 높게 공간이동 시킨 건가! 아무튼 일단!"

운정은 잽싸게 자리에서 일어났다. 머리는 지끈거리고 온몸은 고통으로 비명을 질렀지만 흥분한 그의 마음은 그것들을 가볍게 무시했다.

그는 서둘러 자신의 처소에서 빠져나와 제갈극의 실험실로 향했다.

쿵!

거칠게 문을 열어젖히자, 제갈극이 손을 멈추고 문 쪽을 보았다. 그의 앞에는 전과 마찬가지로 나체의 소청아가 누워 있었는데, 제갈극은 운정이 스페라에게서 받아 전해 준 그 새로운 마나스톤을 그 단전에 이식하고 있는 듯했다.

중요한 순간에 방해받은 제갈극이 으르렁거리듯 말했다.

"그렇게 갑자기 큰 소리를 내면 어떻게 하느냐? 이것이 얼마나 세밀한 작업인 줄 아느냐?"

운정은 그 말을 다 듣지도 않고 말했다.

"태극지혈. 태극지혈이 필요합니다. 두 자루 다."

"뭐?"

"태극지혈 어디 있습니까? 당장 내어 주십시오."

"갑자기 무슨……."

운정은 짜증이 가득 찬 목소리로 제갈극의 말을 잘랐다.

"내 패밀리어에 관한 실마리를 잡았습니다. 지금 바로 태극지혈이 필요합니다. 예? 서로의 일에 대해서 성심성의껏 돕기로 하지 않았습니까? 태극지혈도 아주 주는 것이 아니라 필요할 때는 내게 돌려주기로 했고! 블러드팩을 깰 생각입니까!"

제갈극은 격하게 소리치는 운정을 눈을 좁히며 바라보았다. 언제나 차분하기 이를 데 없던 운정이 그리 다급한 목소리로 말하니 너무나 낯설게 느껴진 것이다. 하지만 그의 두 눈에 마기가 잔뜩 떠올라 있는 것을 보곤 이해했다.

제갈극은 천천히 손에 든 금침을 내려놓고는 운정을 향해 몸을 돌리고 나지막한 목소리로 말했다.

"침착해라. 넌 지금 마성에 젖어 있느니라. 태극지혈은 바로 내어 줄 테니까, 일단 마성을 잠재워라."

운정은 자신의 머리를 부여잡으며 소리쳤다.

"어디 있습니까? 태극지혈!"

제갈극은 양손을 앞으로 뻗으며 말했다.

"진정하거라. 지금 바로 내주겠느니라. 모호!"

제갈극의 외침에 그의 그림자에서 모호가 나타났다.

그녀는 자신의 양 가슴 사이에서 태극지혈을 한 자루씩 꺼냈는데, 그 긴 검신이 어떻게 그 가슴 사이에 숨겨져 있었는지 의문일 따름이었다.

모호는 그 두 자루를 운정 앞에 공손히 가져왔다. 운정이 그 두 자루를 빼앗듯 들었다. 그러자 그의 눈이 조금 흔들리며 그 기세가 누그러졌다.

제갈극이 말했다.

"들었느니라. 정채린에게 대패했다면서. 그래서 회주의 자리를 내어 주었다고."

운정의 얼굴이 조금 일그러졌다.

"의외입니다. 당신이 그런 데 신경이나 쓸 줄은 몰랐습니다."

제갈극이 대답했다.

"내 연구에 있어서 네 도움은 필수적이니라. 네가 나에게 주는 영감은 이루 말할 수 없어. 나에게 새로운 지적 자극을 줄 만한 사람은 아마 더 이상 찾기 어려울 것이니라."

운정이 눈을 가늘게 뜨며 물었다.

"무슨 말을 하고 싶은 것입니까?"

제갈극이 더욱 차분한 목소리로 대답했다.

"정채린에게 버림받은 것과 또 비무에서 패배한 것. 애초에 넌 비무하는 와중에 상당한 마기를 썼느니라. 이미 마성이 기승을 부릴 대로 부리고 있었겠지. 그 와중에 패배감이 겹치니 당연하지만 네 마음이 조급해질 수밖에 없었을 것이니라."

"……."

"네가 태극지혈을 가지고 뭘 하려는지는 모르겠느니라. 다만 무엇을 하든 간에 그리 다급하게, 또 성급하게 하지 않았으면 한다. 우선 마성을 다스리고, 제대로 된 이성을 되찾고 해도 늦지 않을 것이니라."

"……."

"네가 말했었느니라. 음양의 불균형 때문에 마성에 젖는다고. 그것을 다스려 보거라. 태극마심신공으로 어렵다면 태극음양마공이라도 말이다. 심검마선이 말하길 모든 마공 중 태극음양마공만큼 음양의 조화에 뛰어난 마공도 없다 했지."

"태극음양마공?"

"왜? 전에 익히지 않았느냐? 소청아에게 가르쳐 주기 위해서."

운정은 기억을 더듬었고, 확실히 태극음양마공의 구결이 생각났다. 심지어 전엔 무궁건공선공과 너무나 비슷해서 그것이 모태가 된 것이 아닌가 하는 생각까지 했었다.

그런데 왜 그걸 활용할 생각을 못 했단 말인가?

운정은 화가 치밀어 오르는 듯했다. 마법을 공부하고 시전하다 보면, 그 영향으로 지혜가 낮아진다더니, 또다시 실감 나는 것 같았다.

그는 일단 안 좋은 생각을 접었다. 가뜩이나 마성 때문에 괴롭다.

"조언은 감사합니다만, 당장 하지 않으면 마성에 사로잡혀 더 이상 이성을 유지할 수 없을 겁니다."

운정은 조용히 포권을 취했다.

그 모습을 찬찬히 훑어본 제갈극이 조용하게 말했다.

"목숨을 걸었구나… 홍, 마인에게 흔히 있는 일이지."

"……"

"깨달음이 있길 바란다."

그 말을 끝으로 제갈극은 몸을 돌려 자신의 연구에 집중했다. 운정은 몸을 돌려 그대로 태극지혈을 들고 로스부룩의 방으로 향했다. 그 와중에도 들끓어 오르는 마성 때문에 몇 번이고 정신을 잃어버릴 것 같아 멈춰 서기 일쑤였다.

비마사마(非魔似魔) 간에 로스부룩의 방에 도착한 그는 그

즉시 스페라의 임시 도메인으로 소환되었다.

스페라는 막 도착한 운정의 얼굴을 살피다가 문득 그가 가져온 두 자루의 태극지혈에 시선이 멈췄다.

"그 두 검은?"

운정은 빠른 걸음으로 중심부에 다가가며 말했다.

"나중에 설명해 드리도록 하겠습니다."

순간 이상함을 느낀 스페라는 앞서 걸어가는 운정의 앞을 가로막았다. 그녀는 정면에서 운정을 바라보았는데, 그의 두 눈은 더 이상 숨길 수 없을 만큼 흉흉하기 짝이 없게 변해 있었다.

스페라가 말했다.

"엄청난 마력이군요."

"……"

"가세요. 뭘 생각하는지 모르겠지만, 성공하길 바라겠어요."

운정은 고개를 끄덕이곤, 그녀를 지나쳐 그 마나의 소용돌이 중심으로 걸어갔다. 중심지에 이르러서 멈춰 섰지만, 그는 자신이 멈춰 섰는지 몰랐다.

계속해서 걷고 또 걸으며 그는 높은 동산 위로 걸어갔다.

그리고 그 중심지에 있는 나무와 그 위에서 이리저리 뛰놀고 있는 두 어린아이들에게 다가갔다.

그 어린아이들은 운정이 다가오는 것을 보자마자, 잘못을 저지르다 들킨 아이들처럼 깜짝 놀라더니, 얼른 자기들 위치로 돌아가 앉았다. 그리고 아무것도 모른다는 듯 시치미를 떼고 있었다.

운정이 말했다.

"리기(離氣)와 감기(坎氣)를 가져왔어."

운정은 앞으로 양손을 뻗었다. 그의 오른손에는 태극지혈 하나가 정향으로, 그의 왼손에는 다른 태극지혈이 역수로 들려 있었다.

여자아이는 오른손으론 운정이 오른손에 든 태극지혈을, 왼손으론 옆에 땅을 가리키며 말했다.

"리기(離氣) 혹은 이그니스(Ignis)."

남자아이가 왼손으론 운정이 왼손에 든 것을, 오른손으론 다른 쪽 땅을 가리키며 말했다.

"감기(坎氣) 혹은 아쿠아(Aqua)"

운정은 고개를 끄덕이더니, 태극지혈 두 자루를 들고 두 어린아이가 가리킨 대로 하나씩 정향과 역수에 맞게끔 땅에 박아 넣었다.

하지만 아무런 일도 없었다.

두 어린아이는 고개를 갸웃했다.

"살라만드라(Salamandra)?"

"운디네(Undine)?"

그 둘의 말에 운정의 심장이 반응했다.

두근! 두근! 두근! 두근!

운정은 자신의 몸을 뚫고 나올 정도로 두근거리는 심장을 부여잡고 그대로 주저앉았다. 도저히 정신을 차릴 수 없는 그 고통 가운데 그는 웃음을 실실 흘렸다.

"그래. 리기와 감기를 태극지혈로 흡수하여 태극마심신공으로 내 심장에 심었지. 그 뻔한 걸 왜 지금까지 몰랐을까? 하하하. 하하하."

운정은 광소를 하더니 양손을 동시에 가슴에 집어넣었다.

푸ー 욱!

선혈이 폭포수처럼 동산 위로 쭉 뿜어졌다. 그리고 분수처럼 사방으로 퍼지더니 비처럼 동산 위에 내려 온통 붉은색으로 칠했다.

운정은 양손으로 갈라 버린 심장 반쪽 두 개를 각각 한 손에 하나씩 움켜쥐고는 밖으로 뜯어냈다.

두근. 두근. 두근. 두근.

운정은 몸 밖에서도 뛰고 있는 심장 반쪽 두 개를 내려다보다가 곧 천천히 앞으로 걸어갔다. 그리고 땅에 박혀 있는 두 태극지혈을 하나씩 들어 반쪽짜리 심장을 각각의 끝에 건 채 땅에 다시 박아 넣었다.

그러자 땅에 들어간 태극지혈에서부터 나무줄기가 자라나

기 시작했다. 그 둘은 서로 엉키듯 중간으로 모여들더니, 원래 엉켜 있던 두 나무줄기의 틈새를 메우기 시작했다.

그렇게 네 개의 뿌리에서 완전히 하나가 된 나무줄기에서 또 다른 두 개의 큰 가지가 위로 뻗어졌고, 열매가 맺어지더니, 그 안에서 또 다른 두 어린아이가 태어났다.

새롭게 태어난 두 어린아이를 바라보던 실프와 노움은 방긋 웃으며 그들을 환영했다.

"살라만드라(Salamandra)와 운디네(Undine)! 앞으로 함께하자!"

"살라만드라(Salamandra)와 운디네(Undine)! 앞으로 함께하자!"

새롭게 태어난 그 둘은 영문을 모른 채 이리저리 쳐다보다가, 곧 운정을 발견하곤 기쁨을 주체하지 못하고 동시에 외쳤다.

"미래를 위해 잠깐을 참는 코스모스! 아아! 그 성숙함이여! 그 코스모스의 유지를 이어받아 카오스의 지경을 넓히는 의지. 그것이 우리"

"이 작디작은 시공간에 갇혀 진동하는 카오스! 아아! 그 원통함이여! 그 카오스의 유지를 이어받아 코스모스의 자비를 호소하는 의지. 그것이 우리."

운정은 비틀거리며 쓰러졌다.

피를 모두 소진해 완전히 백색으로 변한 운정이 마지막으로 본 것은 그 네 어린아이가 서로의 손을 잡는 광경이었다.

*　　　　　*　　　　　*

"혹 나가십니까?"

페이즈 클록(Phase Cloak)을 막 챙기던 고바녠은 뒤에서 들리는 인기척에 고개를 돌렸다. 그녀의 도메인에 함부로 들어온 괘씸한 자가 누군지 눈으로 직접 확인하고 싶었기 때문이다.

그곳엔 한 노년의 남성 엘븐 뱀파이어(Elven Vampire)가 서 있었다.

엘프는 늙지 않는다. 뱀파이어는 늙지 않는다. 하지만 엘프면서 뱀파이어인 그 남자는 인간으로 치면 환갑을 족히 넘을 것 같은 외관이었다. 주름진 그의 눈가에는 걱정이 떠올라 있었다.

고바녠은 흥미를 잃었다는 듯 심심하게 말했다.

"내 도메인에 기별도 없이 불쑥 들어온 것을 보니 아직도 나를 마스터(Master)로 인정하지 못하나 보군, 멕튜어스(Mactuas)."

"……"

멕튜어스는 공손히 고개를 숙일 뿐 아무런 말도 하지 않았다.

고바녠이 다시 말했다.

"우리의 학파에 위저드가 열 명 남짓밖에 남은 상황이 아니었다면, 널 영면에 들게 해 줬을 거다."

"옛 버릇이 나왔습니다. 죄송합……."

사과가 끝나기 전에 고바녠이 주먹으로 페이즈 클록을 두었던 상을 때렸다.

쿵!

"그럼 당장 혼을 갱신해! 네 잘난 연구질에 빠져서 리인카네이션 주문을 까먹은 건가? 아니면 갱신된 혼에 그 버릇을 일부러 남겨 둔 건가?"

"……."

"난 네크로멘시의 마스터다. 앞으로 이렇게 불쑥 찾아오지 마."

고바녠은 페이즈 클록을 자기 몸 위에 걸쳤다. 그러자 멕튜어스는 다급히 말했다.

"마스터, 공간이동을 하시기 전에 잠시 드릴 말씀이 있습니다."

막 공간마법을 펼치려던 고바녠은 영창을 멈췄다. 그리고 짜증 난 표정으로 그를 다시금 돌아봤다.

"뭐지?"

"엿들으려고 한 건 아니지만, 방금까지 누군가와 통화하시는 것 같았습니다. 한어로 이야기하시는 걸 보니, 전에 말씀하신 그 무림인이라고 생각됩니다. 위험한 일입니까?"

"방금은 운정과 통화한 것이 아니다. 무림맹이지."

"예?"

"됐다. 골방에서 썩길 좋아하는 너희들이 정치적인 일을 얼마나 알겠나? 마스터인 내가 다 해야지."

"……."

"말을 하려면 빨리 해. 운정이 얼마나 기다릴지 모른다. 약속하고 나서 처음으로 그가 모습을 드러냈으니, 이번에 만나지 못하면 앞으로의 신용이 깨질 우려가 있어. 우리 학파의 생존이 그에게 달려 있다는 걸 내가 누누이 말하지 않았는가?"

멕튜어스가 더욱 공손히 자세를 하며 대답했다.

"압니다. 그러니 몇 마디만 하겠습니다. 삼 분도 걸리지 않을 겁니다."

"말해."

땅을 바라보던 멕튜어스의 시선이 고바넨의 몸을 타고 점점 올라갔다. 고바넨은 그가 자신을 바라볼 것만 같아서 먼저 눈을 피하고 싶었다. 하지만 마스터로서의 자각이 그녀의 두 눈을 강하게 붙들었고, 그래서 고바넨은 멕튜어스의 두 눈을 끝까지 보았다.

다행히도, 그리고 아쉽게도, 멕튜어스의 시선은 고바넨의 두 눈까지 올라오지 않았다. 그의 시선이 멈춘 곳은 고바넨의 오른손, 정확하게는 왼손 엄지에 낀 붉은 반지였다.

"마스터 욘께서……."

고바넨은 다시금 큰 소리로 멕튜어스의 말을 잘랐다.

"그는 마스터의 직위를 박탈당했다. 욘이다, 그냥."

멕튜어스는 그녀가 반협박으로 학생들에게 만장일치를 받아 낸 걸 굳이 지적하지 않았다. 가뜩이나 감정적으로 변한 그녀의 마음을 더욱 악화시킬 생각은 추호도 없었다.

그는 고바넨을 차분히 설득했다.

"그랜드 마스터 미내로께서 부흥을 이끈 우리 네크로멘시 학파는 이제 종말을 눈앞에 두고 있습니다."

고바넨은 즉시 으르렁거렸다.

"그래서 내가 이리도 바삐 움직이는 것 아닌가? 너희 학생들이 아무것도 안 하고 마법 연구에만 몰두하고 있으니까!"

"압니다. 그리고 죄송하게 생각합니다. 하지만 아시잖습니까? 마법사들은 마법 외에 다른 스트레스받을 상황에 처하길 싫어합니다."

"쓸모없는 것들."

고바녠은 고개를 몇 번이나 저어 가며 실망감을 표정에 가득 담았다.

오랜 세월을 그녀와 함께하며 그녀의 모든 것을 안다고 자부하는 멕튜어스는 그 표정이 반쯤은 억지로 만들어졌다는 것을 눈치챌 수 있었다. 그로 인해서 그는 고바녠이 계속 자신의 말을 의도적으로 막는다는 것과 그리고 그 이유가 이미 무슨 말을 할지 알기 때문이라는 것 또한 알 수 있었다.

그렇다면 말을 아예 안 듣지는 않을 것이다.

그가 차분히 말했다.

"다만 제가 말씀드리고 싶은 것은 네크로멘시 학파가 이렇게 된 데에는 단순히 욘의 잘못이라고 보기보다는 그가 간간이 착용했던 더 세븐, 문핑거즈의 영향이 더 크다는 점입니다."

고바녠은 두 눈에 분노를 담아내며 그를 보았다.

"그럼! 욘에겐 아무런 잘못이 없다는 것이냐? 그는 학생들을 모조리 자신의 힘을 위한 소모품으로 취급했어. 그것도 모자라서 학생들을 희생시켜……."

멕튜어스는 고바녠의 말을 잘랐다.

"원래부터 그런 성품을 지니신 분이 아니셨습니다. 잘 아시지 않습니까? 문핑거즈가 그의 성품을 변화시킨 겁니다."

고바녠은 얼굴을 더욱 일그러뜨리며 말했다.

"앞으론 네 마스터의 말을 자르지 마, 멕튜어스. 또한 내가 이미 아는 것을 내 앞에서 잘난 듯 말하지도 말고."

멕튜어스는 조금도 물러섬 없이 말했다.

"그런 욘도 처음에는 그 힘이 주는 욕망을 경계해, 정말 필요할 때만 착용했었습니다. 하지만 결국 그 힘에 중독되어 그렇게 되었습니다. 간간이 착용했던 그도 그런 괴물이 되었는데, 항시 착용하시는 마스터 고바넨께서는 영혼을 오염시키는 반지의 유혹 앞에서 절대 자유로울 수 없을 겁니다."

고바넨은 몸을 확 돌리며 질린다는 듯 말했다.

"그래서? 문핑거즈의 도움 없이 종말에 처한 네크로멘시 학파를 어떻게 구하라는 거지? 난 욘처럼 그랜드 위저드도 아니야. 게다가 이 역경을 헤쳐 나가려고 정치적인 판단을 하는 매! 순! 간! 스트레스가 쌓여서 본래 마력도 제대로 사용하지 못해."

고바넨은 얼굴을 구긴 채로 말하며 손가락을 들어 자신의 머리를 뚫어 버릴 듯 찔렀다. 멕튜어스는 가만히 침묵하는 수밖에 없었다.

"……"

고바넨은 아무런 반응하지 않는 멕튜어스 때문에 분노가 확 식어 버리는 것을 느꼈다. 그녀가 곧 말을 이었다.

"서로 알지 못하니, 결국 인식의 문제야. 마법이 무공보다 위에 있다는 인식을 중원인들에게 남기면 앞으로 있을 모든 분쟁에서 유리하다. 그 선입견을 만들기 위해선 압도적인 힘을 보여줘야 한다. 문핑거즈는 그것을 가능케 하고, 이를 내가 완벽히 다루기 위해선 항시 착용해야 한다."

"적어도 그 붉은 반지만은 내려놓으십시오. 혼에 영향을 미치는 건 그 반지 때문 아닙니까?"

"그 반지가 아니면 다른 아홉 반지를 제대로 사용할 수 없어. 주인을 인식하는 반지를 빼고 다른 아홉의 충성을 어떻게 받으라는 거지? 너는 주인을 인식하지도 못한 채 충성할 수 있나, 멕튜어스?"

"……"

"앞으로 조언할 때는 합당한 논리와 그에 걸맞은 예를 먼저 갖추고 해. 이렇게 불쑥 찾아오지 말고."

그렇게 말한 고바넨은 공간이동을 시전했다. 멕튜어스는 차마 그녀를 막지 못했다. 지지직거리는 번개가 페이즈 클록 위로 흘렀고, 곧 그녀는 운정과 약속했던 그 장소에 나타났다.

중원은 원래부터 마나가 풍부했지만, 산에선 순수하기까지 하다. 공간이동에 사용된 마나가 금세 지팡이에 차오르는 것을 본 고바넨은 절망적인 네크로멘시 학파의 한 줄기 희망을 보는 기분이 들었다.

누가 뭐래도 중원은 마법사에게 천국이다. 그러니 이곳에 가장 먼저 자리를 잡은 네크로멘시 학파는 이 위기만 제대로 극복한다면 다른 모든 학파를 앞설 것이다.

고바넨은 불안한 마음을 희망적인 생각으로 묻어 버렸다.

운정은 한쪽에서 번개 소리가 나고 고바넨이 나타나는 것을 보곤, 그녀가 입고 있는 페이즈 클록을 유심히 지켜보았다. 그는 누워 있던 그 자리에서 천천히 일어나며 말했다.

"조금 늦었습니다. 하마터면 그냥 갈 뻔했군요."

고바넨이 말했다.

"잠깐 해야 하는 일이 있어 조금 시간이 걸렸다."

"그렇군요."

"그래서? 무슨 일이지? 무림맹에서 연락이 온 것인가?"

운정이 말했다.

"주셨던 마나스톤을 태학공자의 실험실에 두는 게 어려울 것 같아서 만나자고 했습니다. 현재 그의 실험실 안으로 들어가기가 어렵습니다. 무슨 변덕인지, 그가 절 들여보내지 않습니다. 때문에 그것을 실험실이 아닌 다른 곳에 둘 수 있는지 물어보고자 했습니다."

고바넨은 눈을 반쯤 찌푸리다가 말했다.

"아직 네가 내 요구 조건을 들어주지 않았다는 건 알고 있다. 그런데 그것 때문에 이렇게 보자고 한 것인가?"

운정이 설명했다.

"제겐 당신과 연락할 방도가 없지 않습니까? 그렇다고 그냥 미뤄 두자니, 제가 당신의 요구 사항을 들어주지 않았다고 오해할까 봐 이렇게 만나서 말씀드리는 겁니다. 만약 이대로 시간이 지나면, 당신은 필히 내가 당신에게 협력하지 않겠다고 생각할 것 같아서 말입니다."

고바넨은 운정을 지그시 노려보더니 말했다.

"내가 준 마나스톤을 실험실에 넣을 수 없다면, 그가 자주 머무는 장소 어디든 상관없다. 실험실이 가장 좋겠지만 말이야."

"알겠습니다."

"용무는 이게 단가?"

운정은 잠시 고민하듯 하더니 말했다.

"그렇습니다. 그런데 문득 한 가지 물어보고 싶은 게 생겼습니다."

고바넨이 말했다.

"뭐지?"

"그 델라이의 천재 말입니다. 그자를 죽였을 때, 왜 그의 시신을 수거하지 않은 겁니까?"

"뭐?"

"제가 알기론 당신은 네크로멘서 아닙니까? 마법사, 그것도 델라이의 천재 정도 될 정도면 그 시신이 매우 유용할 텐데, 왜 가져가지 않았는지 궁금할 따름입니다."

고바녠은 눈을 더욱 날카롭게 뜨며 운정을 노려보다가 이내 툭하니 말했다.

"드레인(Drain)은 죽이는 데에 초점이 맞춰져 있는 마법이 아니라, 생명을 마나로 흡수하는 데 초점이 맞춰져 있는 마법이다. 생명이라는 것은 단순히 육신에 녹아든 힘과 마나뿐만 아니라 정신까지도 포함된 개념이지. 그것으로 죽은 시체는 언데드가 될 수 없다."

"......"

"더 정확하게 말하면 언데드가 될 힘조차 없는 시체였다는 것이다. 아무 시체나 언데드가 될 수 있었다면 이미 우리 학파가 세상을 지배했을 것이다. 대답이 되었나?"

"네, 되었습니다."

"마법 공부를 한다더니, 정말로 마법사가 되었군. 지인의 죽음에 대해서 태연하게 그런 궁금증을 가지다니."

"아, 그리고 하나만 더 묻겠습니다."

고바녠은 의아해하며 운정을 보았다.

"뭐지?"

운정은 손가락 하나를 들어서 고바녠의 손을 가리켰다.

"거기. 그 손에 착용하신 거. 윌지 맞습니까?"

고바넨은 한번 고개를 갸웃하더니 대답하려 했다. 그러나 곧 그녀는 입을 굳게 닫고는 침묵하며 운정을 노려보았다.

"……."

운정은 침묵하고 있는 그녀를 보며 말했다.

"왜 그러십니까?"

고바넨은 지팡이를 높게 들며 말했다.

"용무가 끝났으면 가겠다."

그녀의 말이 끝나기 무섭게 그녀가 착용한 페이즈 클록에서 전기가 지지직 흘렀다. 그것을 본 운정은 씩 웃으며 나지막하게 중얼거렸다.

"확실하네."

그는 갑자기 엄청난 속도로 앞으로 쏘아졌고, 마법을 영창하던 고바넨은 그가 다가오는 소리를 듣곤 코웃음을 치며 지팡이를 앞으로 뻗으며 말했다.

[파워─워드 할트(Power─word Halt)].

공기를 뚫고 쇄도하던 운정의 몸이 고바넨의 코앞에서 멈춰 섰다. 그가 뻗은 태극마검의 끝은 손가락 하나 차이를 두고 고바넨의 미간을 노리고 있었다.

고바넨은 어깨를 들썩이며 자신의 페이즈 클록을 운정에게 과시했다.

"번개 효과를 내는 건 꽤 쉽다. 굳이 공간이동마법을 펼치지 않아도 마나만 조금 주입하면 가능하다."

운정은 페이즈 클록을 노려보며 말했다.

"공간마법을 시전한 것이 아니었군요. 제가 그렇게 생각하게 만들고 실제로는 결박마법을 시전한 것. 계산이 조금만 맞지 않았더라도 당신은 죽었을 겁니다."

고바녠은 양 귀에 미소를 걸치며 말했다.

"그렇게 말하는 걸 보니 아직 시간정지마법도 모르나 보군. 마법 공부를 좀 제대로 해야겠어?"

"……."

"솔직히 예상은 했어. 마나스톤을 실험실에 놓을 수 없다고? 너무 위험하다고? 흥. 넌 한 번도 그것을 실험실에 두려고 하지 않았어. 애초에 제대로 시도조차 하지 않았지. 그런 네가 뜬금없이 나를 만나 다른 방도를 물어본다? 말이 되지 않는다."

"역시 첩보마법이 걸려 있었군요."

"글쎄. 자세한 건 알 필요 없다. 아무튼 나를 배신했으니, 그 대가는 뭐로 할지 한번 의논해 볼까?"

운정이 말했다.

"나를 죽일 순 없을 겁니다."

고바녠이 고개를 끄덕였다. 운정에게 걸려 있는 최상급 저주주문이 어떤 조건과 효과를 가지고 있는지 알지 못하는 한,

이미 검증된 마법 외에 다른 마법을 쓰는 건 위험하다.

"맞다. 죽일 수 있었다면 진작 즉사주문을 시전했을 것이다. 하지만 우리 학파에는 다크엘프 네크로멘서도 있지. 그들은 태생적으로 저주와 친밀하니, 널 죽이는 방법을 알아내는 것도 어렵지는 않을 것이다."

"……."

운정이 아무런 말도 하지 않자, 고바녠은 팔짱을 끼었다. 그리고 눈을 좁히며 그를 노려보았다.

"왜지?"

"……."

"왜 날 배신한 거지? 정채린의 거짓 증언을 위해서는 내가 필요할 텐데 말이다. 무림맹과 이미 이야기가 오간 건 아닐 테고……."

"……."

고바녠은 입을 굳게 닫은 운정을 지그시 보며 그의 속내를 알아내려 했다.

"뱀파이어가 된 지 꽤 오래되었지만, 속마음을 읽어 내는 건 아직도 어렵군. 하지만 분명한 사실은 더 이상 네가 날 필요로 하지 않기에 이런 일을 벌인다는 것이지. 그리고 그건 새로운 아군이 생겼기 때문일 수 있지."

그렇게 말한 고바녠은 한쪽을 보았다. 그곳은 넓은 공터로 작은 동물 하나 없었다. 그러나 고바녠의 두 눈은 그 공터의 한 곳을 정확히 오래전부터 노려보고 있었다.

*   *   *

탄력 좋은 고무.

그것은 억지로 늘려도 시간에 따라 제 모습을 찾는다.

마법은 그와 같아 시간의 흐름에 따라 소실되어 원래 모습으로 돌아간다. 이는 단순히 마법 자체만 말하는 것이 아니라 마법에 관련된 모든 것에 적용되는 진리다. 마법에 관한 지식, 마법에 관한 능력, 마법에 관한 효과 등등. 마법에 관련된 그 어떠한 것이든 갱신, 혹은 리뉴얼(Renewal)해 주지 않는다면 유지되지 못한다.

그래서 마법사는 자신들이 애용하는 주력마법 혹은 메이저 스펠(Major spell)이 있다. 이는 지금까지 자주 썼기에 강력하고, 그 강력함을 유지하기 위해서라도 또 자주 써야 하는 그런 마법들을 가리킨다.

불과 친숙한 명배우였던 스페라는 두 개의 메이저 스펠이 있다. 환상마법 혹은 일루젼(Illusion) 스펠. 그리고 화염마법 혹은 파이어(Fire) 스펠. 그 둘에 있어서는 세상 그 누구에게도 뒤지지 않는다고 그녀는 자부한다.

그렇기에 두 눈으로 똑바로 자신을 바라보는 고바넨을 마주 보며 스페라는 눈을 동그랗게 떴다. 고바넨의 두 눈에는 어떤 의구심도 찾아볼 수 없었다. 숨어 있는 그녀의 존재를 확실히 아는 것이다.

스페라는 자신의 환상마법을 꿰뚫어 본 고바넨의 실력에 감탄하지 않을 수 없었다. 그녀 평생에 이렇게 허무하게 들통 나는 건 평생 손에 꼽을 정도였다.

상급을 넘어서 최상급에 다다른 환상마법을 꿰뚫어 보다니. 동급의 탐색마법이 없다면 불가능한데, 고바넨은 그걸 시전하지도 않았다. 스페라는 환상마법을 거두면서 참을 수 없는 궁금증을 느끼며 파인랜드 공용어로 말했다.

"환상마법이 풀리진 않은 걸 보면, 탐색마법으로 날 찾은 건 아닌 것 같은데, 어떻게 알았죠?"

고바넨이 퉁명스럽게 말했다.

"잊었나? 여긴 중원이다. 마나가 풍족하고 그 흐름이 빠르니, 중원의 환경에 맞춰 환상마법을 고치지 않으면 주변 마나의 흐름을 보고 얼마든지 파악할 수 있다. 특히 이렇게 마나가 풍부한 산속이면 말할 것도 없지."

스페라는 흥미롭다는 고개를 몇 번 끄덕이며 말했다.

"그래도 선구자답네요. 중원에 일찍 왔다고 잔재주 하나 아는 걸 보니?"

고바넨은 운정 쪽을 보더니 말했다.

"환상마법을 쓰는 걸 보니, 그쪽 계열 마법을 좋아하는군. 그렇다면 이것도 환상일 가능성이 크겠어. 이 도사가 이렇게 속수무책으로 당할 리가 없지."

"오호? 그것도 맞췄어요?"

"하마터면 환상에다가 즉사주문을 외울 뻔했어. 좋은 생각 이지만, 아쉽겠군."

스페라는 자신의 지팡이를 슬며시 꺼내 들며 말했다.

"그러게요. 쉽게 끝날 수 있었는데. 당신 말대로 이곳은 마나가 풍족하니, 한번 화끈하게 싸워 보죠!"

그 둘은 서로를 보더니 똑같이 미소를 지었다.

그러곤 동시에 지팡이를 들며 동시에 외쳤다.

[이뮨(Immune).]

[이뮨(Immune).]

그것은 면역성을 부여하는 면역마법으로, 임의로 정한 것에 영향을 받지 않도록 하는 마법이다.

이것은 시간정지가 가능한 위저드급 이상의 마법사들 간의 전투가 개시되면, 90프로 이상 첫 주문으로 쓰이는 마법이다. 이 마법을 통해 마법에 면역이 되면 상대하기 귀찮은 대부분의 주문이 통하지 않게 되기 때문이다. 바로 죽거나, 바로 불 타거나, 바로 하늘 위로 솟구치거나… 각종 마법에 의해 허무하게 당하는 것을 보호해 준다.

핸즈프리즈(hand—freeze).

시간정지로 인해 점진적으로 변한 시간의 흐름 속에서 고바넨은 지팡이를 굳세게 잡고 주변을 둘러보았다.

위저드급 마법사가 어프렌티스보다 월등히 앞서는 점은, 패밀리어의 유무도 물론 그렇지만, 이 시간정지마법 때문이라 할 수 있다. 위저드는 언제든 시간을 정지해서 마법 시전에 필요한 시간의 최소 단위, 프레임(Frame)으로 느낄 수 있는데, 이 때문에 마법사 간의 싸움은 철저한 계산 아래 이뤄진다.

고바넨은 우선 패밀리어를 꺼내기로 했다. 이 또한 거의 모든 마법사가 이문 다음에 하는 행위로, 패밀리어의 소환을 늦춰 가며 다른 마법을 펼칠 만큼 그들의 거리가 가깝지 않아, 정석대로 한 것이다.

그녀 앞에 갑자기 나타난 이계인. 해골만 남은 모습이었지만, 전신에 흙빛 플레이트 아머(Plate Armor)를 입고 자신의 키보다 더 거대한 대검을 들고 있었다. 그것은 네크로멘서에게 있어 가장 강력한 패밀리어인 데스나이트(Death knight)로, 네크로멘시 학파를 지금까지 지탱해 온 든든한 기둥이다.

그녀는 완전히 소환된 데스나이트의 뒷모습을 흡족한 눈길로 바라보곤, 눈을 돌려 스페라를 보았다. 스페라는 아직도 마법을 영창하고 있었다.

만약 똑같이 패밀리어를 소환했다면, 지금까지 마법을 영창하고 있을 리 없다.

멈춰진 세상에서 고바넨은 더욱 고민을 거듭했다.

패밀리어를 소환하는 것보다 더 오래 걸리는 마법 중에, 지금과 같은 거리에서 효과적인 마법이 뭐가 있을까?

면역마법도 걸려 있으니, 직접적인 영향을 미치는 마법을 펼치진 않을 것이다.

혹시 면역마법을 해제하려는 건가?

아니. 그랬다가는 데스나이트의 공격을 피할 프레임이 없다.

그런 도박을 했을 리가 없다.

조금 시간을 앞당겨 볼까?

그러다가 프레임만 낭비하면?

차라리 무슨 주문이라도 외우는 게 낫다.

그럼 내가 역으로 면역마법 해제주문을 준비할까?

대체 저자는 무슨 생각으로 패밀리어도 안 꺼낸 거지?

아니다.

이대로 고민하고 있는 것이야말로 포커스를 낭비하는 거다.

차라리 뭐에도 대처할 수 있는 마법을 외우자.

그렇지.

맞아.

내겐 문핑거즈가 있어.

그러니 월등히 빠른 시전 속도로 금지마법을 펼칠 수 있다.

고바넨은 자신의 오른손 엄지에 있는 백색 반지를 내려다보곤 영창을 결심했다. 그와 동시에 그녀의 지팡이가 다시금 들리더니, 백색 반지에서 흰빛이 퍼져 나갔다.

[노매직존(No Magic Zone).]

일정 구역에서 마법의 시전이 금지되었다. 주문을 마친 고바넨은 바로 스페라를 찾았다. 하지만 스페라는 원래 그녀가 있던 곳에 더 이상 존재하지 않았다. 주변을 두리번거리며 찾아보니, 스페라는 운정 바로 뒤에 있었다.

아.

내 프레임에 맞춰서 공간이동마법을 시전했어.

공간이동마법이 시전된 것을 보면 내가 마법금지주문을 펼치기 전에 시전된 것.

패밀리어를 꺼내지 않고 왜 공간이동마법을 쓴 거지?

이유는 알 수 없어.

이미 다른 마법을 시전하고 있군.

내가 데스나이트에게 명령을 내려 공격하리란 건 예상할 수 있을 테니, 방어마법을 시전하는 건가?

무슨 마법인지 모르겠지만, 마법금지주문의 영향 아래 있으니, 지금 영창하는 마법은 영창이 끝나도 시전되지 않을 것이다.

일단 데스나이트의 공격을 어떻게 방어하는지 보고 다음

행동을 결정할까?

고바녠은 시간을 다시 움직였다.

데스나이트는 플레이트 아머를 마치 가벼운 천 옷처럼 느끼는지, 빠른 속도로 스페라에게 다가가며 거대한 대검을 등에서 뽑아 위에서 아래로 내려찍었다. 그 대검에 반쪽이 된 스페라는 순간 흐릿하게 변하더니 곧 연기처럼 사라졌다.

고바녠은 시간을 정지시켰다.

이미지(Image)다.

그럼 본체는 어디 있지?

아니 그보다 환상마법은 언제 쓴 것이지?

면역마법 뒤에는 공간이동마법을 시전한 것이잖아? 그리고 그 이후는 마법금지라 불가능할 텐데.

말이 되려면 공간이동마법을 시전한 것이 아니라는 것이다.

처음부터 환상마법을 시전한 것이다.

환상마법은 공간이동보다 훨씬 더 짧은 프레임 안에 가능해.

게다가 자신의 주력마법이지.

그러면 또 다른 주문을 시전했을 가능성도 있다.

혹시 더블 케스팅(Double casting)?

그래. 델라이의 미치광이라는 이름이 그냥 있지는 않겠지?

하지만 전문마법이 아니면 안 될 것이다.

전문마법은 분명 환상마법.

그렇다면 환상마법으로 자신을 숨기고 또 다른 환상마법으로 운정 옆에 환상을 만들어 공간이동한 것처럼 꾸민 것이다.

그렇다면 환상 속에 숨어 있는 그녀가 지금은 무슨 마법을 시전할까?

우선 마법금지주문을 해제하겠지?

그럼 그걸 예상하고 내가 미리 마법을 시전해 버릴까?

아니야.

그랬다가 여전히 마법금지의 영향을 받으면 내 프레임만 낭비한 꼴이지.

어차피 둘 중 누군가 마법금지를 해제하지 않는 한, 둘 다 마법을 쓸 수 없어.

그렇다면 패밀리어로 공격할 수 있는 내가 더 유리하지.

이대로 아무런 마법도 시전하지 않고, 그녀가 마법금지를 해제해 줄 걸 기다렸다가 마법을 쓰는 게 좋지.

아니야.

패밀리어를 소환하는 건 마법금지에 영향을 받지 않아.

그건 마법이라 할 수 없으니까.

그렇다면 지금 숨은 상태에서 자신의 패밀리어를 소환하려는 거 아닌가?

왜지?

나의 소환 시간과 프레임을 맞추면 동시에 소환 가능하잖아?

그럼 패밀리어의 자의식이 한 차원 높아서 소환 시간을 벌려고 이러는 건가?

처음부터 패밀리어를 소환하지 않은 걸 봐.

이상하지.

그렇다면 데스나이트로 공격 명령을 내리고 내가 그냥 마법금지를 해제하는 것이 좋겠어.

어차피 내겐 윌지가 있으니까 시전 속도가 빨라.

혹시라도 저자가 패밀리어를 소환하는 게 아니라 마법금지를 해제한다면 내 프레임을 거기에 맞춰서 그때부터 다른 주문을 외우면 될 것이다.

고바넨은 결심했고, 지팡이를 들어 올렸다. 그와 동시에 그녀의 반지에선 흰빛이 났고, 데스나이트는 처음 스페라가 있었던 그 공터로 뛰어들었다. 곧 고바넨이 마법을 시전함과 동시에 데스나이트는 그의 대검을 횡으로 휘둘렀다.

[매직 존(Magic Zone).]

부우웅—!

마법금지는 해제되었고, 거친 바람 소리를 내는 대검은 허공을 갈랐다.

허공은 휘장처럼 찢겨졌고, 그 뒤에 숨긴 진실을 보여 주었다. 스페라는 전보다 두 발자국 뒤에 물러나 있어 데스나이트의 대검이 아슬아슬하게 그녀를 지나갔다.

그녀는 눈을 번쩍 뜨며 지팡이를 높이 들어 올렸다.

[파워—워드 릴리즈(Power—word Release)]!

그 순간 운정을 속박하던 힘이 사라졌고, 운정은 태극마검에 강렬한 내력을 담았다.

그리고 고바녠의 얼굴을 향해서 찔렀다.

고바녠은 자신을 향해서 오는 그 검끝을 찰나의 시간 속에서 보았다.

도저히 피할 수 없다.

어떤 마법을 시전하려고 해도 마나가 전혀 모이질 않아.

방어마법.

공간마법.

시간마법.

어떠한 마법을 시전하려 해도 마나가 반응하질 않다니.

이는 절대로 일어날 수 없는 사건이라는 뜻.

다시 말하면 어떤 마법이 시전된다 할지라도 살아날 길이 없기에 마나가 애초에 모이질 않는 것이다.

마법 시전 중에 사건의 주체인 마법사가 죽는다면, 마법이 실행될 수 없기에 마나가 처음부터 모이질 않을 것이라는 이론.

사건이 시간이라는 무대 위에 있는 것이 아니라, 오히려 시간이 사건에 종속되어 있다는 이론.

믿지 않았는데, 진짜였군.

하기야 그 이론을 확인한 사람은 다 죽었으니까.

참 나, 시간이 사건에 종속돼?

그나저나 기이해.

마나가 조금도 내 뜻대로 움직이지 않다니.

마법사가 되고 나서 이런 경험은 처음이야.

단언컨대 모든 경험 중 가장 놀라운 경험.

처음 마법으로 시체를 되살렸을 때보다 더 놀랍잖아?

하아.

착각했어.

미치광이는 애초부터 운정을 해방시키려고 한 거야.

해방주문의 시전 시간이 기니까 프레임을 벌려고 수작을
부린 것이로군.

어이가 없군.

운정은 환상이 아니었어.

왜 그 생각을 못 한 거지?

정석대로만 했어도 저쪽에서 절대 이길 수가 없었어.

마법면역. 패밀리어 소환. 패밀리어에 마법 시전. 이후 마법금지.

그랬다면 저렇게 시간을 벌지도 못했지.

그런데 반지를 너무 믿었어.

내가 마법금지를 해 놓고 또 내가 그걸 해제하다니.

아무리 시전 속도가 빨라졌다고 해도 그만한 낭비가 또 어디 있겠어.

그런 어리석음 때문에 이대로 죽는 것이로군.

반지를 믿지 말았어야 했는데.

그런데······.

저게 뭐지?

검(劍)?

뭐야?

어떻게 움직이고 있는 거지?

고바넨의 멈춰 선 시공간 속을 비집고 들어온 검 하나. 그곳에는 태허공검(太虛空劍)이라는 네 글자가 음각되어 있었다.

그것은 운정의 태극마검의 검면을 찔렀고, 그곳에서부터 균열이 일어나기 시작하더니, 검 전체로 퍼졌다.

"하아."

고바넨의 시간이 다시 흐르기 시작했다.

그녀는 식은땀을 흘리며 앞을 보았는데, 그곳엔 산처럼 우뚝 서 있는 무허진선과 가루처럼 변해 공중에 흩날리는 운정의 검이 있었다.

무허진선은 태극마검이 먼지로 화하는 것을 보며 눈초리를 좁혔다. 검이 없는 운정은 훌쩍 뛰어 스페라의 옆으로 물러났다. 그동안 무허진선은 이해할 수 없다는 듯 고개를 한번 갸웃할 뿐 다른 행동을 취하지 않았다.

"하악. 하악. 하악."

호흡을 필요로 하는 몸이 아님에도, 고바넨은 격한 숨을 내쉬었다. 무릎을 꿇고 주저앉은 채, 겨우 자신의 지팡이에 기대고는 숨을 들이마시고 내쉬는 것이 그녀가 할 수 있는 전부인 것 같았다.

두 눈은 이마에 깊게 파인 주름이 지어질 정도로 크게 떠졌다. 그리고 그곳에서 혈선을 어지럽게 그리는 두 눈동자가 튀어나올 듯했다. 하지만 그녀는 도저히 자신의 두 눈을 감을 수 없었다. 눈을 감아 버리면 시야가 닫혀 버릴 것이고, 시야가 닫혀 버리면 영혼을 뒤흔들어 버리는 듯한 생각의 파도에 사로잡혀 미쳐 버릴 것 같았기 때문이다. 그나마 눈에 들어오는 시각이 그 생각의 파도를 막아 주는 좋은 방파제가 되어, 간신히 제정신을 붙잡을 수 있었다.

무허진선은 고요한 자태로 검을 내리며, 운정과 스페라를 응시한 채로 고바넨에게 나지막하게 말했다.

"죽음의 순간에 깨달음이 찾아왔나 보군."

"하아. 하아. 하아."

"하늘은 너무 많은 재능과 운을 타고난 사람을 질투하여, 죽음의 순간에만 그런 깨달음을 허락한다네. 하지만 자네는 또한 선택받았기에, 나로 하여금 죽음에서 벗어날 수 있었지. 묘하기 그지없군. 무량수불."

고바녠은 떨리는 두 눈을 간신히 움직여서 무허진선의 뒷모습을 올려다보았다. 백색 도포를 입은 그의 백미와 백발이 밤바람에 아름답게 흔들렸다. 고바녠은 그것을 바라보며 점차 안정을 되찾는 마음을 느꼈다.

고바녠은 이를 악물었다.

안 돼!

어떻게 얻은 건데!

그녀는 입가에서 피를 흘리며 눈꺼풀에 힘을 주었다. 하지만 꿈쩍도 하지 않았다. 그녀의 본능이 허락하지 않은 것이다. 그녀는 억지로 시도했다. 얼굴 전체를 일그러뜨려 가며 눈을 닫으려 했다. 코도 비틀고 턱도 벌려서 결국 말을 듣지 않는 두 덮개를 닫고야 말았다.

쏟아지는 생각의 파도는 그녀의 혼을 덮쳤고, 그녀는 홀로 남은 작은 바위섬처럼 묵묵히 그 파도를 견뎌 내었다.

무허진선은 고개를 조금 돌려 고바녠을 보았다. 가만히 앉아 미동조차 하지 않는 그녀는 마치 그대로 죽어 버린 것 같았다. 하지만 그녀의 몸 안에서 세차게 움직이는 기와 그 전신에서 은은하게 뻗어 나오는 기는 시체에게 절대 찾아볼 수 없는 종류의 것이었다.

그가 조금 큰 소리로 말했다.

"운 소협."

운정은 스페라보다 조금 앞쪽에 선 채로 말했다.

"예, 말씀하십시오."

무허진선은 고바녠에게 시선을 둔 채로 입만 움직였다.

"운 소협이 고바녠 처자를 죽이려 한 것을 부정할 순 없을 것이네. 그 검세는 분명 살생의 뜻이 가득했으니까. 내가 궁금한 것은 왜 그런 결정을 내리게 되었냐는 것일세."

운정은 담담하게 대답했다.

"그녀는 제게 있어 철천지원수와도 같습니다."

무허진선은 고개를 갸웃하며 말했다.

"그 문제는 다 해결한 것 아닌가? 그런데 이제 와서 그렇게 말한다? 흐음. 마공으로 인해서 마성이 자리 잡은 것 때문이로군. 그 때문에, 이미 용서한 일도 말끔히 잊지 못하고 다시 복수심에 불타오르는 것이야. 맞는가?"

운정은 태극권의 자세를 잡고 말했다.

"어찌 생각하시든 상관없습니다. 그녀를 죽이겠다는 제 의지에는 변함이 없습니다. 그녀의 신변을 제게 부탁하신 일에 대해서 실망감을 드려 송구합니다. 하지만 제 본문을 멸문시킨 그녀를 아무리 생각해도 용서할 수는 없었습니다."

"흐음. 그런가? 그거 참 아쉽게 되었군. 어찌 운 소협의 검이 먼지처럼 변한지는 모르겠지만, 검 없이 내 추궁에 답해야만 할 것일세."

무허진선은 검을 앞으로 들며 앞을 보았다.

텅 빈 두 눈.

그곳엔 무(無)조차 없는 것 같았다.

스페라는 그 두 눈이 자신을 바라보고 있지만, 또 바라보고 있지 않은 것처럼 느껴졌다. 마치 이쪽에서 봐도 저쪽으로 봐도 항상 정면을 보고 있는 그림 속 인물의 눈동자를 현실에서 보는 것 같았다. 어느 곳에서 어떤 방향으로 그를 바라봐도, 그는 똑같이 마주 보고 있을 것 같은 괴기한 느낌이 들었다.

운정이 진한 마기를 두 눈에 담고 전신으로 폭사시키면서 말했다.

"무허진선께서는 용서하실 수 있겠습니까? 곤륜을 죽인 상대를 말입니다."

무허진선은 즉시 대답했다.

"못 하겠지. 하지만 내 제자와 동문을 죽인 악인이라 할지라도 나는 절대 그를 죽이지 않을 것이라네. 곤륜의 가르침에서 벗어난 채로 곤륜의 심판을 내릴 순 없지 않은가? 곤륜의 가르침대로 악인을 처벌하겠지만 거기에 살생은 없을 것이네."

운정은 차갑게 말했다.

"그자는 단순히 무당의 제자를 죽인 것이 아닙니다. 무당을 죽였습니다. 무당산의 정기가 모조리 사라져, 더 이상 무당의 명맥을 이을 수 없단 말입니다."

"……."

"무당의 무공도, 무당의 가르침도, 무당의 그 어떠한 것도
더 이상 존재 의의를 잃었습니다. 그녀는 그녀가 죽인 무당처
럼 죽어 마땅합니다! 더 이상 사문의 명맥을 유지하고 싶어도
유지할 수 없는 제겐 마땅히 그럴 권리가 있습니다!"

운정의 절규와도 같은 외침에 무허진선은 아무런 감정도 없
는 딱딱한 말로 대꾸했다.

"이상하군. 정말 운 소협 맞는가? 그런 단순한 사고방식에
사로잡힐 위인이 아니었거늘. 정말 다른 사람 같네. 마공의 영
향이 이토록 크단 말인가? 그날 밤 나와 토론했던 그 모습들
은 그저 꾸며 낸 것에 지나지 않는단 말인가? 이건 자네를 욕
할 게 아니네. 내가 그 모습을 꿰뚫어 보지 못했다니, 내 눈이
잘못된 것이겠지."

"무허진선!"

"아니, 보았지. 마성에 간간이 젖는 것을 보며 염려했지. 그래
서 시험했어. 자네도 알았겠지? 그 지혜로 몰랐을 리가 없어.
하지만 자네는 내가 시험했다는 사실을 알고 있으면서도 이자
를 죽이려 했네. 더 이상 자네에겐 희망이 없다는 뜻이겠지."

쿵―!

운정은 크게 발을 구르더니 마기를 쏟아 내며 말했다.

"무허진선께서는 어떻게 이 자리에 오셨습니까? 저 원수가

이곳을 알려 주신 겁니까? 그 뜻은 이미 둘이 연락하고 있었다는 것 아닙니까? 이미 이렇게 상황이 돌아갈 줄 알고, 나를 상대할 준비를 하셨습니까?"

무허진선은 고개를 갸웃했다.

"자네가 고바넨 처자의 신변을 보장하고 지혜롭게 처신했으면, 아무런 일도 벌어지지 않았을 것이네. 상대가 검으로 찌를 것 같아 방패를 준비하는 것이 옳지 못하다는 건가?"

"그래서 무허진선께서는 검을 들고 저를 상대하려 하시는 겁니까? 그자를 감싸고돌면서!"

무허진선의 양 입꼬리가 올라갔다. 그것을 보던 스페라는 순간 등골이 오싹해지는 것을 느꼈다. 아무것도 없는 두 눈과 아무 감정도 없는 미소가 합쳐져서 살아 있지 않은 것이 웃는 것 같았다.

"곤륜으로 가세. 가서 역혈지체를 철소하시게. 그러면 지금 내린 판단이 너무나 어리석다는 것을 스스로 깨닫게 될 것일세."

"제가 갈 곳은 제가 정합니다, 무허진선."

"아직 늦지 않았네. 내 말을 듣고 마지막 희망을 놓지 말게."

"무슨 희망을 말하는 겁니까?"

"신선의 도."

"저는 마에서 길을 찾겠습니다."

"자네가 지금 그런 선택을 한다면 존중하지. 하지만 이 처자를 죽일 수는 없을 것이네. 그러면 정말로 돌아올 수 없는 강을 건너게 되는 것이야. 무력으로 자네를 굴복시키고 싶지 않네."

운정은 다시금 다리를 굴렀다.

쿵ー!

"흥! 결국 그것 아닙니까! 무림맹은 천마신교만큼이나 마법에 대해 알지 못합니다. 그러니 그녀를 통해서 마법에 대해 알려 하는 것 아닙니까? 또한 그것을 위해서 그녀를 비호하는 것뿐 아닙니까?"

"우선은 자네를 위함이야. 자네가 한낱 복수심으로 살생하지 않게 하기 위함이야."

"위선! 위선! 위선! 더 이상 들어 주기도 지겹습니다. 이래서 결국 다들 문답무용 하나 봅니다. 안 그렇습니까, 무허진선?"

"자네가 마성에 젖지 않았다면, 지금의 대화가 평행선을 달릴 이유가 없지. 정신 차리게. 정신 차리고, 오늘은 일단 이대로 물러가게. 마성을 달래고 다음에 또 만나서 이야기해 보지."

운정은 비릿하게 웃으며 말했다.

"그럴 일 없습니다."

쿵!

그 말이 끝나기 무섭게 운정이 밟고 있던 땅이 푹 꺼졌다. 그리고 그와 동시에 스페라는 지팡이를 들며 주문을 외웠다.

[핸즈 슬로우(Hands Slow).]

하늘 높이 치솟은 운정의 모든 것이 일순간 빨라졌다. 올라가는 속도가 감속되어 공중에 정지되기까지, 그리고 서서히 다시 땅으로 가속되는 그 일련의 사건들이 모조리 앞당겨진 것이다.

무허진선은 그의 생각보다 수배는 빠른 속도로 자신의 앞에 떨어지고 있는 운정을 보며, 그것이 단순한 무공의 영향이 아님을 쉽게 간파할 수 있었다. 순식간에 감속하고 또 마찬가지로 순식간에 가속하려면 그만한 준비 동작과 기의 운용이 있어야 하는데, 그런 것이 전혀 없었기 때문이다.

무허진선는 곤륜의 자랑이자 유일한 검법인 태허도룡검법(太虛屠龍劍法)을 펼쳤다.

휘이익—!

날카롭게 쇄도하는 검끝은 공기를 갈랐다. 그리고 그렇게 갈린 공기는 검 뒤쪽으로 여러 갈래의 바람 줄기를 만들었는데, 그 바람 줄기가 서로 얽히고설켜 수십 개의 크고 작은 진공을 검 주변에 만들었다.

그의 검이 운정의 몸에 닿자, 그 진공들이 운정을 조금씩 뜯어먹었다.

파사삿—! 파밧—!

섬뜩한 소리가 연속적으로 들리며, 운정의 전신 이곳저곳이

둥그렇게 뜯겨 나갔다. 그의 옷은 물론이고, 그 육신까지도 송송 구멍이 뚫려 검은 망울을 만들었다.

스페라가 그걸 보곤 입을 살짝 벌렸다.

"설마… 드래곤 슬레이어(Dragon Slayer) 주문?"

놀란 건 그녀뿐만이 아니었다.

완전히 텅 빈 듯한 표정을 유지하던 무허진선은 그 순간 뒤로 보법을 몇 차례나 밟더니, 당황한 눈빛으로 운정을 보았다. 무생물과 같았던 그 모습이 완전히 사라지고, 감정이 풍부한 노인이 돌아왔다.

"운 소협! 괜찮은가! 이… 무, 무슨! 몸속 기혈만 망가져야 하는데, 어찌 육신이 저리 상한단 말인가! 전혀 그럴 의도는 없었네!"

운정은 땅에 꼴사납게 처박힌 채로, 꿈틀거리고 있었다. 전신에 구멍이 뚫려 이곳저곳에서 검은 액체를 흘렸다.

무허진선은 참담한 심정으로 그것을 바라보며, 혹시나 마공의 영향으로 인해 검게 변한 피가 아닌가 했다. 하지만 운정을 이루고 있는 살과 뼈가 뒤틀려져서 검게 변하는 것을 보곤, 의아함을 느꼈다.

그는 좀 더 자세히 운정을 보았고, 의아함은 금방 사라졌다.

그는 무정한 눈빛으로 스페라를 보며 말했다.

"운정 도사가 아니로군. 자네가 마법으로 만든 건가?"

스페라는 머리를 만지작거리더니 말했다.

"뭐, 그런 셈이죠. 왜요? 속은 거 같아서? 화나요?"

무허진선은 가슴을 쓸어내렸다. 아마 조금만 시간이 지났으면, 살생으로 인한 주화입마가 시작되었을 것이다.

그런 장난질을 한 스페라에게 분노를 토해 낼 법도 하건만, 무허진선은 한숨을 탁 쉬며 속 안에 드는 모든 감정을 일순간 털어 버렸다.

"당신이 누군지는 모르겠으나, 범상치 않은 걸 보니 뛰어난 마법사로 보이는군. 최선을 다해 속전속결로 임하지. 내가 손속에 사정을 너무 두지 않았다 탓하지 말게."

그 순간 무허진선은 검을 공중에 흩뿌렸다. 마치 채찍처럼 허공을 가른 그의 검 주변으론 또다시 수많은 진공이 생겼고, 이번에 그 진공들은 무허진선의 강기에 표면이 휩싸인 채 스페라에게 빠르게 날아갔다.

스페라는 그 크고 작은 진공들을 보면서 경외감을 느끼지 않을 수 없었다. 칼을 몇 번 휘적거린 것으로 드래곤 슬레이어 주문을 재현한다? 그것은 마법으로 치면 무영창으로 드래곤 슬레이어 주문을 외운 것이니, 용을 천 마리도 넘게 죽이며 연습해야 가능할 수준일 것이다.

다른 말로는 절대 불가능하다는 소리다.

그러나 스페라는 그 가공할 공격 속에 담긴 의지가 매우 미약하다는 것을 알 수 있었다. 그 의지들을 한어로 옮기면 고 작해야 '집약(集約)하자' 정도. 그 정도의 의지면 어떠한 사건도 일으킬 수 없는 수준이다.

스페라는 앞으로 지팡이를 뻗으며 외쳤다.

[노매직(No magic).]

그녀의 한마디에 진공을 품은 모든 검강이 일순간 사라졌다.

한시름 놓은 스페라는 그 뒤로 빠르게 다가오고 있는 무허 진선을 보았다. 그의 속도가 어찌나 빠른지, 벌써 반 이상 거리를 좁혔다.

스페라는 그가 도착할 시간 내에 시전할 수 있으면서 현 상황에서 벗어날 수 있는 마법을 생각하곤, 영창하기 위해서 지팡이를 앞으로 들었다.

그때, 빠르게 다가오던 무허진선이 왼손을 품에 넣어, 한 물건을 위로 집어 던졌다.

높게 떠오르는 진보(辰寶).

그로 인해 모든 마법은 금지되었고, 스페라도 즉시 그 사실을 알 수 있었다.

탁.

탁.

탁.

한 발, 한 발 다가오는 무허진선의 검은 은은한 빛을 내고 있었다.

그것을 보던 스페라는 그 검이 자신의 몸에 닿기 전까지 자신이 할 수 있는 것은 아무것도 없다는 것을 깨달았다.

나타나는 것만으로 주변의 마법을 금지하다니?

도대체 저 물건은 뭔가?

점차 커지는 검을 속수무책으로 바라보던 스페라는 죽음의 공포를 느꼈다. 그것이 조금씩 다가올 때마다 그녀는 정신이 달아나 버릴 것 같은 기분에 사로잡혔다.

그렇게 무허진선의 태허공검이 스페라의 단전에 닿기 직전.

한 따듯한 바람이 그 사이를 비집고 들어왔다.

『천마신교 낙양본부』 8권에 계속…